中国专业作家作品典藏文库

中国专业作家作品典藏文库
石钟山卷

二姐的燃情岁月

石钟山 著

中国文史出版社

图书在版编目(CIP)数据

二姐的燃情岁月 / 石钟山著. -- 北京 : 中国文史出版社, 2023.2

(中国专业作家作品典藏文库. 石钟山卷)

ISBN 978-7-5205-3761-2

Ⅰ. ①二… Ⅱ. ①石… Ⅲ. ①中篇小说-小说集-中国-当代 Ⅳ. ①I247.5

中国版本图书馆 CIP 数据核字(2022)第 179944 号

责任编辑：蔡晓欧

出版发行：**中国文史出版社**
社　　址：北京市海淀区西八里庄路 69 号院　邮编：100142
电　　话：010-81136606　81136602　81136603（发行部）
传　　真：010-81136655
印　　装：北京新华印刷有限公司
经　　销：全国新华书店
开　　本：720×1020　1/16
印　　张：16　　　字数：201 千字
版　　次：2023 年 2 月第 1 版
印　　次：2023 年 2 月第 1 次印刷
定　　价：56.00 元

目　录

大哥的江湖

一

关于大哥的故事，就从他的初恋说起吧。二十二岁的大哥，在当满四年兵后，在1970年那个金秋回家探亲了。这是大哥参军四年第一次回家。我发现大哥参军走时上唇的绒毛已变得又黑又硬了，变化的还有他的身份。他现在已经是边防某团侦察连的副连长了。在人们眼里调皮捣蛋的大哥一战成名，不仅荣立了一次个人二等功，还破格从战士提拔成了副连长。大哥在1970年的秋天，春风得意地回家探亲了。

大哥穿着四个兜的军装进门时，显得又高又壮。我正在客厅里穿着二哥为我买的一双新鞋找感觉。两天前二哥也参军走了，他走时给我留下的礼物就是这双新鞋，黑帮胶底的球鞋。我正沉浸在拥有一双新鞋的喜悦中。大哥推开家门像一堵墙似的立在我们面前。母亲正在厨房收拾碗筷，父亲正倚在沙发上打盹，过一会儿父母就又要出门去军区上班了。

大哥进门时，我看见父亲的眼睛睁大一点，又睁大一点。大哥向前一步，并拢了脚给父亲敬个礼道：爸，你好。父亲欠了下身子，似乎要站起来，最后终于没站。母亲挓挲着沾满水的手从厨房里跑出来，叫了声：石权你回来了。大哥扭过头，冲母亲应了声，干干脆脆地叫了一声：妈。母亲又湿着两手回到厨房，张罗着给大哥下挂面。大哥进门这么久，居然没把目光放到我身上。我蹭过去，用我的新球鞋去踩他的脚。我这才发现大哥穿的是一双皮鞋，被他擦得锃亮，踩过去时有点不忍心，但还是踩了下去。大哥终于发现了我，把我从地上捞起来，举到身前说：老三，都这么大了。大哥走时我才两岁多，只记得大哥上唇的绒毛是软的。

刚参军四年的大哥就荣立了二等功，又破格被提拔成侦察连的副连长，这不能不说是一个奇迹。在父亲的嘴里只换回几个字：狗屁，瞎猫撞上了死老鼠。

大哥是那只瞎猫吗？我不这么认为。大哥参军的地方名字很好听，叫珍宝岛。那岛上一定有许多奇珍异宝，我小时候一直这么认为。边防团的柴团长以前给父亲当过警卫员。抗美援朝结束后，不打仗了，父亲就把他的警卫员放到了边防团，后来就当上了团长。四年前柴团长是边防部队接兵的负责人。那会儿大哥刚高中毕业，像只生瓜一样到处滚来滚去，谁的话也不听，一副要招惹事端的样子。那次父亲就扯着大哥的耳朵，拎到了柴团长面前说：这小子你给我带走，你好好砸巴砸巴，砸巴不好就别让他来见我。大哥就这样被柴团长带到边防团去砸巴了。新兵连结束之后，柴团长把大哥留在了身边，当公务员兼通信员。那会儿通信设备不好，通往营里和连里的电话线路经常出故障，为了传达上级指示，经常会派人去连队和营里送信，大哥干的就是这种差事。一年前的冬天，大哥在傍晚时分接到了柴团长指示，去珍宝岛连队送一份通知。通知的内容无足轻重，只有一条内容：天气预报说，最近有寒流经过，让下面部队做好御寒的工作，防止官兵冻伤。

大哥骑了匹马，在大雪封门的边防团，马匹是最好的交通工具。大哥骑在马上，呼出的热气早已在帽檐上结成了冰霜。他很兴奋，每次来珍宝岛这个连队他都会兴奋。这里有一个他的好朋友叫朱大来。朱大来是大哥的同学兼兄弟，两人一年前来到了边防团。每次大哥到来，朱大来总会变出一瓶酒，弄瓶罐头或从食堂里偷出几只煮熟的鸡蛋。两人躲到朱大来的宿舍里，把着酒瓶对瓶喝。就在这时，他发现了远处树林里的坦克，还有随在坦克后面披着白色斗篷的士兵。大哥立即跑出宿舍，勒住马缰。他有点怔神，士兵他分不清敌我，可我们边防团的坦克都在后方，连队压根没配备坦克。当满三年兵的大哥已经是位训练有素的军人了，他立马意识到，这是敌人的坦克，他们要借着月色偷袭连队。大哥身上有枪，半自动步枪就背在肩上，他又望了眼前方不远处自己的连队，因为天色较暗，他看不见哨兵。可敌人的坦克发出低低的吼声已经越来越近了，大哥从后背上摘下枪，他要为自己的战友报警。枪响了。事后他才知道，在著名的珍宝岛自卫反击战中，是他打响了第一枪。少顷之后，枪声和坦克发出的炮弹就在整个珍宝岛上炸响了。关于那场战斗不再多叙，大哥歪打正着地参加了那场战斗。我上学之后学过一篇课文，就是描写关于那场战斗的英雄的，说我连队一个排长，腹部被敌人的子弹划开了，这位排长把从腹部流出的肠子又塞回去，一步一个雪脚印地向敌人射击……这篇课文从另一个侧面反映出了那场战斗的惨烈。

总之，大哥荣立了一次二等功，又破格成为侦察连的副连长。关于那场战斗，大哥后来很少提起。我就想，一定是因为大哥打响了第一枪，为连队通风报信了，他才走了狗屎运。当满四年兵的大哥荣归故里，已经人五人六了。回家的当天晚上，他就外出和杨帆约会去了。杨帆是大哥的同学。据二哥说，大哥在上学时杨帆就是大哥的马子了。马子就是女朋友的意思。在二哥的描述里，大哥经常在放学后，用自行车驮着杨帆钻小树林。

杨帆一家是我们的邻居，住在一单元，我们住五单元。杨帆的父亲和我们的父亲是战友，以前似乎也同在一支部队上，但不知为什么，父亲的朋友中却没有杨帆她爸。父亲每次和杨帆父亲见面总是冷漠地点点头，就像两个人不认识一样。随着大哥这场恋爱的败露，我才逐渐捋清父亲和杨帆一家的关系。

大哥休假的日子里，总是早出晚归的。我就快上学了，和大哥住一个房间。大哥不在家时，就我一个人住。我睡的是二哥那张床，我在下铺，大哥回来就住上铺。我睡在床上经常能闻到二哥的气味，究竟是什么气味我说不清楚，总之，整个床上都是二哥的气味。后来我大了，才知道那是男孩子青春的味道。大哥每天回来，仍然一副睡不着的样子，在上铺翻来覆去的，总会把我从睡梦中搅醒。我盯着黑暗中的上铺，大哥从床上坐起来，又躺下，床就发出吱吱呀呀的声音。我在下铺小声地问：大哥，你咋还不睡？

大哥头探下来，看了我一眼，蒙胧中我发现大哥的一双眼睛放着光，眉宇间还有些许尚未散尽的冲动和兴奋。大哥就说：老三，你睡你的。大哥说完又把头收回去，仍然没有睡意的样子。那会儿我还不知道大哥是恋爱了。

杨帆是比大哥晚一年入伍的。她当时是军区文工团舞蹈队的一名学员。杨帆上学那会儿就对跳舞很感兴趣。她妈以前就是宣传队的一名舞蹈演员，后来年纪大了，跳不动舞了，就退居幕后，在舞蹈队做了一名管服装道具的干部。杨帆可能遗传了她母亲的潜质，长了一双修长的腿，个子高高的。还是二哥说，杨帆打小就被母亲送到了少年宫去学舞蹈。高中毕业后，她母亲又为她在文工团请了名老师，精雕细琢了一年，转年便考入了军区文工团的舞蹈队成了一名学员。

事情发生在大哥回来的一个星期后吧。那天是个周末，军区礼堂有免费的电影。父母很少去看电影，都是老掉牙的片子，翻来覆去的就是那几部。大哥和二姐去看电影了。父亲戴着老花镜在看报纸，母亲在做鞋垫，她是给大哥和二哥做的。二哥已经去部队大半个月了。冬天冷，母亲已经做了几双了。母亲对我说：你大哥走时带几双，再给你二哥寄几双。母亲做的鞋垫针脚又细又密，一层层排列在一起像绣出的花纹，很好看。就在这时，二姐风风火火地推开了家门，她的五官都拧在了一起，样子似乎要哭出来，气喘着说：我大哥太丢人了。父亲放下报纸，母亲丢下针线，不解地望着二姐。父亲欠下身子道：是不是他又惹祸了？二姐不知因激动还是气愤，眼泪都流下来了。母亲过去拉过二姐道：你大哥咋地了？二姐憋红着脸说：他和杨帆搞对象，在电影院让杨帆妈抓到了。

母亲回过身看了父亲一眼。父亲啪地把手拍在茶几上怒喝一声：没出息的玩意儿，怎么跟了她！

最初我不解，大哥和杨帆恋爱，父母为何会有这种反应。杨帆我经常能见到她。我在窗子后面或者在院子里玩的路上，经常看见杨帆迈着一双长腿风风火火地走过。她还有一条长辫子在后背甩来甩去的。她的样子很好看。每次看见她，我的目光就被她吸引了，一直到看不见，才恋恋不舍地把目光收回来。

大哥和杨帆的恋爱遭到了双方家长的强烈反对。那天晚上，大哥灰头土脸悄悄溜进门时，被父亲一巴掌扇在脸上，并怒喝一声道：姑娘这么多，你找谁不好，怎么偏偏找了她。大哥被扇愣了，手捂着半边脸怔怔地望着父亲，二十二岁侦察连副连长遭到了迎头一击。半晌，又是半晌，才道：爸，你怎么和杨帆妈说同样的话？

杨帆妈姓继，叫继东冬，是父亲那个军的宣传队队员，年轻时长得一定不差。部队进城后，在一次联欢会上父亲认识了继东冬。她早就认识父亲，那会儿父亲是战斗英雄，立过无数次战功，有几次军首长为父亲授奖时，就是继东冬为父亲胸前戴的大红花。她不仅记住了父亲的样貌，还暗地里爱上了父亲。那时父亲并不知情。当时父亲被军功章晃花了眼睛，压根就没注意到给他戴大红花的姑娘的样貌。部队进城，组织了各种联谊会，就是为大龄军官介绍对象才搞的活动。父亲和她认识后，继东冬向父亲暗示过，还给父亲偷偷写过信，可那会儿父亲已经和母亲相识了，并一见钟情。母亲是名军医，进城前父亲负伤，就是母亲为父亲做的手术，取出了大腿上的一粒子弹。也就是说父亲老早就爱上了母亲，并向母亲发动了一轮又一轮的爱情攻势。母亲那会儿没把父亲的爱情当回事，她心里装着另一名男军医。

杨帆的父亲却喜欢上了继东冬，开始追求她。那会儿，父亲和杨帆的父亲都是团长，两人打仗时就比高低，找对象自然也不甘落后。继东冬因为心里有父亲，杨团长便屡攻不下，一来二去地发现一切都是因为父亲。在一天下午，杨团长骑着马带着警卫员来到了父亲部队驻地。父亲还像以往一样道：杨团长，啥风把你给吹来了？找我喝酒还是要摔跤哇？在和平年代没仗可打了，他们比输赢的方式就是摔跤。杨团长沉着脸挥舞着马鞭道：石团长，你别占着茅坑不拉屎好不好？这话把父亲说糊涂了。那次，父亲和杨团长大吵了一架，吵到最后父亲才明白，敢情杨团长把他当成情敌了。父亲挺委屈的，叉着腰说：瞅你那小心眼，别说一个继东冬，就是十个老子也没看上。父亲当时说的是气话，可不料想，杨团长最后终于和继东冬成了，这话自然也传到了她耳朵里。她便有意无意地开始生父亲的气。一直到两人到了军区，又成了一个楼里的邻居，这么多年过去了，两家人的关系仍然木木的。继东冬见到父亲总是把脸别过去，就是见到母亲也会用挑剔的目光打量着。就是当年的一句话，她深深地受到了父亲的伤害。杨团长在军区司令部上班，父亲在后勤部。按理说两个男人之间没什么，当年只是场误会而已。但杨团长自从娶了继东冬之后，便弯下了高贵的头颅。说白了就是怕老婆。老婆的喜恶就是他的喜恶。表面上他和父亲的关系也是木木的，但在私下里他偷偷找父亲喝酒，喝多了搂着父亲的脖子说起当年抢占高地的往事。待酒醒了，在老婆视线能顾及的地方，他只能和父亲木木的，点头而已。继东冬这样，也深深地刺激了母亲。母亲一遍遍在父亲的耳边说：那个姓继的有啥，不就是跳过舞嘛，又没文化。父亲就应和道：世界上谁也没你好。母亲说：你看她看我的眼神，知道你当年和她有一腿，告诉你，少理她。父亲就搓着手说：什么有一腿，这哪跟哪呀！

那天晚上在电影院里，继东冬发现自己的女儿杨帆和大哥在一起，电影还没结束，她抓着杨帆的肩膀从电影院里拽出来。大哥不明白原因，还从电影院里跟了出来。继东冬当着大哥的面道：天下的男人死光了，和谁恋爱不好？说完真真假假地在杨帆背上拍打了几下。她这是在报父亲多年前伤她的仇。她的话也被追出来的二姐听到了，回来后告诉了父母。母亲一听也火了，第二天冲大哥丢下一句话：石权，你和杨帆的事就死了这条心吧，除她之外，任何女孩我都不会反对。

大哥没料到，自己这颗爱情嫩芽刚刚崭露就被双方家长掐死了。在大哥后面休假的几天时间里，他再也没找到和杨帆单处的机会。每天去文工团上班下班，继东冬都牢牢地把杨帆控制在自己身边，从来没离开过自己的视线。又一周后，大哥心灰意冷，蔫头耷脑地回边防团了。后来，杨帆是不是又和大哥通过信或者有什么来往不得而知。反正，两年后，杨帆结束学员生涯提干后，很快就结婚了。她嫁给了文工团一名干事。婚礼那天，那个长得很白净的干事用吉普车把杨帆接到了院外。文工团不在军区院内，隔了两条马路，在八一剧场的后身那个院子里。我偶尔仍能见到杨帆在家属院里出入，在我眼里她没有以前漂亮了。有时不等她的身影消失，便收回目光。

得知大哥结婚的消息，是又一个两年后了。他在边防团附近的县城里和一个当地姑娘结婚了。在这之前，我们家所有人都没得到消息。

二

在二哥眼里大哥一直是个人物。

大哥参军走后，二哥就成了落配的凤凰，蔫头耷脑地没了精神。大哥比二哥年长四岁。二哥上小学时，大哥已经开始读中学了。不论二哥惹什么事都是大哥替他消灾。在二哥眼里大哥是神一样的存在。

大哥那次探亲回来，又轮到二哥参军了。二哥的理想是去找大哥，他也想去边防团。大哥虽然离开家这么久了，二哥仍然深深地依赖着大哥。二哥参军报名时，遭到了父亲的反对。父亲不是反对二哥参军，而是不同意他去找大哥。按父亲的话说：我不能把俩鸡蛋放在同一个篮子里。虽然大哥破格当上了副连长，还立了一次二等功，但在父亲眼里，大哥依旧不靠谱。三岁看老，这也是父亲经常挂在嘴边上的话。最后二哥去了守备区参军。虽然离大哥驻军不太远，但他们却分属两支部队。

母亲说，大哥小的时候也是很喜欢读书的。大哥不知用什么办法弄来了《水浒传》《三国演义》《七侠五义》等等这类书。有些书已经没有封面了，开篇故事已经从第二回讲起了，但这并没有影响到大哥的兴趣。书没日没夜地看，看了不知多少遍后，后来被人们称为三年困难时期中的最难的那几年到了。在著名的1960年，大哥十一岁了，正上小学五年级，个子已经长得很高了。大哥已经好久没有吃饱饭了，因为挨饿头就显得很大，脖子细得似乎挺不起他的脑袋。坐在角落里读书，读一会儿便打盹，挺大个脑袋朝前一冲一冲的。母亲担心大哥只有一层皮连着肉的脑袋会滚落下来。

母亲每每回忆到此时，眼里总是泪汪汪的，然后母亲抹着眼泪说：你大姐上中学，二姐也刚上小学，二哥又刚出生，家里孩子多，有点细粮都给你父亲吃了。父亲那会儿还带兵，经常搞演习，每天在训练场上摸爬滚打的，不吃饱怎么行。二姐也跟我说过，母亲生二姐时没奶，一些米面都让二哥吃了，我们家的细粮被母亲精工细作，化成了汤汤水水倒进了二哥的肚子里。营养不够水来凑，二哥的肚子就被汤汤水水撑得很大。我记事起对二哥的肚子还有印象，就像透明的半只西瓜皮，被同伴送了外号：大肚蝈蝈。因为肚子大，经常横着走路，动作笨拙迟滞，经常被人欺负，大哥的作用因此得到了彰显。

不说二哥，还是说大哥，大哥那几本心心念念的书，在他饿得最难受时，被他换成了玉米面饼子，一本书一只饼子。不仅大哥的书被换成了吃食，还有许多大哥心爱的玩具，比如，柴团长当年来我家时，那会儿的柴团长刚到部队不久，还是名连长，当年的柴连长送给大哥一把火药枪，还有一把军刺，这都是正经玩意儿，从那以后，这些玩具都成了大哥生命中最重要的一部分。挺过三年困难时期后，大哥手里几乎空无一物了，只剩下一只硕大的脑袋仍倔强地挺在脖子上。

上了中学后的大哥，他人生的江湖才真正开始。他有两个磕头兄弟，一个是朱大来，另一个是吴光辉。两人都是大哥的同学，都住在军区大院里。朱大来的父亲是通信站的站长，吴光辉的爹是保卫部的副部长。两人的爹都很有特点。朱大来的父亲腿受过伤，据说是在辽沈战役中被一颗炮弹把腿炸断了，腿是接上了，留下了后遗症。走路急了颠三倒四的，身体晃动的幅度有些大。吴光辉的爹少了半只耳朵，说是在抗美援朝时，被美国人的飞机扔下的炮弹炸飞了，炸飞的不仅是他半只耳朵，还留下了一脸的麻坑。他爹当了保卫部副部长之后，我们看到吴副部长经常戴一个口罩，不论什么季节那个白色的口罩似乎就长在了吴副部长的脸上。他爹还有个重要标志，后腰的裤腰带上总是插着一把手铐，有意无意地锃亮着显现出来。有许多妇女哄孩子，孩子不听话，母亲就威胁孩子说：吴麻子来了。孩子瞪圆眼睛就噤了声。我小时候，母亲没少这么吓我。后来我们长到半大时，再也不怕他了，还在背地里给他编了句顺口溜：吴麻子要年轻，一脸麻子一脸坑……有时被他听到了，就做出追赶我们的样子，还把后腰插着的手铐拿出来，在手里弄出哗哗啦啦的响声，我们早就跑得无影无踪了。

就是这两人的儿子成了大哥的左膀右臂。二哥曾信誓旦旦地说：大哥和两个哥哥是磕过头的，他们比亲兄弟还亲，咱们比不上。二哥说这话时一脸羡慕。后来二哥又指着我们学校后面的小树林说：大哥他们就在这里结拜的兄弟。

我上学后，学校后面那片小树林我无数次去过。那是一片松树林，不知何年何月存在于此地了。树上有挂着即将坠落的松塔，地上落满了一层又一层的松针，走在上面软绵绵的。我望着树林就想，古有桃园三结义，大哥也是想延续当代的兄弟之谊吗？

朱大来和吴光辉是和大哥一年参的军。朱大来和大哥在一个团，吴光辉被分到了另外一支部队。大哥参军后就被柴团长留在团部当了通信员，朱大来则去了连队，就驻扎在珍宝岛南侧。那次珍宝岛反击战打响，朱大来自然也参加了战斗。大哥打响了通风报信的第一枪之后，敌人的枪也响了。他骑着的马匹被一串子弹射中，大哥从马上跌落下来。他连滚带爬地躲到了一棵树后，也是那棵树救了大哥的命。当我们的士兵冲杀出来时，大哥和朱大来见面了。朱大来见到大哥后吃惊不小，扑过来查看大哥的身体，嘴里一叠声地道：老大，伤到没有？大哥活动下四肢道：还行。眼见着自己的部队和敌人偷袭的部队战到一处，大哥挥了下手里的枪说：操家伙吧。大哥和朱大来两人抄到敌人的后侧去了。那场遭遇战下来，柴团长总结战例时隆重地表扬了大哥和朱大来的这次穿插，完全打乱了敌人的布防。也就是说敌人这么快就被我军击退，大哥和朱大来两人功不可没。因为大哥首先发现了敌人，又打响了通风报信的第一枪，大哥的功比朱大来的功大一些。朱大来也荣立了一次三等功，战后也被晋升为排长。当大哥和朱大来两人提干时，在另外一支部队上的吴光辉还是名战士。他们部队作为预备队，还没有拉出来，反击战便结束了。眼见着两个兄弟立功提干却没自己的份儿，吴光辉心有不甘，只叹命运不济，一年后，吴光辉便复员了。

我上学之后，从小学到中学，都是大哥曾经读过的学校。大哥他们三兄弟虽然离开好多年了，但他们的传说一直在口口相传。我们的学校是军区子弟学校，在此就读的大都是军区干部子弟，这些孩子和地方孩子比，胆子大爱惹事，总是把学校弄得鸡犬不宁。我们的校长姓刘，以前也是军人，参加过的战斗无数，有半只被炸飞的手臂为证。刘校长半只袖管总是空的，他像个军人一样经常站在我们队伍前训话。他说得最多的一句话就是：你们父母把你们送到学校来，是学习知识文化的，不是调皮捣蛋惹是生非来的，嗯?！谁不听话给我站出来。他说到这时，还把腰间系着的武装带解下来，那是条牛皮做成的腰带，铜头带着包浆，他用那只健全的手挥舞着腰带，样子威风凛凛，让我们肃然起敬。就是这么让人尊敬的刘校长没少遭受大哥他们的整蛊。

刘校长军人出身，带过兵打过仗，他经常把学生当成军人一样来管理。上了中学的大哥，经历了三年困难时期，吃了半年饱饭之后，个子就蹿了一大截，脖子和头的比例已经比较合理了，他和另外两个兄弟经常梗着脖子，谁也不服的样子。他们很快又做了火药枪，别在后腰上或装在书包里，上课也晚来早走的。一天下午，大哥和两个兄弟从校外回来，此时，班级已经上课了，整个学校都静悄悄的。三个人本想穿过操场以最快速度回到班级里，结果被早已等候多时的刘校长撞见了。他大喝一声：你们给我站住。大哥三人就定格似的立住了脚步。大哥他们对自己的班主任，那个姓李的中年妇女是一点也没有惧怕感的，他们站在李姓班主任面前几乎比她还高出半头，从气势上他们就占了上风。唯独这个刘校长，他们立在他的面前，就跟一只毛没长全的小公鸡似的。那天，刘校长把大哥三人带到了操场中央。正是7月份，下午最热的那段时间，大哥他们足足被暴晒了一下午。学生们下课都围着三个人看，二姐自然也看到了大哥。她跑过来看到大哥眼冒金星的样子说：大哥你又闯祸了，看回家爸咋收拾你。大哥就冲二姐瞪眼睛。二姐经常回家打大哥的小报告，大哥让父母操碎了心，他经常惹祸，不是踢球时踢到了学校门窗的玻璃上，就是约一帮人和外校学生打群架。大哥每次闯完祸从来不敢直接回家，而是跑出去，不知在什么地方躲上三两天。在我小时候的记忆里，大哥很少有着家的时候，他总是在躲灾，要么就是在躲灾的路上，大哥以为躲过了初一，就没有十五了。二姐早就一五一十地把大哥的祸端详尽又添油加醋地汇报给了母亲，母亲知道了就等于父亲知道了。躲过初一的大哥，初三或初四回家后，就遭到了父亲的暴打。父亲暴揍大哥时方式方法很多，完全要看父亲的心情，有时按在床上，抡起皮带抽；有时绑在楼下的树上，一般把大哥绑到楼下树上时，已经被打完了，把大哥绑到树上完全是为了要摧毁大哥的自尊心。大哥双手倒背着和树紧紧捆在一起，有下班的叔叔阿姨从大哥身边路过，他们发现大哥就知道他又闯祸了，然后就忍着笑道：咋地了，石权，又整啥幺蛾子了？大哥不说话，把头埋在胸前。那会儿的大哥对邻居杨帆已经有好感了，两人眉来眼去的已经有些时日了。他不怕别人的幸灾乐祸，他最受不了的就是惊慌失措的杨帆。父亲为了收拾大哥，让他长记性，有时傍晚把他捆在树上，到了半夜也不给他解开。他起初像英勇就义的烈士一样，高昂着头，目光斜视，眯着眼，一副不把世界放在眼里的模样。一到半夜，他就撑不住了，头耷拉下来，身子也不再挺直，东倒西歪地靠在树干上。二姐毕竟是女生，虽然她热衷打大哥的小报告，见大哥这样她还是于心不忍，便小声地央求母亲说：妈，我给大哥送口吃的吧。母亲没说话，偷看父亲。二姐就移动身子来到厨房，她在碗里装了一个窝头，就要出去。父亲断喝一声：回来！二姐就立在门口不知何去何从的样子，她再次求救似的去望母亲。母亲只能装作看不见。

母亲比父亲更了解大哥的劣习，有许多次大哥闯祸，都是她偷偷去学校处理，要么赔学校损坏东西的钱，要么带被大哥打伤的同学去医院包扎……做完这一切，她都不告诉父亲。她毕竟是母亲，父亲暴揍大哥时她也心疼。为了大哥少挨些揍，她专门把自己办公室的电话留给了刘校长，并反复交代道：有啥事给我打电话，老石工作忙。母亲私下里为大哥扛了许多次雷。有几次母亲拉着闯完祸的大哥说：石权呀，你能不能让妈省省心，我咋养了你这么个不服管的孩子。大哥又梗了脖子说：妈，我长大了，以后我的事你不用管，我自己能扛。母亲挥起手就拍在大哥后背上，大哥的骨头已经长得很硬了，硌得母亲手生疼。母亲也希望父亲能把大哥教育好，像别人家的孩子一样听话懂事。可大哥就天生长了反骨，越挫越勇。

他被父亲绑在树上的夜晚，杨帆多次从家里偷来吃食送给大哥。大哥自然是感激地冲杨帆说：你快回家吧，我一个人行。杨帆也怕让人发现，但她又不忍心走，躲到暗影里陪着大哥。每每这时，是大哥最难过也最扎心的时候。他经常见四下无人时冲暗影里的杨帆说：你等着，再过两年我带你远走高飞。

当了副连长的大哥没能带杨帆远走高飞，连个军区大院都没出去，他们的爱情就夭折了。大哥当初离开家门又回到部队是何种心境，我们都不得而知。总之，从那以后，大哥便很少回家了。

再说我们的刘校长，自从罚了大哥他们后，在一天晚上，他被人绑到学校后面的松树林里，整整一宿。第二天都上课了，老师们发现他们的校长不见了。到处寻找，才在小树林里找到了刘校长。刘校长被五花大绑在一棵歪脖子树下，头上还被一只面口袋罩住了。

刘校长除了爱体罚学生外，他身上几乎没什么缺点，是位视学校为家的好校长。学校后面那片松树林一直是校长的心头之患，经常有早恋的同学游走在树林里，刘校长就养成了习惯，每天傍晚他都要打着手电去树林里转一转，去驱散那些早恋的学生，这已经成了他每天的工作。可就在罚完大哥他们不久后的一天傍晚，他遭人暗算了。他甚至没看清捉弄他的人长什么样，头就被面口袋罩上了。他的袜子被脱下来塞到嘴里，然后又被撕扯着绑到一棵树上。后来据刘校长向派出所的人回忆，绑他的人不少于三人，力气很大。他心有不甘地挥着一只空袖管说：警察同志，要不是我早年受伤，别说三个小兔崽子，就是再多几个我也不在话下。刘校长认定这次被绑事件一定是大哥带头干的。警察查看了现场，又找了些同学和老师了解情况，当然也少不了单独找到大哥、朱大来、吴光辉三个人问讯，但大哥他们三个人都铁嘴钢牙一口咬定和自己无关。警察调查了好几天，也没弄出子丑寅卯来，最后还是收队了。

从那以后，刘校长经常站在某个角落里，双眼冒火地审视着大哥他们。大哥自然知道刘校长不怀好意地审视他们，他们就像没看见一样，故意把头抬起来，挺着胸脯在校园里进进出出。一直到大哥他们毕业，刘校长眼里的怒火才渐渐熄灭。多年后，在刘校长得知我是石权的弟弟时，他的脸上仍然掠过难以言说的表情，一言难尽地说：你大哥这小子呀，唉，咋说呢……我看着刘校长苍老的脸，他的胡子已经白了，却仍然没忘记大哥。

大哥参军时，得到了母亲积极响应。大哥被柴团长带走后，母亲才冲父亲叹口气说：终于可以睡个安稳觉了。

父亲背着手说：我和柴团长交代了，他要不把石权砸巴好就别来见我。

三

柴团长为遵照父亲的指示修理大哥，新兵连一结束，便把大哥留在了公务班。团机关架子小，说是公务班，其实也就是那几个人，放映员、收发员、打字员、公务员这几名士兵。作为公务员的大哥，每天都要第一个来到机关楼，在首长上班前，把所有办公室打开，擦桌子扫地，打来开水，并为每间办公室的首长都沏上一杯茶。待窗明几净了，大哥的工作才暂时告一段落，回到公务班随时等待调遣，如果遇到哪位首长临时有事便一个电话把大哥叫去。差不多中午前，大哥就要到团部收发室去领取报纸和信件。收发员把每位首长的报纸都分好了，大哥抱着一沓报纸，依次地再送到每间首长办公室去。下午一直到下班，大哥都要一丝不苟地在公务班里等待着，说不定什么时候，一个电话过来，大哥就要屁颠着跑出门去，为团首长服务。

大哥从上小学时就爱读书。他读的书有自己的侧重，从《水浒传》《三国演义》延续到参军后的《林海雪原》《红日》等。凡是和英雄有关的书他都会找来读。在一段时间里，他成为图书馆里的常客，能借来的书几乎都读了一个遍。

有天傍晚，大哥仍坐在值班室里读书，柴团长站到门口，大哥读书的注意力太集中，柴团长出现他都没有发现。直到柴团长从他手里抽走了书，大哥才醒悟过来，站起身，并立正站好道：团长有任务？柴团长就上下把大哥又打量了一番。大哥以前在家里就见过柴团长，解放战争时，父亲是名团长，柴团长是父亲的警卫员，后来部队进城了，没仗可打了，父亲就把柴团长放到了警卫排当排长。一直到抗美援朝战争爆发，身为师长的父亲又去了前线，柴团长作为警卫连连长自然又肩负起了保卫师指挥所和师首长的责任。柴团长从士兵到现在一直在追随着父亲。有几次柴团长到家里来看父亲，正赶上大哥犯了错误，被父亲按在床上用皮带抽屁股，还是柴团长过来解的围。那会儿大哥还小，刚上初中，柴团长就摸着大哥的头说：石权，跟我去部队吧。大哥的眼睛就亮了，紧跟着说了句：柴叔，你说的话算数？柴团长就望着父亲的脸道：只要首长同意，我立马带你走。父亲自然不会同意，那会儿大哥才十一二岁，但大哥却记住了柴团长说过的话。

大哥在十四五岁那年吧，带着朱大来、吴光辉等人和地方学校打群架，起因就是外校的学生向他们吹了几声口哨。在他们青春年少的心里这就是挑衅，于是就打了起来，用石块把外校的两个学生的头砸破了。

母亲一晚上都在医院处理这事，不仅赔了人家的钱，还要满脸讨好地跟人家赔不是。大哥自然逃不掉父亲的毒打，暴打一阵后又如往常一样捆到楼下的树上示众。父亲这一招是有依据的，父亲教育我们最文明的一句话就是：人要脸，树要皮。如果我们不要脸了，其结果就是绑在树上示众。起初父亲的办法是奏效的，大哥被绑在树上看着眼前不断往来的叔叔阿姨，他恨不能找个地缝钻进去，心里还千遍万遍地说：以后可不敢再做傻事了。初一十五之后，大哥的脸皮比树皮还厚了，他变成了滚刀肉，自己被绑在树上，冲过往的人还不停地偷笑。这天晚上大哥被绑到树上后，他还发现了朱大来。朱大来早他一步被自己的父亲也绑在了树上。两人相距有四五棵树的距离。两人相互凝望着，半晌大哥冲朱大来说：育红中学的人就该打，前几天他们还抢了咱们二班一个人的军帽。朱大来的屁股被他父亲的皮带抽得仍火烧火燎地疼着，他吸了口气说：是该打。石权，你的屁股疼不？朱大来这么一说，他才发现自己不仅屁股还有腿也开始火烧火燎地疼。大哥也吸口气说：真金不怕火炼。要坚持真理一定要付出代价。那会儿大哥和朱大来、吴光辉三个人已经结拜为兄弟了。大哥出生的月份比他们俩都早几个月，大哥就成了他们的老大。两人哼哈地聊着关于真理和疼痛的话题。正在这时，大哥闻到了一股飘来的雪花膏的气味，这气味他太熟悉了，他想到了杨帆。在这事的半年前他已经和班上的杨帆开始眉来眼去了，大哥经常在放学后用车驮着杨帆穿大街走小巷，有时还钻到路边的小树林里。后来大哥问过杨帆：你到底喜欢我什么？杨帆就扬起头，眼里发出亮光道：你天不怕地不怕。大哥笑了，牵起杨帆的手向树林深处跑去。

来的人果然是杨帆。她早就在自家楼上看到大哥被捆绑的惨样了。以往这时，母亲一般做通父亲工作了，母亲一般都这么说：石权还是个孩子，吓唬吓唬得了。父亲不说话，把茶杯重重放到茶几上，母亲便说：夜里蚊子多，别人家都休息了，把孩子绑那儿不好看。父亲不再说什么，转身走进卧室，这是父亲妥协的节奏。母亲这时就会奔下楼，来到大哥身边，快速地解开大哥身上的绳子。这次因为大哥打架，母亲也真生气了，不仅替两个受伤的孩子交了医药费，又买了些营养品，母亲这个月工资基本报销了，一个晚上母亲也没为大哥说求情的话。父亲一直梗着脖子，脸色阴沉得能拧出水来。

杨帆见大哥无望解脱，遂从家里溜出来，借着暗影来到大哥身后，为大哥解开了绳子。大哥转过身时，杨帆用力把那截绳子扔到黑影里道：石权，你快跑吧。说完她率先跑回家去了。大哥站在树下看着杨帆钻进了自家楼门，一直到看不见她才回过神来。朱大来就低声叫：老大，石权，还有我呢！大哥顺利地为大来解开绳子。大来就无辜地说：石权，家咱们回不去了，下一步该怎么办？大哥一晚上都在想着柴叔叔说过的话，无路可走，他只能投奔边防团的柴叔叔去了。决心已下，他拉起朱大来就跑了出去。到了大门口，大哥多了个心眼：军区大院是有卫兵站岗的，他们这时候出去一定要受到盘查，弄不好他的计划就前功尽弃了。想到这儿，大哥拉着大来又往回跑去，来到院墙下，他们先爬到一棵树上，抓着树杈荡到墙头上，再翻出去。

第二天一早，大哥和朱大来登上了北上的列车，军区大院内寻找大哥和朱大来的行动已经进行了好一会儿了。下半夜时，母亲还是说服了父亲，赶到楼下去解救大哥。她没有找到大哥，却在暗影里找到了那半截绳索。她提着绳索茫然四顾时，看见朱大来的母亲也提着绳子正在那张皇失措。

大哥和朱大来几经辗转，终于找到了边防团。当柴团长看到眼前两个孩子时便愣住了。他一边招待着两个孩子，一边抽空把电话打给了父亲。父亲一听大哥去了边防团，心是放下了，气却没消，狠狠地冲电话里的柴团长说：你派人马上把这兔崽子给我送回来。柴团长又赶回来时，大哥和朱大来两人已经把一大海碗的面吃光了，这是柴团长特意吩咐炊事班为二人做的。面条上打了荷包蛋，还撒了葱花，这是他们有生以来吃过的最好的面条，许多年过去了，大哥仍然对那碗面念念不忘。三天两夜的车程，大哥和朱大来只喝过几次水，他们没钱买吃食。

那次，柴团长让军务参谋把二人送走前，来到二人面前，他拍了这个肩膀，又拍了拍另一个肩膀道：再过几年，你们一定会是出色的战士。大哥和朱大来绝望地说：那现在呢？柴团长挥下手说：现在你们得回去。

吉普车开动那一刻，大哥透过车窗死死地盯着柴团长，心里想：我迟早要出来。车行驶到边防团门口时，他甚至还掉了几滴眼泪。那次大哥回来，父亲却没有再惩罚大哥，就像什么也没发生一样。弄得大哥还挺不适应，偷眼打量了父亲好几天。三年后，柴团长果然没有食言，把大哥和朱大来接到了自己的部队。

大哥做了团部的公务员，整日里干着跑腿伺候首长的工作，他内心是失望的，从小到大他的梦想就是成为英雄。他想象着自己有朝一日从军，能持枪为祖国站岗巡逻，最好再发生点儿战事，枪林弹雨伴着他的热血青春，这才是真正的军人。可没想到，不仅没有战事，连站岗巡逻的份儿都没有。他经常和朱大来、吴光辉通信。朱大来就在自己的部队，离团部并不远，在一个叫珍宝岛的连队里巡逻，吴光辉和他们不是一个团，在警备区的警卫连当战士。两人都做着持枪站岗巡逻的工作，他们还在自己的哨位上拍了照片寄给大哥，大哥对他们自然心生羡慕，越发觉得自己的兵白当了。他私下里向柴团长提过，要下连队当战士。

柴团长就眯着眼睛问：为什么要下连队？

大哥就梗着脖子答：那样才是个真正的战士。

柴团长没说什么，点点头又摇摇头，大哥不知柴团长葫芦里卖的是什么药。

大哥当满一年兵之后的一天晚上，这天大哥仍在公务班值班室里百无聊赖地待命，马上就晚上十点了。十点一到，熄灯号就将吹响，大哥一天的工作就到了尽头。正在这时，柴团长出现在了大哥面前，和以往不同的是，这天晚上柴团长全副武装，神色凝重地来到大哥面前道：石权同志，有一项紧急任务让你去完成。

大哥听到了有任务，立马站起来，眼睛锃亮地盯着柴团长，从当兵到现在，他已经等候多时了。

柴团长把一张地图交给大哥道：五十四号界碑，靠近我方这一侧放着一封加急密信。说到这又看了眼腕上的手表道：给你五个小时时间，凌晨三点前务必把密信送到团部值班室。

大哥接过地图，同时，柴团长又从随身的挎包里掏出一只手电筒递给大哥。这是大哥入伍以来第一次接受这样神秘又刺激的任务。他冲柴团长敬个礼，还铿锵地说了句：保证完成任务。大哥带着地图和手电跑步离开团部，直奔五十四号界碑的方向。

五十四号界碑离团部直线距离不过二三十公里，可这二三十公里都是山路。别说夜晚，就是白天也并不好走。大哥不知道，他隐进夜色之后，有两名全副武装的参谋也尾随他而去。这是柴团长砸巴大哥的第一步计划。

大哥走在山路上，正值七八月份，树木浓密，前两天刚下过雨，山路泥泞，大哥一连摔倒了几次。他不仅要赶路，还要不停地看手中的地图。这条山路有几个岔路口，分别通向不同的界碑。时间紧迫，大哥没有更多的时间犹豫。此时林地里不断地飘荡着磷火，俗称鬼火。许多迷信的人把磷火当成了逝者的灵魂，磷火在大哥不远不近的地方飘荡，却始终和大哥保持着距离。隐约地在远处山林还有狼群的叫声，不知是因为饥饿还是呼朋引伴。总之，这一切都是大哥正在经历的考验。他的目标只有一个，直取五十四号界碑，那里有一封十万火急的密信。执念让大哥变得一往无前，他终于在黑暗中看到了五十四号界碑的瞭望塔了。

他知道瞭望塔里会有我们的边防战士值守。可出乎他意料的是，他赶到瞭望塔下时，那里却空无一人。依据地图指示，再向北五百米就是五十四号界碑了。来不及多想，他向五十四号界碑摸索而去。就在他发现界碑时，他看到了对面隐约的瞭望塔，这是他第一次面对界碑和边境，心里陡然冒出一股神圣的东西。他终于摸到了界碑，在我方这一侧，找到了一个完好的信封。他把信封揣在怀里，掉转头又向回赶去。

半路上，有雷声在头顶滚过，轰鸣声让周围的树木一阵阵地沙沙作响。闪电划过天际时，他看见了周围一片惨白的树木，转瞬又漆黑一片。豆大的雨点落了下来，为了保护好怀里的信件，他含着胸，用双手护住胸口，在风雨中向团部方向奔去。

他湿淋淋地出现在团值班室里时，柴团长正在等他。他掏出怀中的信，递过去道：团长，我完成了任务。柴团长看了下腕上的表说：你提前了十分钟。然后看着大哥说：你回去休息吧。大哥敬礼后转身离去。柴团长望着大哥的背影，脸上露出一缕欣慰的笑容。

这是柴团长第一次砸巴大哥，结果他是满意的。在柴团长带兵的理念里，他一直认为没有孬兵，只有不称职的指挥员。他相信大哥在他的修理下一定会长成一棵好树。

柴团长第二次考验大哥是在那年的冬天。北方边陲雪来得早，几场雪一落就白茫茫一片了。这天下午，柴团长又神秘地找到大哥说：在老虎洞里，我们侦察兵留下一份电报，电报夹在一本书里，在 111 页和 112 页之间，你把那封信找出来。记住是 111 页和 112 页之间。柴团长又强调了一下，为大哥画了重点。

老虎洞大哥知道，离团部不算远，有十几公里的样子，以前那就是一个天然山洞，后来据说被两只老虎占据了，不知何时老虎又走了，却留下了老虎洞的名字。在新兵连时，他们在老虎洞的山上拉过练，搞过急行军。

大哥急三火四地离开团部，不到半个小时，大哥空着手回来了。柴团长就问：任务完成了？大哥就说：团长，你的任务是不是有误？柴团长一脸问号地望着大哥。大哥就说：111 页和 112 页是在一张纸上，中间怎么会夹着电报？大哥说完审视地望着柴团长。柴团长嘘口气，坐下来轻描淡写地说：石权同志，你的任务完成了。你回去吧。大哥虽然疑惑，但还是离开了。

柴团长两次考验大哥，目的是不同的，第一次是考验大哥的胆量和时间观念；第二次就是考验头脑的反应了。作为一个优秀的士兵，不仅要有胆量完成任务，还要学会动脑子，去分析自己所完成的任务。那次之后，柴团长给父亲打了一个电话道：首长，石权有成为优秀军人的潜质，你放心，我一定会让他更优秀。父亲自然也是欣慰的。后来，柴团长又多次对大哥进行了全方位的考验和锻炼，于是才有了大哥打响了珍宝岛反击战的第一枪。他立功，破格晋升也就水到渠成了。

四

吴光辉在守备区警卫连当兵，虽然他的驻地距大哥的团部只有一百多公里的距离，但见一面也很不容易。在大哥的记忆里，他们兄弟三人在几年时间里只见过两回，第一次是珍宝岛自卫战打响，吴光辉所在的守备区自然也接到了前来增援的任务，守备区的部队赶到时，边防团已经开始打扫战场了。大哥和朱大来听说吴光辉所在的守备区部队赶到了，他们在队伍里找到了吴光辉。吴光辉和所有人一样，身披白色的披风，手持冲锋枪。朱大来头部被炮弹皮擦伤了，缠着纱布，可能纱布缠得太紧的缘故，一只眼大一只眼小。他们兄弟三人相聚时，就抱作了一团。大哥捣了吴光辉一拳道：咋来这么晚？等你们赶到黄花菜都凉了。吴光辉上下打量着大哥和朱大来，这捏捏那看看，发现并没有大碍才嘘一口气道：你们没大事就好，听说你们这打响了，这两天我担心得眼睛都没闭上过。大哥和朱大来果然看见他双眼布满血丝。那是三个人参军后第一次相见，匆匆说了几句话便挥手告别了，各自的部队还有各自的任务。

第二次三个人见面时，是大哥和朱大来两人同时休假，两人提干后每年都有探亲假，大哥在这之前探了一次亲，他和杨帆的爱情被双方家长掐断了。大哥失魂落魄地离开家时就下决心再也不回来了，温暖的家变成了他的伤心之地。这年休假，大哥提议两人去看看吴光辉，朱大来自然没有反对。这是两人第一次来到守备区。守备区在一个市的郊区，条件比他们边防团好上不少。那次两人在守备区招待所住了两天，吴光辉自然也是忙里忙外的。第三天的时候，大哥和吴光辉把朱大来送上了火车。大哥爱情夭折的事朱大来听说过，对大哥休假不回家，他还是不能理解。大哥就冲他说：你替我看看我父母就行了，回去又没啥事，我陪光辉多住几天。朱大来这次休假的确有事，他大姐为他张罗了一个女朋友，说是一家部队医院的护士，他大姐已经来信说了有几次了，朱大来便心里长草了，急三火四坐上火车赶回去相亲了。

那次，大哥在吴光辉的守备区又住了几天。临走的前一天，吴光辉突然想起什么似的说：明天带你去看一个好玩的地方。第二天吴光辉从连队借了一辆三轮摩托，带着大哥驶出市区，来到了一片草原上，这里有条著名的黄花沟，大哥没来之前，吴光辉就写信多次提到这个黄花沟。这是一片天然的黄花地，夹在两个土丘之间，正值七八月份，漫山遍野的黄花灿烂地盛开着，晃得人眼晕。吴光辉就叉着腰说：老大，看见了吧，这就是黄花沟。这里成为每名士兵的理想之地，凡是有人要休假探亲都会来到此地，采上半天黄花，把它们晾晒在山坡上，十天八天之后再收走，便成了城里人喜欢吃的上等黄花菜。在边防当兵，每次回家探亲没有什么礼物好带，天然的黄花菜便成了他们最好的礼物。

大哥和吴光辉站在山坡上，解开风纪扣，望着眼前漫山遍野的黄花。大哥此时又想起了杨帆，他心里撕心裂肺地又疼了一次。自从上次离开家，他便经常心疼，每次因爱情伤心难过时，他总是努力把注意力转移开，这次也不例外。他站在高岗上努力让自己的视线望到天际，在大哥的眼里，在天际有一匹马向他们奔来，再近一些，他又看见了一位穿红衣的女人端坐在马上。她姿态悠然，骑在马上犹如闲庭信步。转瞬之间，人和马便来到了他们面前。端坐在马上的是一位大眼睛女孩。她脸色潮红，身上的红衣服是一件同样亮得耀眼的蒙古族袍子。大哥被眼前的红袍少女惊呆了。少女从马上下来，距离两人几步远的地方还给两个人敬了个军礼。这时大哥和吴光辉才看见她身后还背着一支枪。正当两人不解时，女孩响亮地道：两位部队首长，旗民兵连乌兰托娅正在训练。

大哥后来才知道，乌兰托娅是附近这个旗的民兵连成员，她在旗里一家商店上班。那一次，大哥和乌兰托娅握了手，还相互通了姓名，乌兰托娅又一次上马，又一次在马背上给大哥和吴光辉敬礼，掉转马头，一团火似的飘走了。大哥不知为什么，随着乌兰托娅打马离去，自己的魂仿佛被抽走了。吴光辉一连叫了几次大哥，大哥才晃过神来。

半年后，大哥又一次和乌兰托娅相见，却是另一番场景了。

那年冬天，雪下了几场之后，山地和平原又一次白茫茫一片了。大哥所在的侦察连搞训练，身为副连长的大哥带着一个班的士兵钻进了密林里，这次训练计划是大哥做的，为的就是锻炼侦察兵的求生能力。这次侦察任务为期一周，他们带着干粮和指南针便出发了。结果在训练临近结束的前一天，大哥为了探路走出密林，却迷路和战士们分开了。当第七天战士们回到连队时，还没有发现大哥的身影。

大哥失踪便成了边防团的大事件，因为大雪封路，边防团每年几乎都有巡逻的战士因迷路而失踪，有的找到时已经成了冰人。对于大哥的失踪，柴团长自然不敢怠慢，下令全团搜索大哥，不仅号召全团还有友邻的部队、旗、县都通知到了。寻找大哥的那几日，漫山遍野都是士兵和群众的身影，到了晚上又是遍地的火把把半边天都照亮了。就是这样，三天三夜也没发现大哥留下的一串脚印。按照正常推算，大哥一定是牺牲了。在零下三四十度的荒郊野外，在脱离开人群后，不可能活过三天，除非有奇迹。

三天后，柴团长下令停止寻找。他来到办公室里含泪给父亲打了一个电话。父亲听到大哥失踪的消息，好久没有说话。他是名老军人，自然知道大哥这次失踪意味着什么。他默默地放下电话。柴团长听着电话里的盲音，突然悲怆地大喊一声：老首长，我对不起你，没有保护好石权。柴团长泪流满面，面向办公室的白墙狠狠抽了自己两记耳光。这次侦察连训练是他同意的，他责怪自己当初怎么就同意了，是对大哥的过度信任才导致了今天的结果。

就在全团和旗、县的人们停止对大哥的搜寻时，还有两个人并没有停止对大哥的寻找：朱大来和乌兰托娅。朱大来是大哥的兄弟，当部队接到停止搜索大哥的命令时，朱大来找到自己的连长，恳请连长同意让他一个人继续寻找下去。他一边流泪一边说：我和石权同志不是兄弟但胜似兄弟，我活要见人，死要见尸。在他的软磨硬泡下，连长同意了，但不放心他一个人去寻找，派出一个班陪着他继续寻找。第一天结束后，他就把一个班的人解散了，只身一人前去寻找。在朱大来的意念中，大哥一定不会出事，从小到大他们就在一起，知道大哥点子多，脑子活，遇到任何大事都出奇的冷静。他确信，大哥一定在某个地方正等待着他救援呢。

另外一个人就是乌兰托娅。半年前她在黄花沟见过大哥一面，她就记住了脸膛儿黑红的年轻军官。大哥微笑着告诉她自己的名字，她怕把大哥的名字忘记，回到家后还把“石权”两个字写到了她的日记本里。

当旗民兵连接到搜寻大哥的任务时，她已经骑着马跑了几座山岗了。当大队人马收兵时，她也不相信那么一个活生生的男人会在她的世界里消失。于是一个人一匹马又踏上了寻找大哥的征途。马蹄越过黄花沟，再过几道山峦就是熊瞎子沟了。

朱大来就是在熊瞎子沟发现大哥的，这和当初大哥训练的地点相隔几座山头了。大哥爬到了一棵树上，身子已经硬在了树杈上无法动弹了，只有眼睛还能动一动；大哥的脸早就冻僵了，露出微笑状。几天下来，他吃光了最后一块压缩饼干，根据指南针的指示不知怎么昏天暗地就走到了熊瞎子沟。熊瞎子沟是名副其实有熊出没的地方，大哥真的遇到了熊，为了保护自己他爬到了一棵树上。那只饥饿的黑熊就蹲在树下等了大哥一个晚上。天亮了，黑熊失去了耐心，离开了。朱大来到了，他看着地上杂乱的黑熊脚印和大哥留下的脚印，放开嗓子便开始呼唤大哥。大哥已经没法作答了，只能眨着眼睛望着树下的朱大来。大哥当时一定在心里暗骂朱大来是个傻瓜蛋。朱大来呼喊了一气之后，终于抬头了，他看见了倚在树杈上的大哥，那一刻他激动得差点儿掉下眼泪。当朱大来爬到树上时，乌兰托娅骑着马也赶到了。乌兰托娅看着树上的两个人也是又惊又喜。

朱大来把树上的大哥背下来，乌兰托娅把大哥放到马背上，又用自己的围巾把大哥和自己捆到一起，她和大哥飞驰而去。朱大来看着乌兰托娅带着大哥打马而去，他才反应过来，也转头向山外奔去。

当柴团长赶到旗医院时，大哥已经苏醒了。他躺在病床上，举起僵硬的手臂为柴团长敬礼道：报告团长，侦察连完成了野外训练，坚持极限日期十天。大哥冲柴团长微笑着，柴团长已经是热泪盈眶不知说什么好了。他一遍遍在大哥的病床前踱着步子说：人没事就好。

几个小时后，父亲也赶到了大哥的病床前，他是为参加大哥的追悼会而来的。他出发前，母亲已为父亲做好了一支纸花，此时那枚纸花就揣在父亲的衣兜里。父亲离开家时，母亲一边流泪一边在相册里寻找大哥的照片。又来到照相馆把大哥的照片放大，装到一个相框里，摆在客厅的柜子上。母亲做这些时是无声无息的，她没有流泪，脸上却有一种让人害怕的东西一直笼罩着。那会儿，二姐已经参军走了，家里只有我和二哥在。二哥见到大哥的照片之后，也一脸凝重。趁母亲不在，我拉了拉二哥的衣袖道：二哥，大哥咋地了？二哥没看我，两只眼睛仍死死盯着大哥的照片道：大哥牺牲了。我还不能确切明白“牺牲”这两个字的含义，但却被二哥冰冷的目光吓到了。

当父亲赶到大哥病床前时，看见大哥正坐在病床上冲自己咧着嘴笑，父亲惊愕地盯着大哥，举起了巴掌似乎要落到大哥脸上。柴团长在一旁大叫一声：首长……父亲的手掌就停在半空，最后在大哥眼前划过，嘴里却不依不饶地说：你个熊兵，训练还能让自己迷路了，嗯?!你是个不合格的军人。父亲训斥着大哥。大哥默然低下头。

柴团长上前就解释，大哥这次迷路完全是因为指南针出了问题，指南针受潮后被冻住了，两极的磁力已经吸引不了指针了，这才让大哥对方位产生了偏差，越走离自己的部队越远。

大哥奇迹般地生还了，更奇迹的是，他在病床上躺了一个星期之后，居然归队了。因为大哥的生还，完成了极限训练，他又立了一次三等功。参与救助大哥的朱大来和民兵乌兰托娅也受到了嘉奖。大哥收获的不仅是这些，他很快地和乌兰托娅恋爱了。第一次见到乌兰托娅后，这半年时间里，大哥做过几次梦都和乌兰托娅有关。每次梦境都有一个红衣少女打马而来，又打马而去。在大哥的梦境里乌兰托娅就如一抹朝露。

几年后，母亲接到大哥来信，告诉我们他已经和乌兰托娅结婚了。随信寄来的还有一张照片，是大哥和乌兰托娅的合影。大哥穿军装，乌兰托娅仍身穿一件崭新的红色蒙古袍，两人冲着镜头幸福灿烂地笑着。

照片传到父亲手里时，他戴上了老花镜，看了照片许久才放下，疑惑地望着母亲说：这姑娘是蒙古族的？母亲抖一下手里的信道：老大没细说，我分析应该是。两人不说话了，又把大哥大嫂的照片在手里传阅了一次。许久之后，我看见母亲眼角的眼泪，她别过脸去，又很快把泪擦去。我不知道母亲为什么哭。大哥已经有几年没有回家了。

五

杨帆结婚前，大哥曾偷偷回到军区大院一次。说他偷偷回来，是因为我们家人并不知道。那会儿，吴光辉已经从守备区复员了。当满了五年兵的吴光辉，一直努力着提干，可他的时运不济，没有立过功，受过奖，在复员前勉强入了党。回来后便到轴承厂当了一名工人。从那以后，我们经常能在院里看到身穿劳动布工作服的吴光辉，在我们的视线里郁郁不得志地走过的身影。

先说杨帆，杨帆已经结束了学员生活，她现在是一名文工团舞蹈队的正式演员了。几年的学员生活在杨帆身上留下了明显的痕迹，舞蹈就像一把手术刀，把她浑身上下雕刻得没有一丝多余的东西。虽然她也经常穿着军装，但和别人穿上的效果不一样，曼妙的身材在肥大的军装里显现出来，她是那么超凡脱俗，走在路上就像一阵风吹过。我每次见到杨帆姐，都会咽口水，然后就想：她要做我的大嫂该多好哇。我只能这么恨恨地想。有时她也会看见我，停留在我身上的目光先是亮了一下，后又熄灭了，欲言又止，最后还是走了。也许她想问一句大哥的情况，终究她还是没问。

后来，在一个星期天的下午，我看见她从院外回来，身边还多了一个年轻军人。那个男军人面孔白净，个子高挑，手里提着一堆礼物，两人有说有笑地向杨帆家走去。后来我才知道，这个男军人是文工团的干事，是杨帆的男朋友。我看着那个男军人就想到了大哥，觉得大哥走在杨帆身边一定比他般配。

现实是残酷的。那个奇冷的冬天，杨帆还是结婚了。她家门洞两侧贴上了两个大红的喜字，杨帆的弟弟站在楼门洞前挑着两挂鞭炮没心没肺地放着。杨帆的弟弟和我是同学，脑袋大身子小，外号杨大头。看他的样子我恨不得过去踹他一脚，可他却喜庆地笑着。杨帆穿了件红色呢子大衣从楼洞里走出来，然后坐到门前的一辆吉普车里，去文工团参加她的婚礼。杨帆结婚后仍然住在自己家里，每次再出现，身边就多了那个白面小生一样的男人。我看到他们心里总是怪怪的。

杨帆结婚大约半年后吧，是个夏天，我在院里的树下用弹弓射落在枝条上的鸟，那棵树就是当年和大哥绑在一起的树，每天出门我一看见树，就会想起大哥被绑在上面的样子。吴光辉手插在工作服的衣兜里走过来。他看见我叫了一声：老三。我停下瞄准，就问他：光辉哥，有我大哥的消息吗？那会儿大哥很少给家里来信，和大哥联系，每次都是母亲用军线电话找远在边防团的大哥。军线太遥远，信号流失得厉害，母亲和大哥通话时都扯着嗓子喊，鸡犬不宁的样子，弄得差不多整个单元楼里的人都能听到。每次母亲给大哥打电话，父亲都要在母亲身边踱步，跃跃欲试的样子。有时母亲喊累了，嗓子冒火，把电话举给父亲时，父亲就像一名战败的首领一样摇着手又躲开了，不知父亲怕的是什么。

那天吴光辉把我带到花坛里，盯着我的眼睛说：你大哥当营长了，你不知道？我摇摇头，我那会儿经常和同学一起玩军棋，自然知道营长比连长大。在下棋时，排长、连长经常是撞炸弹的角色，营长说大不大，说小不小，每次拿起营长棋子时，脑子里都会想一想，官虽然不大，但也是个角色。

吴光辉见我摇头，从兜里摸出一盒烟，抽出一支，点燃，我闻到了浓烈的烟味。我吃惊地问：光辉哥，你怎么抽上烟了？他不回答我的话，又从另外一个兜里掏出半袋饼干递给我。自从吴光辉从部队复员回来，每次见到我，总是变着法地塞给我一些礼物，有时是吃的，有时是玩的，我知道他是大哥的好朋友，每次都不拒绝。吴光辉目光就散淡地望着远处说：你大哥有出息，还不到二十八就已经是营长了。总有一天我会找你大哥去。他望着远处，散淡的目光又亮了起来。我们正说着话，看见从外面走来的杨帆。她脚步匆忙，似乎发现了我们，她故意低下头，就像没看见我们一样，一阵风似的从我们身边刮过去。吴光辉从杨帆身上收回目光冲我说：半年前，杨帆结婚前，你大哥回来过一趟，就住在我家里。我吃惊地望着吴光辉。他看出了我的吃惊，拍了下我的肩膀说：你大哥和杨帆见了一次，也算了了你大哥的心思。我心里不是滋味地望着他，想象着大哥见到杨帆时的样子，他们还是在那片落满积雪的树林里吗？不得而知，吴光辉没说。我想大哥一定是流着泪走的，他在和自己的爱情诀别。

回到家，我便把大哥半年前为杨帆回过大院的事冲母亲说了。母亲正在炒菜，油已倒进了锅里。她听了我的话，似乎忘了把菜倒进锅里，油已经冒烟了，母亲才想起什么似的把菜倒进去，一股火苗从锅里蹿出来。母亲在滋滋作响的炒菜声中重重地叹了口气。那天晚上母亲和父亲吵了一架，不知母亲说了什么，父亲暴跳如雷，在卧室里大喊着：这事能怪我吗？当初我娶谁是我的自由，这么多年了，还记恨这事有意思吗？我要是石权，就长口志气，为啥还见人家。父亲的号叫声很快被母亲制止了，两人压低声音吵了很久。

就是在那个夏天，大哥和乌兰托娅结婚了。后来我才知道，我大嫂乌兰托娅是旗供销社的售货员。大哥结婚时，我们家自然不知道。后来我想，他们一定是在遍地黄花的黄花沟举行的婚礼。许多年后我翻看大哥一家的影集，曾经看到过一张他们站在草地上的照片，身边都是黄花，遍地的黄花一直延伸到照片以外的地方。大哥身穿军装，乌兰托娅穿着传统的蒙古袍，他们冲着黄花笑着。照片是黑白的，我依稀感觉到他们身后金灿灿的亮色。

一年后，大哥和大嫂的儿子石大林出生了。是大嫂拍了张石大林的照片夹在信里寄到家里，我们才知道大哥不仅结婚了，连孩子都生了。

母亲接到大嫂的来信，便张罗着要去看大哥。父亲如坐针毡的样子，坐下站起地折腾着。母亲在提包里放好要带的东西，冲父亲说：你到底是去不去呀？给个准信。父亲下定最后决心似的说：我就不去了，你代表我吧。母亲狠狠瞪了眼父亲，赌气着一个人踏上了去看望大哥的旅途。

母亲是一周后回来的，她的脸色比去时舒展多了，她的身边又多了一只提包，那只提包里装满了黄花菜，黄花离开黄花沟被晒干了，就是黄花菜了。那年的冬天，我们家隔三岔五地就要吃黄花菜，每次见到黄花菜我就会想起大哥。母亲还带回来一张照片，是大哥嫂子围在母亲身边的一张合影。母亲站在中间，怀里抱着出生不久的石大林，母亲的表情是幸福的。那张照片一直插在相框里，时不时地就能看到。

有几次我看见父亲扒着柜子探着头去看那张照片，发现我进门，他又佯装用手去抹柜子上面的灰尘。柜子母亲每天都擦拭一遍，比脸还干净，根本用不着他擦。

柴团长两年前已经调到师里当副师长了。一次他到军区开会，特意来看父亲。那天晚上父亲陪着柴副师长喝酒。从两人端起酒杯那一刻开始，柴副师长就一直夸大哥，大哥这些年的经历通过柴副师长的嘴，绘声绘色一桩桩一件件地描述出来。父亲的嘴一直咧着，就没合上过。后来，两人都有点喝高了。柴副师长抖着手举着杯子说：首长，我把石权砸巴出来了。我敢说，他是全军区最年轻最优秀的营长。父亲也摇晃着站起来，半杯酒洒在汤里，努力着还是把剩下的半杯酒倒进嘴里，然后也大着舌头说：小柴呀，你砸巴得好，石权就是块石头，不砸巴不成器呀！

我看得出来，父亲对大哥的进步是满意的，内心也是充满骄傲的。后来父亲退休，他和老战友通电话时，会经常提起大哥，无限惋惜地说：老大被裁军了，他要是在部队一直干下去，一定会成为一名合格的将军。那会儿的父亲提起大哥，眼神里写满了惋惜和落寞。大哥是当满了两年副团长之后，在百万大裁军中心不甘情不愿地转业的。

杨帆的孩子应该是和石大林出生的日期前后脚。杨帆从怀孕到孩子出生，我几乎没见过她的身影。直到有一次，她抱着孩子从外面回来，她先看见了我，我也怔怔地望着她。她左右环顾见四下无人，小声地喊我：老三，你过来。我犹豫着走过去，目光停在她怀里孩子的脸上，孩子看不出男女，睡着了，锁着眉头，似乎刚哭过。杨帆终于说：听说你妈去看你大哥了？我抬起头注视着她的脸说：我大哥的孩子也出生了，叫石大林。她又环顾了一下四周，用更小的声音说：有你大哥和嫂子的照片吗？我点点头。她就用商量的口吻说：啥时候你把你大哥和大嫂的照片拿出来让我看一眼行吗？我料定，自从在那个冬天大哥和杨帆见过面后，两人再也没有往来了。我犹豫着点点头。

从那以后，我把母亲和大哥大嫂的合影偷装在书包里几次，都没碰到杨帆，她自然也没见到那张合影。那天说完这话后，她抱着孩子向家里走去，她的脚步有些迟滞，和结婚前相比，她裹在军装里的身子再也不如以前那么精致了。挺拔又艺术的杨帆不见了。几年后，杨帆也随着百万大裁军转业到了地方，在文化宫教一群孩子跳舞。

直到我参军离开大院，她也没有看到大哥和大嫂的合影，不知是她忘记了她自己说过的话，还是她已经没有那个欲望了。

许多年后，我仍在想，要是当年大哥和杨帆结婚，他们的日子又会怎样呢？

六

我参军第三年后，那会儿我已经上军校了，大哥在百万大裁军中转业了。大哥一定是心不甘情不愿的，两年前他担任了边防团的副团长，柴副师长后来调到军里当了副参谋长。他来到我家时，曾信誓旦旦地冲父亲拍着胸脯说：石权现在是全军区最年轻的副团长，以后还会成为全军区最年轻的团长。那年的年底，师党委关于大哥的晋升已经研究了，结果也报到了军里。正在这时，军委百万大裁军的命令也到了，不仅大哥转业了，他们的边防团都撤销了，番号也不复存在了。

我原以为大哥就此会回到家里，带着大嫂、大林和父母团聚。那年二哥、二姐也都在部队上，父亲一年前也退居二线，一转眼父母都老了。大哥这会儿转业，父母身边也会多个照应。没料到的是，大哥却留在了当地的市里。那是个边防小城，那会儿边境口岸还没完全打开，还没有以后的热闹，用冷清去形容也不过分。

为此，我给大哥打过一次电话，大哥在电话里说，部队一下子下来这么多人，都挤到大城市去了，他就不凑那个热闹了。说到这又停了停道：只要父母有事，一个电话我说回就回了。后来我才知道，大哥转业留在当地，不是因为当年父亲阻止他和杨帆恋爱，而是他一直回避着杨帆。他不想再见到杨帆，是无法面对还是刻意回避，这只有大哥自己心里清楚了。

不久，大哥来信告诉我，他的工作安排了，进了公安局担任副局长。接到大哥的信，我就想，小城有小城的好处，若是大哥回到大城市，能有这么妥帖的安排吗？

又是不久，听母亲在电话里说，朱大来和吴光辉都辞职了，去大哥那个小城做生意去了。这条消息让我有些吃惊。

吴光辉当了五年兵就复员回来了，在轴承厂当了一名工人。在计划经济那会儿，轴承厂不愁生计，饿不着也撑不着。吴光辉后来和本厂的一名女工结婚了。那个女工相貌平平，但见人总是笑，透着喜庆。结婚没地方住，仍住在家里。我经常能看见吴光辉每天上班下班骑一辆二八自行车，车筐里放了两只饭盒，后座坐着长相喜庆的老婆。后来又生了孩子。他弟弟没当兵和他妹妹没上大学那会儿，一家人都挤在一个屋檐下，全家人都很愁苦的样子。吴光辉的父亲吴部长被炸弹洗礼过的麻子脸不见一点喜色，经常穿一件皱巴巴的军装，夹着包，一脑门官司地上班下班。有时他会和父亲聊上两句，说到自己的孩子，他就斜着眼睛冲父亲说：我们家光辉没法和石权比，他们一起参的军，你看你家石权，再看看我们这个。聊着说着就多了火气，挥挥手冲父亲道：不说了，都是闹心的事。吴部长就倔哒倔哒地走了。

我有见过光辉哥周末的时候，偶尔带着孩子在院里遛弯，整个人也没精打采的样子。孩子在前面跑摔了，他也懒得去扶，大声地吆喝孩子道：起来，自己爬起来。孩子想哭又不敢哭的样子，咧着嘴，皱着眉只能从地上爬起来。想当年那个身穿军装意气风发的光辉哥不见了。有时他会和我聊上几句，每次都会说到大哥。只有说到大哥时，他的眼睛才会放出亮光，然后深吸一口气道：我早晚有一天会找老大去。他一直称大哥为老大。我知道他和大哥之间的情谊。

朱大来干到连长的职务便也转业了，那会儿大哥已经是营长了。他转业的动因是老婆生产时发生了难产。他提干之后，家里就在部队医院为他介绍了一名护士，两人异地恋爱，只能通信，恋爱谈得不咸不淡，每年休假回来住上十天半月的，全家给他的任务就是在休假期间专职谈恋爱。那个护士姓柳，个子不高，身子骨很薄，脸色少有血色那种。我们看过朱大来和柳护士谈恋爱的样子。大来哥走在前面迈着急行军的步伐，柳护士随在后面，又跑又颠地仍跟不上他的步伐，远远望去，两人不像恋人关系，倒像是一个父亲带着孩子在散步。就这样大来哥有滋无味地谈了三年恋爱，最后还是结婚了。次年，柳护士生产，大出血。大来哥请假从部队上回来，大人和孩子都保住了，身子却软得不行，出门扶着树走路，从这棵树到那棵树的距离成为她前进的目标。朱大来就生无可恋地照顾她，一拖就是大半年。年底时，朱大来便提出了转业，部队也很快批下来了。转业到城建局里当办事员。

朱大来刚转业时，每天早晨经常一个人在花园里跑操，穿着军裤、军衬衣，还是个军人的样子，昂着头一往无前地跑。后来他跑操的身影就消失了，再见他时，背有些驼了，手里还夹着烟卷，吸口烟就把眼睛眯在一起，浑浊的目光望着某一处。有一次，他站在楼下的树下吸烟时，看到了我，招手让我过去。他把烟头踩在脚下，拍着身边那棵树说：老三，当年我和你大哥闯祸了，我就被绑在这棵树上，你大哥在那棵树上。那天晚上蚊子多，咬得我都快喊投降了，是你大哥让我再坚持一下……他说这话时，似乎又回到了当年，眼里流露出倔强大男孩的表情。我就说：大来哥，你不该转业。他叹口气道：你大哥当年也这么跟我说，但我和光辉不能和你大哥比，各人有各人的命。你大哥天生就是当军人的料，我就这个命了。说到这，他的神情又回到了原来的样子，驼着背向楼门洞走去。

所有熟悉大哥的人都说，大哥就是军人的命，只要坚持下去，成为一名将军是迟早的事，可大哥也没能逃过转业的命运，转业到小城当了公安局的副局长。大哥在这个过程中是如何纠结痛苦的，他从来没说过。父亲得知大哥的转业消息后，倒是痛苦了一阵子。那几天，父亲连他最喜欢的酒也不喝了，无滋无味地扒拉几口饭，便挪到沙发上坐下。茶几上放着许多种报纸，上面都用醒目的标题印着百万大裁军的消息。以前，父亲对报纸上的消息总是深信不疑，那是党中央的声音，报纸上说的纲领路线就是党的指示，他有什么不信的呢？也就是因为百万大裁军，父亲提前两年退到了二线，大哥被迫转业了。再看茶几上那些报纸时，父亲就多了无名的火气，把报纸拿起又摔在茶几上。我知道，父亲不是在和报纸生气，他的无名火一切都源于大哥。

大哥当连长、当营长时的信息都是柴叔叔来家里说的，父亲在家里招待柴叔叔，两人一边喝酒一边谈论大哥的进步，说着如何砸巴大哥的话。那会儿的父亲虽然高兴，但对柴叔叔的话的相信程度是打了折扣的。直到大哥转业前两年，父亲以军区首长的身份，带着工作组去了边防团检查工作。那会儿大哥已经是副团长了。晚上，大哥去招待所看望父亲，父亲铁着脸望着大哥说：我没来之前，有人汇报你们边防团这里好、那里好的，敢拉出你的队伍遛遛吗？

大哥在父亲面前立正站好，盯着父亲的眼睛说：怎么遛?！父亲说：当然是真遛。大哥就说：好。说完转身就出门了。

那一次，父亲带着军区的工作组，看到了一场别开生面的边防团演习。父亲十三岁入伍便开始参加战斗，历经无数次战火，他最看不上的就是那些花架子，中看不中用。大哥把边防团这次演习当成了真刀真枪的对抗，全团一分为二，变成了蓝军和红军。所有轻重武器一起上，从单兵作战，到集体攻防，演习一直持续了三天。跟随工作组的报社记者还把全团这次演习录了像。后来录像被做成训练教学片子曾经在全军区推广。

从那次回来以后，父亲对大哥的看法就彻底变了。再有人当他面夸大哥时，他不再摇头摆手了，而是一副受用的样子道：江山代有人才出，我们这些老家伙也该放心了。

然而大哥的部队还是被裁掉了，连个番号都没了。父亲长吁短叹了挺长时间，他不是为了自己退居二线，而是为了部队少了一颗像大哥这样冉冉升起的将星。

不久，二哥二姐也从部队相继转业了，我成了家里在部队的独苗了。有一次从军校放假回家，父亲把我叫到书房，上下打量了我一番说：你能像你大哥一样吗？我不知父亲这话是何用意，盯着父亲的眼睛道：你是说哪方面？他似突然醒悟过来，摆摆手道：哪方面你也不行。父亲说完长叹一口气，身体委顿下去，戴在鼻子上的老花镜也滑落下去。那时我才知道，大哥在父亲心中的分量。大哥的转业让父亲的希望夭折了。

大哥转业不久，朱大来和吴光辉双双辞职，义无反顾地在大哥那个边防小城注册了一家贸易公司，两个人下海了。

七

朱大来和吴光辉投奔大哥来到了边疆小城，他们选择的业务是和俄罗斯做贸易。说是做贸易，其实就是以物换物。把咱们生产的羽绒服、运动衣、洗衣粉、肥皂什么的打包运到俄罗斯，再换回俄罗斯人的手表、望远镜、巧克力什么的。那几年和俄罗斯人做什么贸易的都有，还有人用几车皮的二锅头酒，换回了俄罗斯的大飞机。一时间，许多国人蜂拥着来到俄罗斯淘金。朱大来和吴光辉两人之所以投奔大哥，有几方面的原因。首先，他们兄弟三人的感情基础是首选；其次，大哥所在的边疆小城是双边贸易的一个口岸，北京直达莫斯科的人在这个边疆小城都会停留，他们进出俄罗斯自然也方便了许多。

三兄弟能够在边疆小城再次相聚，重叙情谊的兴奋自然不必多说。有一次，朱大来回到大院，看到了坐在凉亭里的父亲。他走过去从鼓鼓囊囊的书包里掏出一架俄罗斯望远镜，递给父亲说：石叔，这是俄国货，比你们打仗时的望远镜强多了，送给你了。父亲没看那架望远镜，而是盯着朱大来的脸问：听说你做生意了？朱大来就笑笑说：叔，生意谈不上，也就一倒爷。朱大来离开单位后，人就显得有些随意，总是嬉皮笑脸的样子。父亲就拍一下凉亭里的石桌说：不管你做啥爷，都不能学坏了。朱大来收了笑，立马站好说：叔，怎么会呢，况且还有石权看着我们俩呢，他现在是公安局副局长。一提起大哥父亲就多了心事，他皱着眉头把朱大来打发走了，拿起大来留下的望远镜冲着大来的背影，一直看到他从楼门里消失。

父亲满怀心事地回到家，当即给大哥打了一个长途电话。大哥转业后，他回了一次家，住了两个晚上，深居简出的样子，哪儿都没去，就是朱大来和吴光辉请他去喝酒，他也没有出门。他几乎和父亲在客厅里对坐了两天，后来还是父亲挥挥手道：你选择不回来就依你，只有一条，别忘了你是军人，当过团长，路咋走你应该知道。大哥站起来，像团长一样地立在父亲面前道：爸，你放心，我是军人的儿子。父亲和大哥眼里都有了泪花。此时，为人夫为人父的大哥，已经能够理解当年父亲为了爱情的选择，他与杨帆没走到一起的心结已经解开了，但他仍然不敢见杨帆。那会儿的杨帆也从文工团转业了，暂时还没找到工作，在家待业呢。这么多年过去了，不知为什么，大哥似乎还是不敢见杨帆。不知是他们分手时的承诺，还是大哥对青春年少的往事不堪回首。那次大哥在家里待了两天，就是求得父亲对自己落户边疆小城的支持。大哥走时，父亲都没出门，只有母亲在门口冲大哥千叮万嘱地一遍遍地说，下次回来一定带上乌兰托娅和石大林。母亲含着泪说：大林长大后我还没抱过呢……大哥望着眼泪汪汪的母亲，重重地点了点头，梗着脖子没再回头，噔噔地向楼下走去。父亲站在窗前，看着大哥的背影一直消失在拐角处，然后目光就停在那儿，一动不动。后来我知道，大哥转业这件事对父亲打击很大，他沉默寡言了好久，以前他的酒量喝上三五两不在话下，现在却沾酒就醉，然后就莫名其妙地发脾气。在父亲心里，大哥是他最为靠谱的接班人，顺风顺水当到副团长的大哥，如不发生意外，以后一定会是师长和将军。大哥的仕途夭折了，父亲的理想也像断了线的风筝随风而去了。后来二哥二姐也相继离开部队，全家只有我一个人在部队了。每次我回家时，他望着我的目光都是恨铁不成钢，然后欲言又止的样子。我深知父亲对我是失望的。

那天父亲给大哥打了个电话，上来便说：石权那啥，你虽然转业到地方了，现在的工作就是你的事业，你可不能出半点差错。大哥怎么回答父亲的不得而知，但我知道大哥是个有原则的人。

朱大来和吴光辉还是出事了。他们俩又一次去俄罗斯做贸易时，被一伙自称为“光头党”的人绑架了。那会儿俄罗斯治安很乱，一些有黑社会背景的人把中国商人看作满街跑的人民币。朱大来和吴光辉就成了“光头党”的肉票，不仅搜光了他们身上的钱，还有没来得及发出的货物，又给大哥打电话要现金赎人。两个人没有把家里的联系方式告诉他们，而是报出了大哥的电话。他们相信大哥一定有办法去搭救他们。

中国公民在境外遭到了绑架，无论如何都是件大事。大哥所在的公安局用加急件向省里作了汇报，省里又向公安部报告。公安部和俄罗斯警方协商，成立营救专案组，大哥便成了这次中方领导小组的组长。他带着几个人连夜启程赶往俄罗斯和当地警方会合。

“光头党”见迟迟要不来赎金，仍然不时地给国内打电话。大哥走后，就安排一名女刑警接听对方电话。对方一次次威胁再不见到钱就寄来人质的手臂和眼睛什么的。女刑警又把绑匪的消息辗转通过俄罗斯警方传达给大哥，大哥自然是心急如焚。在俄罗斯办案一切都得听从人家的安排，俄罗斯警方办案效率低，吃饭喝酒分析案情，一连十多天也没有什么进展。大哥嘴上长满了火泡。有一次吃饭时，他用从中国带来的二锅头酒把俄罗斯警察灌醉了，他带着自己的人出来了解情况。他首先找到在俄罗斯做生意的中国人。这时的同胞成了他们的眼线，几经辗转，大哥得到线索，朱大来和吴光辉被一伙人关在俄罗斯郊外的一处库房里。有两个中国商人刚交完赎金被放出来。得到这个消息时已经是夜半了。大哥一行人行动首先要得到俄罗斯警方的认可，可俄罗斯警方以时间太晚不宜行动为由搪塞着大哥他们。大哥用两箱二锅头酒，换来了俄罗斯警方的一纸搜查令。有了俄罗斯警方的搜查令，大哥几个人便可以行动了。这是充满危险的一次境外营救行动。大哥从出国那一刻起，便是手无寸铁的光杆儿警察，那些“光头党”手里什么家伙都有。俄罗斯警察不敢行动的原因也是怕自己吃亏。营救中国商人是大哥必须完成的任务，况且被绑的还是他的两个兄弟。

大哥一行是在凌晨时分冲进了关押人质的库房。那里有几个守卫，他们也喝多了，歪七扭八地睡在库房外的台阶上，武器被扔在一旁。大哥他们得手后先是把这些武器收走，在这个过程中，被一名起夜的看守发现了，肉搏之后，大哥冲进了库房。朱大来和吴光辉被捆绑着扔到草堆里，两人头发胡子已经很长了，蓬头垢面，双眼赤红，大哥几乎认不出他们了。当俄罗斯警察赶到时，天已经亮了。大哥一边一个架着朱大来和吴光辉坐进了俄方的警车里，两人这才从死里逃生的恐惧中回过神来，抱着大哥的手臂放声大哭。

那次，大哥把朱大来和吴光辉带回国内，在边疆小城疗养了一个多月，两人才恢复了原来的样子。两人被绑架的事，几年之后我才从朱大来嘴里听说。那次朱大来回家，我正好在家休假，他拉上我去喝酒。朱大来的酒量明显不济了，几杯之后就高了，然后他鼻涕眼泪地把那次被绑架的经历告诉了我。他红着眼睛说：要是没有你大哥，我和光辉就彻底完了，家人连个尸首都见不到。

大哥和朱大来、吴光辉三人是发小，又是磕过头的弟兄，自从那次之后，两人更加坚信了他们的兄弟情谊。两人被营救后，不再去俄罗斯做生意了，而是在边疆小城搞起了服装批发。有做生意的同行就劝两人，在小城里做生意比不上大城市，但都被两人摇头否定了。他们来到边疆小城不是为了生意，其实他们的真实想法就是能和大哥在一起，隔三岔五地能够见上一面，喝顿酒，说上一气话，他们就心满意足了。

又是两年后，两人救了大哥一次。那会儿大哥已经当上公安局局长了，从副职转成正职，大哥用了五年时间。他办过的案子不计其数，也就得罪了不少人，地方小人际关系就复杂，拔一个萝卜连带一片土地上的植物。有一天傍晚，大哥下班回家途中，他的车被纪委拦住了，结果在他车的后备箱里发现了几十万元现金。这是有人定点定时举报的，钱在大哥的车里，司机否认是自己的，大哥就是跳进黄河也洗不清了。大哥被双规了，一个城市的公安局局长被拿下，肯定是个大新闻，一夜之间就传遍了小城。

朱大来和吴光辉自然也知道了。凭他们对大哥的了解，知道大哥一定是被人陷害了。陷害他的人又是谁，这得有证据，否则办案的纪委没人会相信。

大哥的司机姓苏，两个人之前就多次见过，要查找到陷害大哥的人，一定要从司机这里入手。车是他开的，谁往里放钱，大哥不知道，他能不知道吗？两人找到他时，他刚从纪委出来。他向纪委交代，大哥经常一个人开车出门办事，钱是何时放的，谁放的，他也不知道。他一句不知道，大哥就真的说不清了。依据现有的证据，大哥说不清也会沦为阶下囚了。正当纪检部门紧锣密鼓地办理大哥的案子时，朱大来和吴光辉也没闲着，两人找到大哥的司机，想晓之以理动之以情，让司机说出实情。司机铁嘴钢牙，一脸无辜地说：两位哥哥，我真不知道。我怎么会陷害我们局长，打死我也不敢呢。说来也巧，司机的父亲突然查出得了脑瘤，这对任何人来说都是大病。司机带着自己的父亲跑了几家医院，得到的都是无法医治的结论。朱大来救大哥心切，主动把司机的父亲接到了老家医院。他爱人一直在部队医院做护士，此时已经是护士长了，找到了军区总院脑科的主任，手术终于成功了。司机的感动自不言说，也明白朱大来为啥帮他。在住院期间，朱大来和吴光辉两人就像照顾自己亲爹一样跑前忙后，还是司机的父亲首先受了感动。出院那天，他把自己儿子叫到床前，含着泪冲儿子说：咱们可不能干昧良心的事呀，法律不惩罚咱，老天爷都看不过眼。

司机小苏挣扎了几天，最后还是说出了实情。大哥半年前查获了一家洗浴中心的老板，这个老板怀恨在心，便想到陷害大哥的阴谋，让小苏把车开出去，把钱放好，再让他开车送大哥回家，然后他再举报。司机自然也捞到了好处。

大哥终于又恢复了公安局局长的身份。司机也因此被判了三年有期徒刑。从看守所送司机去监狱那天，朱大来和吴光辉也都来为司机送行。他们告诉司机，以后他的家就交给他们两个人了。

司机能舍弃自己的前途和自由说出了实话，朱大来和吴光辉两人在中间所努力付出的一切可想而知。

大哥官复原职之后，我们家才知道事情的始末。虚惊一场的父亲号啕着大哭了一次。他一边哭一边说：石权你受委屈了，无论到啥时候，别人不信你，你爹信你，你是我的儿子……

八

后来我听说朱大来和吴光辉两人的生意做得不算好，也不算坏。有许多人就给他们指明生意上的方向，劝他们做生意还是去大城市，在那边疆小城能做出什么名堂。朱大来和吴光辉对这些建议自然没有采信，仍在那个边疆小城有一搭无一搭地做着生意。

后来大哥退休了，三个人这才一起回到省城，他们一起在一个小区买了房子，还住在一个楼门里，上中下三个人又紧挨在一起，就连家具也是统一的样式。大哥搬新家之后我去参观过。从大哥家出来又去了朱大来家参观，我以为走错了房间，竟和大哥家别无二致。三个人站在一起，就连脸上的笑容也竟然那么相像。我猛然想起，三个人从小到大竟没有分开过。直到此时我才明白，当初朱大来和吴光辉两人为什么一直在边疆小城做生意，他们就是为了能和大哥在一起。是怎样的兄弟情谊才让他们能够这样！

每到八一节或国庆时，大哥他们总会召集一些战友聚聚。他们三个人都会穿上老式军装，此时的军装穿在他们身上已经有些不合身了，但他们仍然穿得一丝不苟，就连风纪扣也扣得严严实实的。然后他们相互吆喝着，呼喊着对方的名字，仿佛他们又回到了过去，回到了飘着风雪的边境哨所。人似乎也年轻了许多，豪气又一点点在他们体内聚拢。

大哥退休那年的春节，回到了父母居住的干休所。父母年龄大了，打开电视让他们看，因为耳背，父亲把电视音量调得很大，屋子里就多了高亢的喧闹。大嫂乌兰托娅是包饺子的主力，她负责擀面皮，我和大哥负责包。二姐回了娘家，二哥在外地，每次过年初二初三才能回来。石大林大学毕业后，就谈了个女朋友，此时不知在什么地方和女朋友约着会。大嫂乌兰托娅虽然也已退休了，干活还是那么麻利，脸上洋溢着阳光和劳动的快乐。途中大哥外出倒了一次垃圾，北方人讲究大年初一倒垃圾不吉利，只能趁三十晚上把家里的垃圾都清理出去。大哥楼上楼下跑了三趟，最后一趟时，大嫂已经张罗着煮饺子了，大哥还没有回来。我揣上烟，出门抽支烟，也想看看大哥在外面忙什么。在父亲楼门口的拐角处，我看见了大哥和一个熟悉的身影，那是个中年女人的身影，我很快认出来了，大哥正在和杨帆说话。大哥这么多年很少回家，他的心结就是不想再见到杨帆。他们热恋，海誓山盟，终究没有走到一起。此时两个人都退休了，又一次重逢意味着什么？大哥和杨帆两人的背影留给了我，我在他们的背影中看到的却是平静。两人低声说了几句话，大哥转身向我这边走来，杨帆转身进了另外一个楼门，那是她父母居住的地方。大哥看见我怔了一下，伸手向我要了支烟，我给他点上，大哥深吸一口。我问：见到杨帆了？大哥点下头，吐口烟说：我有三十多年没见到她了，她不叫我，我几乎认不出来了。我观察大哥的神色，他的脸上看不出什么来，还是一副水波不兴的样子。我向另外一个门洞望去，楼门口新下雪的地上还留着杨帆走过的脚印。我突然问大哥：要是你当初和杨帆结婚会怎么样？

大哥快速地瞥了我一眼，又把目光移到远处，半晌才说：人哪，得不到的东西永远是最珍贵的。说到这似乎意识到了什么，话锋一转说：你大嫂这人很好，跟了我大半辈子没享过福。大哥说这话时，眼里有种潮湿的东西闪过。

那天晚上，我和大哥陪父亲喝酒，父亲喝了两杯之后就被母亲夺去了杯子，父亲心有不甘的样子，大着声音说：不喝就不喝，大过年的也不让人痛快。母亲就用目光严厉地盯着父亲，父亲把不满咽回到肚子里，夹起一个饺子狠狠塞到嘴里，然后含混地冲我和大哥说：老大、老三你们还年轻，你们多喝。

那天晚上大哥喝多了，喝多了的大哥脸上一直露着谜一样的笑，谁和他说话他也不搭话，就那么谜一样地笑着。最后还是大嫂搀着大哥趔趄着身子走了。我一直把他们送到了门口，看到他们打上车才转身往回走。莫名地，看到了杨帆父母家的灯火，此时杨帆还没走，她又在想什么？大哥的笑又意味着什么，也许这一切只有他们自己知道了。

年三十的雪又飘落下来。

二姐的燃情岁月

一

二姐参军一个星期后，才被父亲发现。

二姐参军那一年，刚满十七岁。叫她二姐并不是因为还有个大姐，而是二姐的上面还有个哥哥。我们家排行不分男女，有一个算一个。二姐的名字叫石晶，在家行二，所以我叫她二姐。

我们家有三个男孩，二姐是唯一的女孩，父亲像对待自己眼珠子似的照顾二姐。可能是因为家里男孩多，二姐被带偏了。虽然她穿着花衣服，梳着小辫子，但她的性情和喜好和我们男孩别无二致。

在我们还小时，父亲喜欢打猎，没有了战争的父亲，把热情都投入到了打猎中。后来他说：就喜欢听枪响，闻子弹出膛后的硝烟味。在我模糊的记忆里，每次父亲外出打猎都会带上二姐。父亲打猎一般情况下一大早就出发了，坐上他那辆帆布篷的吉普车，带着二姐一溜烟地钻进郊区的山里。那会儿，山里的猎物还多，有山鸡、野兔，偶尔还能看到野猪。

二姐每次随父亲打猎回来，大约都是傍晚了。一阵车响，门开了，二姐先从车上跳下来，肩上扛着枪，腰里系着枪带，枪套里还插了一把手枪。枪压得她身子歪斜着，她却一本正经、目不斜视地往家走。我迎上去，讨好地问：姐，你今天打枪了吗？我对打枪很好奇，也羡慕能打枪的人。二姐每次回来我都要这么问。二姐有时伸出三个指头，有时伸出五个，我明白那代表开枪的次数。这次二姐没伸指头，撇着嘴向身后努了一下，我看见父亲从吉普车的后备箱里拿出两只山鸡、一只野兔，看来这是他们的战利品了。二姐努完嘴，骄傲地说：有一只野鸡是我打的。我认为二姐是在吹牛，就撇着嘴看她。她昂着头，扛着枪进门了。

吃饭时，一家人围在桌前，二姐吃得狼吞虎咽，脸上的表情也是不屑一顾的。父亲在喝了几口酒之后，吐着酒气说：老闺女今天不错，开了两枪就打下了一只山鸡。父亲一直称呼二姐为老闺女。父亲这么说完，我真的有些崇拜二姐了。我学着父亲的口气说：老闺女今天一共打了几枪？二姐用筷头在我脑袋上敲了一下。她不让我叫她老闺女。

在我们家男孩子眼里父亲是偏心的，只要我们哥几个在外面闯了祸，轻者一顿罚站和训斥。父亲很会训人，他背着手站在我们面前，脸孔像一只生锈的锅盔，声音很大地说：还有没有点纪律性了，嗯？你们天天胡作非为是想上天呢！这个家装不下你们，可以滚，滚得越远越好。这是轻的，严重一些，父亲就用军用皮带招呼了。书房的墙上挂着枪套，里面装着沉甸甸的手枪，枪套一旁挂的就是武装带。平时父亲出操时会把武装带系在腰上，枪套挂在身上，这是父亲的家当，平时别说让我们摸，多看一眼都不行。父亲抡起武装带，带着风声，呼呼作响，不分头屁股地落在我们身上，直到我们发出杀猪一样的惨叫，或者屁滚尿流地滚出门外，这顿招呼才告一段落。

然而，父亲对二姐却不这样。有一次二姐在放学路上把一个男生给打了，不仅打了，还打出了鼻血，原因是那个调皮的男生在二姐身后抓了她的小辫子。早晨上学时，母亲给二姐扎了条红头绳，这是二姐喜欢的头绳，却在放学路上被男生抓散了头发，她心爱的红头绳也不知所踪。二姐就奋起反抗了。她先是把那男生按到地上，又用脚踢破了那男生的鼻子，血流了一地。

被打的男生是我们前栋楼马部长家的孩子。晚上，马部长的爱人牵着被打的男生来我家告状了。我们把房门挤开一条缝，紧张又惊奇地注视着这一切，希望父亲也像招呼我们一样，揍一顿他的老闺女。结果父亲看着被打的男孩，他笑了，笑完冲马部长爱人说：小玉啊，你和马部长平时得多教教这小子，让他学会勇敢，这么大个小子连丫头都打不过，你说是不是有问题！以后要是参军怎么打仗，你说是不是？孩子被打了，还被父亲呛了，马部长爱人的脸色有些挂不住，站在门口脸上一会儿阴一会儿晴的。还是母亲出来打圆场，从厨房里找出一袋红糖强行塞到马部长爱人怀里，一边塞一边说：这是我们家石晶不对，孩子流血了，冲碗红糖水补补身子吧。连哄带劝，马部长爱人带着被打的孩子走了。

母亲关上门，回过身冲父亲道：哪有你这么护犊子的，你说这些谁听了能高兴？

父亲咧嘴笑了，手指着门外说：马部长家那小子就是个窝囊废，连个姑娘家都打不过，还好意思找上门来。

母亲气得说不出话来，手指着二姐说：这孩子早晚得让你惯坏了。

父亲不想听母亲絮叨，拉着二姐的手进了他的书房，两人玩起了跳棋。

父亲一直宠溺他的老闺女，没料到，十七岁的二姐结结实实地扇了父亲一记响亮的耳光。二姐不辞而别，自作主张地参了军。我们心里都很解气，一致认为，父亲这是搬起石头砸了自己的脚。

在父亲的规划里，二姐高中毕业后是应该上护士学校的。在这之前，父亲已经和省卫生厅的李厅长沟通好了。李厅长以前也是部队的一名军官，父亲当团长时，他还是名副营长，后来转业到了地方，最后又当上了厅长。父亲的话李厅长很给面子，省里的护士学校就归李厅长管，安排个把孩子去上学是小事一桩。

父亲不希望二姐参军，他担心天不怕地不怕的二姐会闯出更大的祸端。的确也是这样。十七岁的二姐总是穿一身男军装，那是大哥在部队寄给她的衣服，衣服穿在二姐身上很肥大，被母亲改了改，仍然不合体。二姐就穿着这身不合体的军装，骑一辆二八式自行车，车把手上挂着军用挎包，里面象征性地装了书本。只有我知道，二姐的书包里还装了一把火药枪。这把火药枪是她用一顶大哥寄给她的军帽换来的。二姐从小就喜欢舞刀弄枪。父亲早就不打猎了，她没机会摸枪了，就用军帽换了这把火药枪，鼓鼓囊囊地塞在书包里，如影随形。

母亲经常哀叹：这哪像个姑娘，天天跟个假小子似的，心都操碎了。

二姐的确没有女伴，她不喜欢女伴，她跟我说：女的都娇气，没法在一起玩。她拥有了一帮哥们，每人一辆自行车，二姐经常和他们一起打群架。我见过二姐他们打群架，和一群外校的学生，原因是其中一个外校学生抢了他们其中一人的军帽，两拨人就约在一起打架了。二姐打起架来更勇猛无比，挥舞着手里的火药枪嗷嗷叫着冲在最前面，一脚踢飞一个，又用枪托打倒一个。看二姐他们打架，让我兴奋得想尿尿。

长大的二姐让父母操碎了心，也许是父亲想校正对二姐的教育方式，他和母亲研究决定，要让二姐去学护士。护士工作都是细心活，希望护士这个职业能磨磨二姐的性子。

二姐终于高中毕业了，父亲也已和李厅长联系好了，就等过一阵把二姐送到护士学校去。

二姐是偷了家里的户口簿报的名，但在参军的环节上，还有一项重要内容，就是家长签字。这也没有难倒二姐。她在父亲的书房里找到父亲签过字的文件。父亲经常在文件上写下两个字——“同意”。二姐把家长签字的表格放在同意两个字下面，用力描了遍父亲“同意”那两个字，“同意”两个字就和真的没什么区别了。还有父亲的签名，这也难不倒她。父亲有名章，她在父亲书房的抽屉里轻易地拿到了父亲的名章，蘸了印泥，端庄地印在参军的表格上。二姐就把这张表格伪造好了。此时的二姐还装成没事人似的，临出发的头一天，二姐和父亲请假道：爸，我想和同学出去玩几天。以前二姐在寒暑假也经常出去玩，三天五天不等，最后都平安地回来了。二姐高中毕业了，想出去玩几天也正常，但父亲还没忘二姐上护校的事，便强调道：快去快回，护士学校要开学了。二姐抿着嘴应了。

一周后，李厅长打电话给父亲，让二姐去护士学校报到，父亲和母亲满世界去找二姐，这才知道二姐已经参军了。二姐的偷梁换柱打了父亲个措手不及。

那天，父亲像磨道上的驴似的，在屋里团团乱转，不停地拍自己脑门。母亲都快急哭了，她拍着手说：老石呀，这可怎么好，要不你给部队打个电话，让丫头回来吧。

父亲立住，瞅着母亲厉声道：你糊涂，亏你当了一辈子兵，军都参了，这时回来不就是逃兵了吗?!

父亲一句话，二姐参军的事便成了事实。

二

二姐在工程兵通信营当了一名通信兵。部队在一座大山里施工，山洞被他们修得纵横交错，每次放炮声音都排山倒海地动山摇。工兵每次放炮开山炸石，电话线路经常被炸断。爆炸声一过，二姐他们这些通信兵便会冒着烟雾冲进去，寻找被炸断的线路，然后用最快的速度把炸烂的线路连接起来。他们知道，一支部队能否打胜仗，取决于通信线路是否畅通。

维修好线路的通信兵并不会远离，他们聚集在一处山坳里等着第二次爆破。不远处的工地不时地传来风钻声，以及一阵阵军歌声，工地上彩旗飘飘，热闹非凡。二姐是个闲不住的人，她踩在一块石头上，向热闹的工地张望，此时她的心已飞到了工地上。

风钻先是在山体的岩石上打好眼儿，再装填炸药，然后由点炮手把导火索点燃。她看见一个点炮手，手上系了根绳子，身体悬挂在峭壁上，像一只灵巧的猴子，左腾右挪，一根根导火索被他点燃，发出滋滋的燃烧声。他并不慌张，直到点燃最后一个爆炸点，仰起头，冲山体上吹一声口哨，上面的人便快速地把他拉上去。点炮手在上升的过程中，挥舞着手臂还做出了一个优雅的动作。勇敢的点炮手吸引了二姐，在她心里，点炮手就是和平年代中的英雄。

炮声一过，二姐第一个冲出山坳向工地奔去，她要在第一时间检查线路，身后是排长大声呼叫的声音：石晶，快趴下。她觉得排长的命令毫无道理，炮声响过了，她是个战士，就要在第一时间冲出去。她还看见，远处一个战士正冲她挥舞着小红旗，她知道那是禁止向前的指令，可她并不理睬，满脑子都是点炮手潇洒的英姿。她要在第一时间冲过去，不仅是检修线路，她还要近距离看一看点炮手长得什么样。

她一口气奔到了施工现场，到处都是滚落的山石，空气中飘过浓郁的硫黄气味，隔着硝烟，她看见那个点炮手又从空中降落下来，笔直地落到了自己的面前。她又惊又喜大声地说：你是谁？那个军人冲二姐怒目圆睁，同样大着声音道：我是爆破排排长胡大进。你是谁？二姐立正回答：我是通信营维修排石晶。此时的二姐非常兴奋和浪漫，似乎两人是在阵地上激战之后相遇的两名幸存战友。二姐的兴奋还没得到舒展，爆破排长胡大进解开腰上的绳子，冲二姐吼道：谁让你进来的，万一有哑炮二次爆炸呢。胡大进真的生气了，他怒睁着双眼，脖子上的青筋一努一努的。

二姐在暴怒的胡大进面前一时理屈词穷，这时她才想起工地上的纪律：爆破后的工地，哑炮排除之后，才由工地安全员指挥施工人员进场。二姐显然违反纪律了。通信排排长这才风风火火地跑过来，一边往回拉二姐，一边冲胡大进赔不是。胡大进仍然不依不饶地：你们这个兵，无组织无纪律，就该去喂猪。

二姐听了胡大进的训斥，不仅没有生气，还转过身来，调皮地冲胡大进吐了吐舌头。在她的心里，这才是个合格的军人，有脾气有原则。

排长拉着二姐走了很远了，还听到胡大进扯着嗓门喊：这兵就该写检查，去喂猪！

二姐没有被发配去喂猪，检查倒是写了三份。那次二姐莽撞的行为引起了施工现场指挥部的高度重视，这是一次严重违纪行为。二姐先是在班里做检查，又在排里做检查，最后在连里检查后才算通过。

二姐这次违纪算是在通信营出了大名了，都知道有个无法无天不遵守纪律的石晶了。二姐觉得这一切并没有什么，她不仅不记恨那个胡大进，反而忘不了那个脖子青筋毕露的排长了，还记住了他的名字：胡大进。

从那以后，二姐鬼迷心窍了。她所有的注意力和心思都放到了胡大进的身上。她看着胡大进一次次在峭壁上点燃导火线，他的动作娴熟潇洒，甚是云淡风轻。爆破之后，硝烟还没散尽，胡大进的身影又出现在峭壁上，他左腾右挪检查爆破后的现场。当部队又一次拥进施工时，胡大进和排里的战士围坐在不远处的高岗上，解开风纪扣，点燃一支烟，烟雾在风中弥漫。排长胡大进的一举一动都牵动着二姐的神经。

二姐一直想找机会再次走近胡大进，可她并没有这样的机会。她就突发奇想，回到宿舍后，半夜爬起来，打着手电写了封请战书。二姐的请战书内容是要求调到爆破排去工作。她先是把请战书交到排里，排长一目十行地扫完她的请战书，鼻子里“哼”了声，嘴上又说：就你，还想去爆破排。排长说完揉一揉二姐的请战书，塞到了自己的裤兜里。二姐受到了排长的轻视，她又把第二份请战书送到了连长手里，连长把二姐的请战书看得很认真，看完冲二姐说：你的请战热情连里记下了，但这不现实。二姐又一次碰壁，她要把不现实变成现实，便又写了第三封请战书，这次她直接找到了营长。营长是名河南人，他一边看二姐的请战书，一边打量着二姐道：咦，你这个小鬼主意不错嘛。二姐以为营长动心了，便挺胸道：报告营长，我一定能光荣完成排爆任务。

营长就笑了，把二姐的请战书放到桌子上，端起杯子喝了口水又说：你这个小鬼挺有意思，俺们营同意你去，人家能要吗？

二姐得理不饶人地说：要是他们要了呢？

营长又一次被二姐的话逗笑了，半开玩笑地说：要是他们同意要你，你就去。

明眼人都知道营长这是玩笑话，但二姐却当真了。又一次去工地执行任务时，她找到了爆破排排长胡大进。胡大进刚爆破完正和几个战士躲在背风处围在一起打扑克。胡大进一定是输了，脸上还黏着纸条，风一吹忽忽悠悠地飘荡着。二姐突然站在他们面前，她觉得第一次给胡排长留下的印象不好，这次她要给胡排长留下一个好印象。她双脚站定，还给胡排长敬了个礼道：报告胡排长，我要调到你们排里来。

二姐的突然闯入，让几个人都停下了手里的动作。胡大进扬起一脸纸条，他认出了二姐：是你呀，你怎么还没去喂猪？几个战士听了，一起哄笑。

二姐一本正经地说：我检查写了，连队很满意，今天我来说的不是这个，我要调到你们爆破排来，就等你一句话，你同不同意吧？

胡大进显然受惊了，他扔下手里的几张扑克牌，腾地站起来，同时还一把扯掉脸上的纸条。

胡大进站起来的那一瞬，二姐觉得一面墙立在了自己眼前。二姐在心里说：他真高哇。胡大进排长比二姐高出一个头。这次，二姐看清了胡大进高挺的喉结，还有唇上的胡楂，那是一张棱角分明的脸。二姐心突突地跳着，口干舌燥。胡大进似乎没听到二姐刚才说的话，又问了一遍：你说啥？二姐挺直身子又把刚才的话重复了一遍。

胡大进这回笑了，他搓着手，不仅上下又一次打量了二姐，还绕着二姐转了一圈，最后定在二姐面前眯着眼睛说：你这个丫头，没发烧吧？

二姐面对胡大进的轻视有些生气，她用力盯着胡大进道：别小瞧人，你们能干的事，我也能干。说完赌气地别过脸，不再看胡大进了。胡大进从鼻子里“切”了一声才说：你们通信营的人，还是哪儿凉快去哪儿吧。

二姐无功而返，她的自尊心受到了胡大进的伤害。她发誓要找补回来。

每次放炮前，通信排的人都要找一个山坳处隐蔽起来，工地上又一次放炮了，二姐突然对排长说：我去方便一下。说完便向外走去，排长叮嘱道：要注意安全。

二姐头也没回，她绕过了一道山坡，径直来到了爆破排的山顶上，从这里望下去，就是施工留下的陡峭悬崖。爆破排的安全绳系在岩石或树上，爆破排几名战士正准备系上安全绳下到峭壁上点炮。二姐找到一条绳子，不由分说就往腰上系。几个战士发现时已经晚了，二姐在没有战士牵引的情况下，自己扒着岩壁就下去了。胡大进正准备下去，突然看到二姐先他一步下去，大吼一声：回来！已经晚了，二姐一脚踩空，人整个掉落下去，在半空中又被绳子牵住，二姐上不着天下不着地地就在那儿悬着。胡大进冲几个呆怔的士兵喊：还不快顺安全绳！几个战士这才反应过来，七手八脚地把胡大进顺下去。胡大进来到二姐跟前，踩在一块岩壁上，把悬在半空的二姐拉了过来，又冲上面喊：快拉上去！胡大进抱着二姐被战士拉了上去，到了山顶上胡大进的脸都白了。他一叠声地喊：胡闹，胡闹，简直是胡闹！

二姐从地上站起来，一边紧着腰间的安全绳一边道：你说我行不行，到爆破排合不合格?！

二姐的疯狂行为让胡大进震惊了，他怕二姐再闹出更荒唐的举动来，忙说：好，好，你行，要是领导同意，我们排就要你。

这时，通信排排长上气不接下气地跑过来。他在远处已经看到了发生的这一幕，他预感到二姐闯大祸了，奔过来一把拉住二姐的手就往山下走。

二姐还没忘了回过头冲胡大进道：胡排长，你可答应了。

胡大进无力地坐在一块石头上，冲二姐无力地挥挥手。他感到后怕，万一二姐系在腰上的安全绳没扎牢，后果可就不是有惊无险了。

当天工地简报上通报了二姐这一危险的行为。通信排排长押着二姐来到了营部办公室。二姐兴高采烈地冲营长说：营长，胡排长同意要我了。

“啪”的一声脆响，营长把烟灰缸拍到桌子上。他指着二姐的鼻子道：石晶，你这是胡闹，无组织无纪律。从今天起，你去帮厨。

二姐不服气：营长，你要说话算话，你不能言而无信。

营长气得抖颤着身子，抬起一只手冲通信排排长说：还不把她带到炊事班去。

从那以后，二姐就成了通信营炊事班的一员。

三

做了炊事员的二姐，再也无法见到胡大进了。每天做完饭，收拾完残局之后，二姐都会爬到营区的墙头上，向工地的方向张望，她似乎又听到了隆隆的爆破声，依稀看到胡大进在尚未散尽的硝烟中排炮的矫健身影。二姐也说不清道不明，胡大进是如何走进自己内心的，她还不懂得什么叫爱情，只觉得见不到胡大进她就抓心挠肝地难过。

施工的军人并不住在营区里，而是住在距离工地不远处的帐篷里。军营只留下一些机关的干部战士，平时也冷冷清清的。二姐在炊事班的日子里心神不宁，精神恍惚，有几次在梦里看见了胡大进，她大声呼唤着他的名字，可胡大进头也不回地走了。她一急，哭了，然后醒来。住在下铺的班长，抬起脚踢了一下二姐身下的床板道：大半夜的你乱喊什么呢？二姐吓得不敢吭气，她用被子捂住了嘴，半晌才小声地问：班长，我喊什么了？没人回答她，下铺已响起了班长的鼾声。二姐紧张的心慢慢地松弛下来，她怕别人知晓她心中的秘密。

被思念折磨的二姐终于行动了。时间是一天的傍晚，通信营已开过饭了。二姐爬上了一辆向工地运送给养的卡车。她观察这辆卡车已经有几天了，每天傍晚这辆卡车都会停留在营院的库房门前，司机去吃饭，有几个战士往车上装柴米油盐什么的。司机吃过饭，车便装好了，司机就会一溜烟地把车开出营区。二姐知道，这辆车一定是在给工地送给养。那天晚上，她做好了准备，在院里晾晒衣服的地方，偷了一件男兵的衣服，把自己的女兵服换下，又在炊事班宿舍拿了顶男兵的帽子。打扮过后的二姐和男兵没有什么差别了。她登上卡车时，被司机发现了，司机从驾驶室探出头冲二姐喊：哎，你要去工地？二姐背过身子，不敢看司机，但用力地点了点头。那司机又说：到驾驶室来吧，就我一个人。二姐又拼命摇头，她不敢去驾驶室，怕自己穿帮。司机不再理她了，“砰”一声把车门关上，车就昂昂地出发了。

卡车开到工地的厨房帐篷前停了下来，车还没停稳，二姐便从车上溜下来。她是第一次来到工地的营区，到处都是帐篷，一排排一列列的。她不知道胡大进住在哪里，她在迷宫似的帐篷林里转悠，逢人就打听，爆破排住哪里，有谁认识胡大进？被问的人用奇怪的眼神打量着二姐，二姐的目光如炬如火，她恨不能立马见到胡大进。在人们的指点下，她终于找到了属于爆破排的帐篷。她远远地看到了胡大进的背影。此时的胡大进坐在一块石头上在吹口琴，胡大进吹口琴的样子和在工地上爆破时的样子判若两人。二姐的心脏乱跳着，似乎都没有向前迈步的力气了，她艰难地向前挪动着身体，终于站到了胡大进的身后。胡大进发现有人站在自己的身后，他回了一次头，第一眼并没认出二姐，他又转回身继续吹口琴。二姐这才听清，胡大进吹的是《我的祖国》，一条大河波浪宽，风吹稻花香两岸……琴声在夜空中飘荡。二姐如痴如醉地盯着胡大进的背影。不知为什么，二姐突然“哇”的一声哭了起来。胡大进站起身，呆怔地望着二姐。二姐一边抹泪一边道：你们爆破排为什么不要我？胡大进此时已认出了二姐，惊呼一声：怎么又是你？

爆破排有几个战士听到了二姐的哭声，从帐篷里出来，围在二姐身边。他们也很快认出了二姐，嬉笑议论着：这不是要当爆破手的那个丫头吗？二姐知道，此地不可久留了，她分开人群向外跑去。跑了两步又停住，转回身，从兜里掏出两个煮熟的鸡蛋，这是她背着炊事班班长煮的，热热地在兜里揣了一路。她把鸡蛋狠狠地塞到胡大进的衣兜里，低下头一路跑去。

一个战士笑着冲胡大进说：排长，这丫头一定是看上你了。众人也嘻嘻哈哈地附和着。胡大进吼了一声：别胡说。几个战士又钻到帐篷里，胡大进从兜里掏出那两只鸡蛋，望着二姐跑去的方向疑窦丛生。

自上次发生的事之后，他就知道了二姐的名字。他很欣赏二姐天不怕地不怕的性格。当了这么多年兵，他还没见过二姐这样的女兵。他狠狠地把二姐记住了，可今晚二姐突然出现在他的面前，还强行塞给他两个鸡蛋，他觉得事情就没那么简单了。胡大进心情复杂起来。

第二天，在施工的间隙，胡大进找到了通信排。二姐去炊事班的事他并不知道，在查看过所有男兵和女兵后并没有看到二姐。通信排排长先开口了：你是找石晶吧？胡大进忙说：她病了？通信排排长说：她调到炊事班去了。胡大进有些吃惊，临走时，从兜里掏出随身带着的口琴，那只口琴被一块红绸布包裹着，他掏出来递给通信排排长说：麻烦你把这个捎给石晶。通信排排长怪异地望了眼胡大进。胡大进脸红了，但他还是装得若无其事地说：这是石晶托我带的。胡大进说完笑一笑，大步向工地走去。他很满意自己的谎话，他知道石晶看到口琴一定会明白的。

二姐果然明白，她把那只口琴揣在裤兜里，沉沉的，硬硬的，她没想到胡大进会把口琴送给她。没人的时候她就掏出来，痴痴怔怔地望着那只口琴，似乎胡大进就站在自己的面前。有许多次，二姐在幸福的梦中醒来，摸一摸枕头下的口琴，硬硬的还在，她的脸上露出谜一样的笑容。

从那以后，二姐只要一有空便学吹口琴，面前摆着歌本，她全神贯注地吹奏着《我的祖国》。有时二姐也会走神，她眺望着工地的方向，耳边似乎又响起隆隆的爆炸声。

二姐开始写申请书，她要求领导再把她调到通信排，那样，她又会每天看到胡大进了。二姐期盼着那一天早日到来。

她没等到那一天，却等来了胡大进牺牲的消息。胡大进牺牲了，在排哑炮的过程中，哑炮突然爆炸。二姐听到这个消息，顿觉天旋地转，她扶了一把东西没扶住，人便晕倒了。二姐被炊事班的人送到了师卫生队。醒过来的二姐目光迷离，神情痴痴怔怔的。卫生队的医生给二姐开了张假条，假条上写：病因不明，建议休息一周。

胡大进的追悼会是三天后在师部礼堂召开的。机关的所有干部战士都参加了。礼堂的舞台上，悬挂了一幅胡大进的遗像，遗像被苍松翠柏包围了，还有一副挽联：青山处处埋忠骨，何须马革裹尸还。哀乐声黏稠地在礼堂内滚动着，所有人都起立，脱帽向英雄胡大进默哀。二姐披头散发地突然闯进来，她突然尖叫一声：胡大进……所有人都在默哀时，突然传来二姐这声凄厉的尖叫，所有人都回头，看到了二姐。二姐面容枯槁，自从得知胡大进牺牲这几天时间里，二姐躺在床上不吃不喝，目光散乱地望着天棚，病号饭怎么端来的又怎么端回去。她痴痴呆呆、迷迷怔怔。她躺在床上突然听到了哀乐，便跌跌撞撞地闯进了师部礼堂。她看见了主席台上方胡大进的遗像，凄厉喊叫一声之后，人便又晕死过去。

二姐住了三个月医院之后，又回到了部队。二姐突然生病谁也不知道为了什么。从那以后，二姐似乎变了一个人，她不爱说也不爱笑了，经常躲在没人的地方吹口琴，她吹的正是那首《我的祖国》。她知道，胡大进一定能听到她的琴声。二姐吹得异常专注，人便被整个琴声包裹了。

二姐的初恋就这样夭折了。没人知道二姐的忧伤。

四

二姐当满了三年兵，带着一个三等功复员了。胡大进牺牲后，上级见二姐在炊事班踏实肯干，便想把二姐调回到通信排。营长找二姐谈话时，二姐却说：求求你了营长，我在炊事班干得很好，哪儿也不去了。上级对二姐的行为很不理解。参过军的人都知道，没有人愿意当炊事员，不是工作贵贱，主要是炊事员一日三餐，没有属于自己的时间，不自由。二姐为了继续留在炊事班，又写了一次申请，态度诚恳。没人理解二姐的行为，只有她自己知道，她已经无法面对工地了。她一看到工地便会想起胡大进，夭折的初恋让她心疼。为了逃避悲壮的爱情，她选择了继续留在炊事班。变了一个人似的二姐，一闲下来便研究菜谱，很快，二姐的手艺便在通信营传遍了。从上到下都夸二姐炒菜的手艺。一个女兵不辞劳苦真心实意地在炊事班工作，很快便引起了领导的重视。二姐先是入了党，复员前几个月还荣立了一次三等功，还被通信营树为标兵。

三年后，二姐光荣复员了。

这是二姐参军后第一次回家。

二姐回家是那一天的傍晚。母亲刚做好饭，父亲已把报纸放到了茶几上，刚立起身，便响起敲门声。父亲走过去开门，便见到了没有领章帽徽的二姐立在门前。她向父亲敬个礼，又叫了一声：爸。父亲呆呆地望着二姐，含混地叫了声：老闺女。二姐的脸上突然流下了两行眼泪，她说了句：爸，对不起。

父亲也流泪了。他把二姐从门外拉进门里，上上下下地打量了一番。他做出拥抱二姐的姿势，手刚停在半空，便停止了。二姐长高了，也壮了，再也不是参军前那个黄毛丫头了。

二姐复员后不久，便被公安局选中了。因为二姐荣立了三等功，有许多单位想要她，她还是选择了公安局。

公安局局长姓魏，五十岁出头的样子，当了十几年军人，是营职干部转业。因为有军人的经历，他对军人便有特殊好感，每年都会在复员转业的军人中挑选一些优秀的来充实公安队伍。

二姐上班的第一天，魏局长便找二姐谈话。魏局长一边看着二姐的档案，一边望着二姐。魏局长说：石晶你是通信兵？二姐说：是炊事兵。魏局长把二姐的档案合上，搓着手说：都一样。二姐立正站好，等待接受魏局长安排的工作。魏局长又上下地把二姐打量了一番，思考一下道：你去刑侦队吧，去给程不高当助手。

当刑侦大队的史队长领着二姐来到程不高眼前时，二姐有了几分失望。程不高没穿警服，一件衬衣被他穿得歪七扭八，最显眼的就是他的头发，像鸡窝一样蓬乱。他抬起头时，还看见他戴了副深度近视眼镜。史队长介绍说：这就是程不高。这是石晶，刚分来的复员军人。

程不高正伏在桌前在一张纸上画着什么，他看一眼二姐，嘴里唔着，便又低下头忙他手里的工作了。

史队长走后，二姐立在程不高桌前道：从今天起，我就是你的助手了，有什么工作你吩咐吧。

程不高头都没抬地说：你随便。

二姐就随便地打量着这房间内的环境：一个房间有三张桌子，除了程不高用的桌子，另外两张桌子上都落满了灰尘。无事可干的二姐找了块抹布把桌子擦了，地也扫了。做完这一切之后，便再也没事可干了，她坐在一张桌前，用余光又一次打量着程不高。他还伏在桌前，头上那绺翘起来的头发像一面旗帜似的张扬着。二姐真想找把剪刀把那绺头发剪掉。

不知过了多久，程不高终于从桌前站了起来，他看着画好的一张图，激动地说：有了，有了，就是他了。二姐这才看清，程不高画出的是一个人像。程不高举着那张人像张扬地跑出去了。

二姐一连上了几天班，程不高不是在那儿画人像，就是拿把尺子在量脚印模型，然后又铺开纸在上面写着一串数字。二姐站在一旁，根本插不上手。她在程不高面前就是一个多余的人。

她先是找到了史队长，二姐说：程不高根本不需要助手，他那些工作我又插不上手。还是给我换份工作吧。

史队长说：慢慢你就习惯了，有用得着你的地方。

二姐失落了。她的工作和以前想象的公安局一点儿也不一样。在她的印象里，公安局的人都是风风火火的，哪里有警情哪里就会有警察的身影。可他们刑侦大队，所有的警员很少有穿警服的，他们的工作也神神秘秘，像特务在接头。这些人经常关在会议室里，不是看资料就是分析案情，整个刑侦队了无生趣。这和二姐到公安局工作的初衷大相径庭。

二姐找到了魏局长，希望魏局长给她换份工作。魏局长点了支烟，想了想说：你知道程不高是什么人吗？二姐这几天和程不高接触，并没有在他身上发现什么闪光点，不修边幅的打扮，那扬起的一缕头发。二姐摇摇头。魏局长说：他是犯罪分子想花一千万买他人头的刑侦专家。他办过的案子多如牛毛。他根据犯罪分子的一个脚印就能画出这个人的长相。全世界刑侦专家只有他一个人才能做得到。让你做他的助手，是让你保护他的安全。

魏局长说到这儿，把烟头按死在烟灰缸里，站起身又道：石晶，你还没领佩枪吧。你现在马上去领佩枪，需要你的时候，你要用生命保护程不高的安全。

魏局长的一席话说得二姐汗毛立了起来。她没想到在她眼里不起眼的程不高会这么重要。

领了佩枪的二姐才知道，以前程不高上下班时，都会有穿便衣的警员护送，直到程不高进了家门，从里面把门反锁上之后，警员才离开。上班时也是这样，先是警员来敲他的门，出来后，再由警员护送他来到公安局。经过几天熟悉情况，保护程不高的任务理所当然地落到了二姐的头上。魏局长之所以选择二姐做他的助手，就是想利用二姐的女性身份。魏局长反复查看了二姐的档案，党员，又立过三等功，没有比二姐更合适的人选了。

五

二姐做梦也没想到，在她眼里毫不起眼的程不高竟然是这么重要的一个人物。从那以后，每天上班下班二姐都会准时出现在程不高面前。程不高个子的确不高，和二姐站在一起，比二姐还矮了一些。这增加了二姐的保护欲。她把佩枪藏在腰间，不时地用手碰一碰藏在腰间的枪，二姐觉得比平时又高了许多。她挺胸抬头地走在程不高身边，目光不仅要直视前方，还要左顾右盼，她对所有接近他们的人都充满了警惕。

二姐一直警惕着，虽然对魏局长说过的话有所怀疑。程不高不仅长得不起眼，平时工作不是量脚模就是画肖像，初到公安局上班的二姐并不了解一个脚印兼肖像专家对破案的重要性。

直到那天晚上她护送程不高回家途中发生的那件猝不及防的意外，她才彻底改变了对程不高的看法。那天晚上和其他晚上并没有区别，他又在办公室里加班到很晚，二姐百无聊赖地一边打着哈欠一边催促着他，直到他在一幅肖像上画完最后一笔，才站起身说：其他部门都在催这幅画像。画完肖像，他又跑到楼上的会议室，把画像交给仍在加班加点的公安干警。然后，在二姐的陪同下，走上了回家的路。二姐对程不高家已经熟悉，出公安局大门左拐 500 米，坐 201 路公交车，在宁山路下车，再往前走 300 米换乘 467 路公交车，再坐三站就到家了。二姐和他一如既往地按着这条线路向程不高家方向驶去，就在下了 201 路之后，猝不及防的事情发生了。有两辆摩托车一左一右地向他们开来，摩托车突然发出巨大的轰响，二姐意识到有危险，她下意识地把程不高挡在身后，手已经摸到了腰间的枪。

先是一辆摩托车风驰电掣地冲了过来，她看见摩托车后座上那个人举了一把刀，越过她的身体向程不高砍去。二姐飞起一脚，踢在了举刀人身上，摩托车歪斜一下，摔在地上。另一辆摩托车啸叫一声向他们冲了过来，二姐手里枪响的瞬间，同时把程不高扑倒在地。就在第二辆摩托车即将撞上他们的那一瞬，突然斜刺着飞了出去。

直到附近派出所民警赶来，二姐才发现自己的手臂已经受伤了，那把飞舞的刀虽然没砍中他们，但还是顺势在她手臂上划了一下。二姐被送到了医院，派出所的人活捉了三个歹徒，其中两个摔伤，另一个中了二姐的枪被击伤。

连夜审讯后得知，这三个人被一个犯罪团伙收买，刺杀程不高成功后会得到一笔不菲的报酬。虽然程不高在二姐的保护下有惊无险，但是二姐躺在医院里仍感到后怕。魏局长带着鲜花和水果来看二姐。他激动地握着二姐另一只完好的手说：石晶同志，你表现出色，局里决定给你嘉奖一次。二姐对奖励并不热情，但这件事情发生后，让她重新认识了程不高的价值和自己工作的意义。

二姐受伤的消息还是惊动了父母。母亲一进病房便大呼小叫地：石晶伤哪儿了，严重不？父亲已经了解了二姐受伤的来龙去脉，对母亲的大呼小叫很不满意。他吆喝母亲道：别一惊一乍的，闺女这工作值。说完还冲二姐竖起了大拇指。见病房没人时才说：我听你们魏局长说了，你保护的是破案专家，他可是公安局的宝贝。父亲说完轻轻拍了拍二姐的肩膀。

二姐住院后的第三天傍晚，程不高抱着一束鲜花走了进来。二姐一惊，忙从床上下来道：你怎么自己来了？程不高向走廊方向扭了下头道：小徐跟我来的。二姐舒了口气，小徐二姐认识，是刑警大队的一个小伙子。

程不高手捧鲜花，手足无措地冲二姐说：那个啥，我真的谢谢你了，要是没有你，我怕是没命了。说完这话还涨红了脸。二姐从来没想过要让程不高来感谢自己，保护他是自己的工作。二姐看见穿在程不高身上的风衣压出了明显的褶皱，她弯下身用那只健全的手抻了抻。程不高一脸不好意思地说：那啥石晶，我走了，还要回去加班。二姐把他送到门外，看见立在门口的小徐。二姐担心他们的安全，便说：小徐，你要走在程不高的身后。小徐说：放心吧，我们是坐队里的车来的。

二姐从那次之后，便开始关心起程不高来了。

早晨上班时，她敲响他的房门，以前程不高总会在里面应一声，然后响起锅碗碰撞的声音。二姐知道，他一定是在吃早餐，等上一会儿，他才抹着嘴从房间里出来。二姐这次不仅敲门，还叫着他的名字，他只好把门打开。二姐走进门去。这是一套一居室的房间，客厅里只有两把椅子，一件表面已经掉漆的茶几，通往里间的门半掩着，但依稀能看见床上乱七八糟地堆放着衣服。此时的程不高正站在厨房里胡乱地喝着剩下的半碗粥，见二姐站在那里，三口两口地把剩下的粥倒到嘴里，含混着说：咱们出发。二姐没想到他过的是这样乱七八糟的生活。走出门外的二姐就问：平时你就是这么生活的？

程不高抹把嘴道：这样就挺好了，房子是局里奖励给我的，咱们好多同事连房子都没有呢。

二姐走在他的身后，见他翘起的那缕头发正迎风飞舞。二姐在胡同口看见了一家理发店，不由分说地把他拉了进去，又强行把他按到椅子上坐下，招呼店员给他理发。他一边理着发，一边斜着眼睛看着二姐说：这样子挺好的，理发太浪费时间。二姐不说话，看着店员像理掉她心病似的把他乱蓬蓬的头发理掉。

公安局快下班时，二姐出去了一趟。她跑到菜市场买了一兜子菜回来。程不高下班时，二姐就提着一兜子菜一直把他送到家。程不高像往常一样，拿钥匙开门，自己把身子挤进门去，这次二姐不由分说一把推开门也随着进门。程不高惊慌失色地说：石晶同志，我，我会做饭。他看到二姐已经径直走进了厨房。二姐做饭，他手足无措地立在一旁，不知如何是好的样子。二姐头也不回地说：你忙你的去吧。

那晚，他们的晚餐不仅有肉还有蛋，很丰盛的样子。吃饭时二姐才发现，他家竟连个吃饭桌都没有，只能在那只掉了漆的茶几上解决。二姐又在心里叹了口气。他对美食似乎并没有什么兴趣，又是胡乱地吃了几口，放下碗道：我吃好了，今天真是太谢谢你了。

二姐收拾完碗筷之后，并没有走的意思，冲又在画肖像的他说：你画你的。说完便走进了他的卧室，从床上床下、柜子里搜出一堆待洗的衣服。程不高又惊慌地跑过来，挓挲着手一遍遍地说：这可如何是好？二姐说：你忙你的，我忙我的。二姐说完抱着那堆脏衣服走进了卫生间。

二姐在这之前对程不高的身世已经有所了解。他父亲就是名老公安，省里有名的画像专家。程不高的手艺就是和父亲学的，也许是遗传起了作用，他对画像有着超乎常人的能力，别人画像需要收集许多信息，他只要根据脚印就能画出犯罪分子的肖像，这一点他已经超过了他的父亲。程不高的父亲在几年前一次执行任务中出车祸因公牺牲了，程不高便被特招到了公安局的队伍中。只短短几年时间，经他手破获的大案要案不计其数。受到市公安局和省公安厅领导多次接见，获过无数次奖励。程不高还有个姐姐，早已嫁人。父亲车祸去世之后，姐姐便把母亲接走到另一个城市生活去了。这里只留下他一个人。

二姐在了解了程不高的身世后，决定要照顾他的生活。

从那以后，每天上班二姐都会早到半个小时，她特意配了程不高家的钥匙，开门，直奔厨房，先做好早点。下班后也会一同陪着他回家做完晚饭，才掩上门离开。刚开始，他还木讷地说几句客气的话，久了，客气话也不说了，吃完饭把碗一推道：石晶同志，我去画肖像了。直到二姐离开，他仍然坐在客厅的椅子上，头也不抬地画着肖像。似乎他的生活里只有画肖像这一件事。

二姐把门带上，又在外面推了推，确认关牢后才离开。二姐叹了口气，为他的生活。

有一天，程不高突然把一张存折递给二姐，木讷地说：石晶同志，这是我的工资，你拿去当我的生活费吧。

二姐看了眼存折上的数字，他从工作到现在几乎没有花过钱，她看着脸涨得通红的程不高，心又疼了一下。二姐许久没有心疼过了，她曾为胡大进心疼过。二姐看眼存折，又看眼他，心里涌过一股不可名状的滋味。

二姐自作主张，把程不高的家具换了，又买了台洗衣机，还有一台电视，柜子里的衣服也添置了几件。二姐做这些时，就像当家做主的女主人。经过这样的一番变化，整个家都变了样，程不高的穿戴从里到外也整洁利落起来。同事都怪异地打量着程不高和二姐，他们的脸上流露出暧昧的神色。

魏局长又把二姐叫到自己办公室了一趟。魏局长一边踱步一边说：石晶同志，你的工作是出色的，当初选你做程不高的助手，看来我的决定是对的。

二姐不明就里地盯着魏局长，心想，难道魏局长把自己找来就是表达这些？

果然，魏局长停下脚步，认真地盯紧二姐的脸说：不高同志是我们公安系统的人才，他需要有人照顾。可他就是个书呆子，没有时间谈恋爱，甚至见了女同志都不知道说什么。

魏局长说到这儿，重重地朝二姐点了点头。二姐突然明白，魏局长这番话才是重点。她不说话，同样盯着魏局长的目光望过去。魏局长抓抓头，不好意思地道：石晶同志，我的意思是，你对程不高同志感觉咋样？二姐听了魏局长的话，突然明白了，脸腾地红了。说心里话，这方面的问题，她从来没考虑过。照顾程不高是她的工作，她心甘情愿为他做事。魏局长这么直白地说完，二姐只能说：局长，这个我还真没考虑过。

魏局长释怀地一笑道：石晶同志，那从今天开始你就想一想。领导不能决定你的婚姻大事，这只是领导的想法，别有压力。

魏局长找二姐谈完这番话，二姐便多了桩心事。她自己也说不清到底对程不高是一种什么感情。

六

程不高的画像帮助公安局破获了一起十几年前的特大抢劫杀人案。

他先是受到了公安局的表彰，省公安厅又给他记了次大功。

程不高的形象在二姐心里发生了天翻地覆的变化。他成了二姐心目中的另类英雄。她现在只要一回到家里便把程不高挂在嘴上，程不高长程不高短的。一天父亲忍不住，目光从报纸上抬起来说：闺女，哪天你把这个程不高领家里来让我也长长见识。父亲的话让二姐脸红了。她支吾着并没有给父亲一个肯定的答复。二姐自从部队复员回来，年龄也老大不小了，母亲便号召自己身边的朋友为二姐张罗男朋友，也逼着二姐见过两个小伙子。那会儿二姐还没完全从对胡大进的感情中走出来，她一直在暗中把所有的男性和胡大进对比，结果所有人都不如胡大进。二姐新的感情便无法进行下去。现在二姐回到家一样样地叙述程不高的长短，且还会脸红，母亲便上了心，偷偷地和父亲说：我觉着咱家丫头对这个程不高是上心了。母亲这么说，父亲也若有所思的样子。

母亲为了目睹程不高的风采，专程来了一次公安局，名义是找二姐。这是母亲第一次来公安局。当她被热心人领到二姐办公室时，母亲轻易地见到了二姐，不仅见到了二姐也见到了程不高。母亲进门时，正看见二姐在给程不高扇扇子。此时正是夏天，程不高坐在桌前正挥汗如雨地画着一张嫌疑人的画像。二姐见到母亲惊呼一声道：妈，你怎么来了？母亲并没多留意二姐，嘴里胡乱地应着，目光却落在了程不高的身上。程不高见来人是二姐的母亲，他并没因此停下手里的画笔，只是礼貌性地冲母亲笑一笑。

二姐反应过来，忙把母亲往外推，一边推一边说：妈，这是办公重地，保密的，你不能久待。

母亲也是军人出身，对“保密”二字格外看重，一边往外走一边说：妈啥也没看见，这就走。边说边把目光往程不高身上溜。程不高站起来，冲母亲说：阿姨，慢走。说完这句便又坐下了。

母亲回到家便把程不高大致的样貌冲父亲说了。母亲担心地说：名字叫程不高，个子属实也不高，觉得比咱家石晶还矮半个头。母亲这么说完，父亲更加疑惑了，这个程不高明明其貌不扬，为啥让他的老闺女如此着迷呢？父亲见程不高的想法越发强烈了。在二姐回来后，父亲把二姐叫到身边，用首长对下属的口气说：我命令你把那个程不高领来让我见见。父亲在她面前少有的严肃让她怔住了。她对程不高动了爱慕之心是事实，可她这属于单相思，人家程不高怎么想的，她心里没底。程不高她太了解了，每天上班、下班两点一线，平时哪儿都不去。况且，他到处走的话安全由谁来保证，二姐可是见识过那几个刺客的亡命之相的。父亲的命令让二姐犯难了，但二姐也不想让父亲失望。

有一天，二姐趁程不高放下画笔，把目光望向窗外的工夫，小声地说：程不高同志，有件事我要求你一下。二姐也没想到会用这么正经的口气和他说话，以前二姐都是以命令或大呼小叫的方式称呼程不高的。比如，每天二姐去接程不高，她用钥匙开门，把买的早点放到厨房里，探着头向卧室喊：哎，起床了吗？再比如，下班后，二姐为程不高做好饭，又喊：哎，吃饭了。二姐这么正经的语气，让程不高把目光虚虚地停留在二姐的脸上，也正经地道：石晶同志，有事你说。

二姐低下头，看着自己的脚尖，这种做法不是二姐的一贯风格，连二姐都讨厌自己了。终于她抬起头，不卑不亢地说：我爸听说你是英雄，想见见你。

程不高突然脸红了，木讷地搓着手，憋了半天道：你说了算，啥时候去都行。

二姐本以为程不高会一口回绝，在她眼里程不高就是一个不涉人情世故的怪人，没想到程不高竟然一口答应了，二姐自然是心中暗喜。她给父亲打了电话，把下班后去家里的消息通知了父亲。父亲也在电话里说：那我破个例，让我的车去接你们，我可不想值一千万的人物有啥意外。

果然，下班时分，一辆挂着部队牌照的小轿车停在了公安局院里，二姐像个称职的保镖似的拉开车门，先让程不高上车，再关上车门，自己坐到了副驾驶的位置上。正是下班时间，许多同事都看到了眼前这一幕。

两人来到家里时，母亲已做好了饭菜，父亲还开了瓶酒。吃饭时，父亲一直谈笑风生。他说以前打仗时，团里有个干事会写文章，但就是不会打仗。一次去阵地采访，正赶上敌人偷袭，这个会写文章的干事不知道躲也不知道藏，被父亲一脚踹倒在战壕里，正巧有一颗炮弹落下来。

二姐听出了弦外之音，便冲父亲说：爸，你说这个干啥？

父亲意识到话多了，便收住话头冲程不高道：小伙子，程专家，咱们喝酒。

程不高见父亲把一杯酒一口喝光了，便也学着父亲的样子一口喝光了。

那天，程不高喝多了，这是他人生中第一次喝酒。二姐扶着他上楼，程不高把大半个身子的重量压在二姐的肩上，一边走一边说：军人好，军人是英雄。

那一次之后，关于二姐和程不高恋爱的消息传遍了整个公安局。以前，也有过各种风言风语，但那会儿是众人的猜测。二姐一手把程不高改造得焕然一新，同事都觉得二姐对程不高太好了。这种上心程度只有女朋友才能做到。

为这事魏局长还专门把二姐叫到了办公室，认真地说：程不高是咱们局里的人才，你要照顾好他。

二姐忙说：我哪里做得不好，请局长批评。

魏局长觉得自己的话说得还不够透彻，也不想弯弯绕了，笑眯眯地说：你父母见了程不高，怎么评价的呀？

父亲并没有当着二姐的面评价程不高，只对母亲说：这个程不高就是个书呆子。不过也没啥，有知识的人都这样。父亲这么笼统地评价知识分子。

母亲便说：丫头对这个程不高挺上心的，她的事就让她自己做主吧。

父亲踱步，心事重重的样子。程不高在他心里既满意又不满意，便在心里叹了口气。

魏局长这么问二姐，二姐自然明白魏局长所指，便装糊涂道：程不高就是到我家吃了顿饭，别的没啥。

魏局长就打着哈哈说：这是好事，你和程不高要真有什么，对工作有利，我们一定支持。

领导把话挑明了，二姐内心是高兴的，但一想到一副不食人间烟火的程不高，她又心里没底了。谁也不知道程不高心里是怎么想的。如事情按部就班地继续下去，说不定二姐真会嫁给程不高。也许二姐的命运就是另外一个样子了。

有一天，魏局长突然接到了公安部一个神秘电话，命令程不高即日起程到北京报到。来接他的人已经在公安局门口等候了。

公安部的电话局领导自然不能怠慢，程不高都没来得及收拾东西，便被两名公安部的人接走了。

二姐眼睁睁地看着两位北京来人，一左一右地保护着程不高走出公安局大门，此时的二姐空前的失落。她不错眼珠地盯着程不高的背影，她发现他穿的衬衣又有了褶皱，她后悔早晨接他时走得太匆忙，没来得及把衣服好好熨一遍。程不高即将消失在二姐视线里时，他立住脚，转过身来，看着二姐笑了一下，然后说：石晶，我很快就会回来。此时的他还没意识到，这句话成为他们的诀别。

二姐当然不知道，程不高这次进京是协助公安部执行一项特殊的秘密任务，就连局领导也知之甚少。

程不高走了，二姐又有了新任务，在等待程不高归来的日子里，二姐是焦虑的。她一次次找到魏局长打听程不高的归期。魏局长每次都安慰二姐说：应该快了。程不高可是咱们局里的宝贝，我们可舍不得放他走。

这话说过没多久，魏局长又接到了北京的神秘电话，为了程不高工作需要，要对外宣称程不高已牺牲的消息。程不高活着的消息当然也一定要保密。

局领导为了把保密的工作做好，局里专门为程不高搞了一次追悼会，为了把追悼会搞得逼真，还专门把程不高的母亲请到了现场。程不高的假遗像竖在正中间，周围被纸花点缀，整个氛围和一场真追悼会并没有两样。真实情况只有少部分领导知晓，于是整个现场都陷入了悲痛之中。

哀乐响起的时候，二姐已哭成了泪人，她简直不敢相信眼前的一切会是真的。她望着程不高的遗像，她又看到了他头上翘起的那绺头发。程不高的遗像似笑非笑地望着众人。这样的场面对二姐来说是那么熟悉又那么陌生。她想起了胡大进的追悼会，哀乐也是这么沉重地弥漫在了整个现场。她的心又痛了一下，二姐又一次昏死在追悼会的现场。

在医院里清醒过来的二姐第一个念头就是要去北京。她要亲眼见程不高最后一面，见不到尸体，看眼骨灰盒也是种安慰。

二姐准备出发了，她回单位拿上了工作证，又换上了警服，她知道，她这是去北京的公安部，公安部不是一般人能自由出入的，她要把一切准备妥当。二姐买了车票，登上了开往北京的列车，她此时只有一个念头，就是见程不高最后一眼。列车在启动前的最后一分钟，魏局长带着两个人，强行把她拉下了列车。

那次，魏局长严厉地批评了二姐，并告诉二姐，公安部的同事早已处理好了程不高的后事。公安部的同事正忙工作，等待时机成熟，一定让二姐前往北京。二姐当过兵，此时又身为警察，她明白纪律重于泰山。二姐忍受着悲痛，等待着去北京的那一天。

那些日子二姐逢人便说：要是有我在程不高身边，一定不会让他牺牲。二姐那次为了救程不高，手臂上的疤痕仍在。自从留下伤疤后，二姐再也没有穿过短袖衣服，不论多热，她永远穿着长袖的衣服。

二姐一直等待着魏局长的承诺，有朝一日去北京最后看一眼程不高。

七

二姐不知道，程不高是假死。任务的特殊性，瞒过了几乎所有的人。二姐又一次陷入失恋的状态中。她是如何爱上程不高的她并不清楚，但她却确认自己失恋了。

在最初的日子里，二姐仍没有从现实中清醒过来，有几次在上班途中，她轻车熟路地又来到程不高居住的小区。进了单元门，上了楼，准备敲门时，看到门上由公安局贴着的封条，她才醒悟过来，一步三回头地离开。她又想起以前每日里陪程不高上班的情景，眼前的一切依旧，可身边却少了程不高。二姐悲从心生，眼里蓄满了泪水。

二姐的状态自然逃不过局领导的眼睛。局领导商议后，做出让二姐去学习的决定。找二姐谈话的人还是魏局长，当魏局长把这一决定通知二姐时，她又想到了当初父亲的夙愿。她自己做主，偷跑出去当兵，错过了去护士学校上学的机会。虽然父亲从那以后并没有说什么，但她每次想起这段经历，似乎就听见了父亲的叹息声。二姐接受了局领导的决定，她选择了护士学校。虽然她不知道毕业之后能不能干护士这个职业，但她要了却父亲心中的梦想。

当二姐回到家，把这一决定告诉父母时，父亲没有说话，而是走到窗前，身子望向窗外，把背影留给了二姐。母亲悄悄地把二姐拉到房间，看着二姐的脸说：丫头，你做什么决定你爸都会支持你的。我和你爸都希望你快乐。二姐不解地望着母亲，自己做这个决定，一半是为了父亲，另一半是为了成熟后的自己，她知道自己该有一技之长了。她来到公安局后发现所有人都有一技之长，只有自己什么都不会。

母亲见二姐迷离着眼神，又拉了下二姐道：你爸退休了，昨天军区宣布的命令。二姐没想到，父亲这么快就退休了，虽然她知道退休是早晚的事，可对父亲来说还是来得太快了。父亲十三岁参军，几乎在部队干了一辈子，突然宣布被退休，别说父亲不适应，她心里也一时半会儿适应不过来。

二姐从房间里走出去，站到了父亲身后，叫了声：爸。父亲慢慢转过身子，目光散乱地望着二姐。二姐突然发现父亲苍老了许多，脸上的皱纹更多了，头发也白了许多。她有些心疼父亲，颤抖着嘴唇说：爸，我不应该让你操心。

那天晚饭，父亲拿出一瓶酒，给自己倒了一杯，二姐突然拿过空杯说：爸，我陪你喝。父亲默默地为二姐倒酒。二姐说：爸，倒得和你一样多。父亲抬起眼皮看了二姐一眼，比量着自己的杯子给二姐倒满。二姐没在父母面前喝过酒，她压根就没喝过酒。她看见父亲喝酒，突然涌出陪父亲喝酒的想法。父亲喝一杯，二姐就喝一杯。母亲谁也不劝，悄悄地打量着这对父女。

父亲喝了几杯之后，话便多了，他又说起自己十三岁那年讨饭，被富人家放出的狗咬了，他跌倒在雪地里，便看见了路过的抗联队伍，父亲一瘸一拐地跟着队伍进山了，从那以后，他便成了一名抗联战士。以前父亲经常当着一家老小叙说自己的光荣历史，一遍又一遍地，一家人耳朵都听出茧子了，只要一讲起这些，所有的孩子们都匆匆低下头吃饭，然后挥挥衣袖逃也似的离开饭桌，只留下母亲一个忠实听众。父亲此时又一次叙说时，二姐认真地听着，并伴着丰富的表情，父亲终于找到了忠实的听众，更起劲地讲述着，最后感慨道：还是老闺女理解我，爸爸老了，再也不是一名军人了。父亲说到这已经潸然泪下了。不知不觉，二姐陪着父亲把一瓶酒都喝光了。父亲哭了，这是他第一次当着一家老小像个脆弱的孩子。二姐看着父亲流下的眼泪，突然也放声大哭起来，不知是为了父亲还是为自己。二姐一哭，父亲的眼泪更不加遏止了，两人抱在一起，一老一少，高一声低一声地哭成了一团。

二姐终于成了护校的一名学生，她和其他学生不同的是，二姐是在职学习。她毕业后还是要回到公安战线的，虽然她知道自己所学的专业回到公安局并没有什么用，但她还是要上这个学。为父亲，也为自己能够暂时离开让她悲伤的工作环境。

二姐的经历和她在学校的表现，让她很快当上了班长，还当上了学校团委副书记（书记由学校的专职人员担任）。二姐在她们这届学生中表现得鹤立鸡群，不仅学习成绩优异，各种表现也超出所有同学。她成为学校的榜样和标杆。

二姐在护校毕业前夕，中国发生了一件大事。那些日子，所有的新闻媒体都在做着战争动员。二姐和她所在学校的所有人并不知道那叫战争动员。这个词二姐是从父亲嘴里听说的，已退休在家的父亲，重新又穿上了军装，去军区司令部上班去了。他回到家便站在书房里，墙上挂着地图，父亲便站在地图前，久久凝望着地图上的某一处。二姐回到家，惊奇地看着父亲，父亲的目光仍盯在地图的某一处位置道：打仗还得靠我们这帮老家伙，闺女，你知道吗，这叫战争动员。

在二姐眼里，重新又戴上领章和帽徽的父亲一下子似乎又年轻了许多。二姐为父亲高兴。此时的二姐还不知道，改变自己命运的那一刻正悄悄到来。

二姐那天正在上课，看到校长和书记陪着两位军人来到了学校。二姐她们下课之后便得到了一条振奋人心的消息：军区医院到她们护士学校来招人了，报名工作已经开始了。二姐想也没想，便领了一份参军报名表，她颤抖着手把报名表填好，又火速地敲开了校长办公室的门。她像个军人似的立在校长面前说：校长，我要参军。校长接过报名表，微笑着冲二姐说：石晶同学，你的报名表我收下，你能不能参军我说了不算，那得部队招兵的人说了才算。二姐听校长这么说，她转身跑出校长办公室，又一口气回到家里。二姐到家时，时间已是傍晚，重新又到军区上班的父亲刚下班回来。二姐进门之后，径直找到立在书房里的父亲道：爸，我要去参军。军区医院到我们学校来招人了。

父亲认真地打量着二姐，从头到脚，很仔细的样子。

二姐知道父亲在犹豫，便说：爸，打仗亲兄弟，上阵父子兵。从小到大我没求过你什么，我只求你这一次，无论如何我要去参军。

父亲的目光结结实实地盯在二姐的脸上。

很快，二姐便收到了入伍通知书。

魏局长亲自到学校来看望二姐。二姐像军人一样向魏局长敬礼。魏局长握住二姐的手摇动着道：石晶同志，公安局党委支持你的决定。你现在是名军人了，如果有一天转业，我们公安局的大门随时为你打开。二姐郑重地又向魏局长敬了礼。

二姐光荣地第二次入伍，成为一名战地医院里的护士。

八

二姐二次参军几天后，医院便接到了开赴前线的命令。二姐回家向父母告别，父亲专门从军区办公室回来为二姐送行。父亲凝视着二姐，又招了下手，二姐向前迈了一步，站得离父亲更近一些。父亲说：闺女，国家用人之时，你能够站出来，爸爸没白养你一场。父亲说到这有些激动。二姐立正站好：爸，我不会给你丢脸的。说完举起右手向父亲敬礼，父亲还礼。二姐又冲站在父亲身后的母亲说：妈，我走了。她向母亲挥了下手，脸上挤出一缕微笑，然后转过身头也不回地走了。

母亲哭了，背过身子用手抹着眼泪，父亲说：哭啥哭，这么多孩子都上了前线，又不是咱家闺女一个。父亲想再看二姐一眼，踮起脚向二姐走去的方向张望，二姐的背影已经很远了，最后消失在他的视线里。他娇惯、疼爱的老闺女走了，父亲眼圈红了，他大步地向军区办公室走去。

战斗打响时，二姐的任务是在阵地上抢救伤员。她先要给受伤的士兵包扎伤口，再由担架队把伤员抬下去。她也看到许多牺牲的士兵，她伸出手去摸士兵的鼻息，再把手指按压在士兵脖子后的动脉处，以此判断面前躺倒的士兵是否牺牲。凡是牺牲的士兵，她就会掏出事前准备好的一块白布，蒙在士兵的脸上。她举起手向牺牲的士兵敬礼，她转过头去时，眼泪已经控制不住。就在几小时前，她看见这些士兵生龙活虎地奔赴了阵地。身边炮声隆隆，枪声阵阵。二姐的脑海里又闪现出胡大进、程不高的影子，他们都成了烈士。二姐的心坚硬起来，她不再流泪，向牺牲的士兵告别，向需要救护的伤员伸出她的手……

战地医院随着大部队也在节节向前推进，战斗越来越残酷，敌我双方经常犬牙交错，有时为了抢救一个伤员，许多医生护士都牺牲了。

二姐已经在阵地上熬红了眼睛，饿了就啃几口压缩饼干，渴了喝几口军用水壶里的水，实在困得睁不开眼睛了，便倚在一棵树上打个盹儿。不远处枪声炮声响作一团，隐约地还有士兵们的喊杀声。二姐在短暂的睡梦中，似乎又回到了当年的工地：炮声震天，胡大进在峭壁上灵巧地跳跃着；还看见程不高向她走来，一件风衣穿在他身上很不合体，头上还翘着一缕头发……

二姐被一种异常的声音惊醒了，确切地说是一片杂乱的脚步声。二姐睁开眼睛，竟然发现了敌人，五六个敌人端着枪在向她靠近，战地护士每人配发了一支短枪，还有一颗光荣雷。光荣雷就是战斗到最后一刻和敌人一起光荣的武器。此时，那颗光荣雷也在二姐的腰里揣着。二姐下意识地拔出了腰间的手枪，身体就势躲到了树后。二姐开始射击，跑在前面的那个敌人应声倒下，另外几个敌人也开始射击，子弹有的打在树上，有的贴着二姐的身体“嗖嗖”飞过。二姐有些紧张，她大声地喊叫着：有人吗？我被敌人包围了。没有人应她的话。她不知道，在她打盹的时候，就在她眼前不远处发生了一场激战，几名野战医院的护士和担架队员都牺牲在了敌人的枪下。二姐很快射光了枪里的子弹。二姐别无选择地摸出了腰间的光荣雷，她打开保险，把引信环套在手指上。敌人越来越近了，都能看清他们的眉眼了。二姐这时站了起来，很快她身上中了一枪，二姐在倒地的瞬间拉响了光荣雷……

父亲得知二姐牺牲的消息是在二姐牺牲半个月后的某一天。那会儿，参战的部队已经撤回到了国内。野战医院院长从前线把电话打到了父亲办公室。电话听筒从父亲的手里掉落下来，他一屁股坐在椅子上。战争打响的这些日子里，父亲每天都睡在办公室里，他从前线参战部队传回的电报和传真里了解到了部队的态势，父亲在指挥后勤补给源源不断送往前线。父亲不知在办公室里呆坐多久，他满脑子里都是二姐小时候的身影，她学打枪，学骑马，和男孩子打架，偷了户口簿去参军……二姐的身影从小到大又在父亲的脑海里过了一遍。

最后，父亲木偶似的走回到家里，他木呆呆地望着母亲，母亲喊了一声：老石，你怎么了？父亲嘴唇抖颤着，半晌才说了一句：咱们的老闺女牺牲了。说完悲怆地喊了一声：老闺女……

二姐牺牲了许久之后，父亲还经常走神，嘴里不知何时还会喊一句：老闺女……这时，母亲会走过来，默默地看着父亲。父亲看见母亲便清醒过来，戴上老花镜，又低头去看报纸。

父亲和母亲在二姐牺牲后，一下子变得苍老了许多。家里少了欢笑，父亲和母亲经常坐在客厅的沙发上发呆，一坐就是好久。

九

又是几年后的某一天，南方某省靠近边境的一个山坡上的烈士陵园，走来一个穿风衣的男人，头顶上一绺头发被风吹得迎风飞舞。他找到了二姐的墓。他立住脚，望着二姐墓碑上的照片，慢慢地伸出手擦拭二姐的照片。在他的擦拭下，二姐清晰起来，照片中的二姐冲眼前这个男人笑着。这是二姐第二次穿上军装那天照的相，她的目光多了些忧郁，但还是掩饰不住她又一次穿上军装的喜悦。

男人的手在颤抖，久久，男人坐下来，打开带来的提包，从里面拿出一件件好吃的，摆在二姐的面前。男人说：石晶，程不高来看你了，这是你平时最爱吃的。

程不高伸手抱住二姐的墓碑，把头抵在碑上，一边哭一边说：别怪我石晶，我来晚了，我刚刚完成任务。

墓地刮起一股风，吹得树叶沙沙作响，似乎是二姐的絮语，念叨着：程不高该理发了，该换衣服了……

大姐的从军梦

一

大姐当了七天兵后被部队参谋送回到了武装部。

大姐的命里只有七天兵的缘分。大姐高中毕业，是按照正常征兵流程参的军，报名、体检、政审，然后由接兵部队的首长把大姐这批兵隆重地接走了。接走大姐的是总参部队，说是和侦听有关，这批兵选的都是高中毕业生，全家人为大姐能够参军而感到高兴。大姐是我们家孩子中的老大，她毕业就能参军，给我们带了个好头。我们都希望大姐能在部队混出个样来。

大姐这批兵被接走后，军区党委就接到了街道群众的来信。群众的意见很大，所在的街道这批走的大都是军区机关子女，而街道上那批应征青年满打满算才走了两个人。因此街道上应征青年的代表就向军区首长反映了这个情况，质疑军区领导子女都在走后门，逃避下乡……军区领导很重视，把这批兵的家长聚到一起开了个会，宣读了街道群众来信。信还没读完，父亲首先站起来说：我家石英这兵不当了，让她马上回来，把名额留给群众。过了会儿又有两三个家长表了态。就这样，大姐只当了七天兵，便被部队的军务参谋送回到了原籍的武装部。

记得大姐进门时，身上仍穿着那身绿军装，背包也在肩上，和她离开家时并没有什么区别。父亲听说大姐回来了，特意从机关办公室里回来，大姐和父亲一见面就吵了一架。

大姐说：凭什么让我回来?!

父亲说：因为你是我女儿。

大姐还说：咱们军区走了十几个人，要回来也轮不到我。

大姐开始哭泣，泪流了一脸。

父亲背着手，踱了两步立住道：下乡也没什么不好。

大姐哽咽着：那能一样吗？参军还有个盼头，下乡我这辈子就是农民了。

父亲不可理喻地望着大姐说：农民怎么了，不要瞧不起农民，没有农民我们吃啥喝啥，嗯？

大姐不再和父亲理论了，坐到吃饭桌前，两手相扣在后脑勺上，眼泪噼里啪啦地掉在吃饭桌上。

母亲见大姐这样也难受，看看这个望望那个说：老石呀，没有别的办法了？总参的部队不行，要不把孩子再送到自己的部队上去？

母亲央求父亲时，大姐似乎看到了希望，她泪眼蒙眬地望着父亲。

父亲的手从后背上拿到胸前，一边挥着手一边说：糊涂，到自己的部队来不也是走后门吗？军区领导很重视这件事。咱们要响应号召，该下乡就下乡，走后门的事想都别想。

父亲的一句话，改变了大姐的命运。

绝望的大姐在家里哭了三天，第四天时，她洗了脸，背上当新兵时的挎包，去街道报到去了。她无路可走，只能选择下乡这条路了。街道领导挺同情大姐的遭遇，把全省知青点的名单推给大姐，让大姐自己选。下乡也是门学问，比方说辽南、辽东条件都好一些，离家也近，可大姐却选择了辽北的康平县。这是个山区县，在全省也算是数一数二的落后县了。

街道领导很诧异，问了几遍大姐并提醒道：你真选康平？这可是咱们省最贫困的县。

大姐望着窗外，心如死灰地说：都一样。

就这样，大姐下乡了。她把自己那身还没穿热乎的军装脱下来，小心地叠好，放在旅行包的最底层，又换上了她上学时穿的衣服。她走的那天早晨，没让一个人送，自己独自去了火车站。和她同走的还有刘艳。刘艳是和大姐一起参军，又一同被送回来的同学。刘艳的个头比大姐矮一点，也胖一点。记得大姐走的那天早晨，天上正下着雪，大姐走在风雪里，连头都没回一下。她围了条玫瑰红色的围巾，在雪天里很耀眼。没回头的大姐走出了我们的视线。

我们原本以为，大姐去下乡就和上学一样，很快就会回来，结果那年的春节大姐也没回来。

三十晚上，一家人坐在桌前吃饭，母亲照例包了饺子。母亲站在厨房里，一边煮饺子一边扒着窗子往外看。父亲也显得心事重重的样子。他不停地在客厅里踱步，又不时地抬腕看表。

大哥、二哥、二姐和我，我们几个孩子早就饿了，开饭点比平时已经晚了好一会了。二哥一边敲碗一边喊饿。父亲又看一眼表，冲厨房里的母亲说：咱们吃吧，给老大留点。

我们一家团坐在一起，开始吃热腾腾的饺子，我们吃得狼吞虎咽，母亲却魂不守舍的样子，楼道一有动静她就跑过去扒着门口看。二姐突然抬起头说：我大姐啥时候能回来？父亲和母亲默默对视一眼，谁也没说话。大姐到了康平知青点后，只给家里来过一封信报了平安，便再也没来过信。母亲就让二姐给大姐写信，二姐那会儿上初中二年级，信的内容她已经能表达得很丰富了。二姐每次把信写完，交给母亲，母亲一目十行地把信看了。在信封上贴上邮票，把写好的信放到自己包里，她要在明天上班时亲自把信投递到邮筒里。一次又一次把信寄给大姐，大姐却一次也没有回。每次二姐写信封时，我就趴在一旁看，地址我都背下来了：康平县跑马场公社放马沟大队赵家堡子知青点，石英收。我对大姐去的这个地方觉得很稀奇，跑马场公社放马沟大队，这里怎么这么多马？后来我大了一点，专门查过这些地名的出处，才知道清兵入关前这里是练兵的地方，地名便延续下来。

三十晚上大姐没回来，初一也没回来，整个春节就没见过大姐的影子。头两天父母一直心神不宁的样子，到初三时，父亲开始沉默了，不停地吸烟，让烟雾深深浅浅地把自己罩住。母亲搓着手，最后扒着窗子往外望了一眼，然后说：这丫头，心怎么这么狠？然后深深地叹了口气，霜一样的东西就挂在母亲的脸上。

不仅那个春节大姐没回来，一连几个春节都没回来，更别说初一十五了。和大姐同一个知青点的刘艳倒是隔三岔五地往家跑。刘艳的家和我们家隔一栋楼，她父亲是军务部的副部长，母亲在区里上班。据说父母正到处活动，在城里给她找工作，似乎工作找得很不如意的样子。刘艳每次回来，待几天又落寞地走了。

刘艳每次回来，母亲都让二姐去刘艳家问大姐的情况。每次二姐打探完消息都会带来几个字。向母亲汇报时，心虚得很，看着母亲的脸小心翼翼地说：刘艳姐说了，我大姐挺好的。她这句话只有三个字是有用的信息：挺好的。挺好到什么程度，母亲心里自然没底。这一次，母亲加班加点为大姐做了双鞋，赶到刘艳走前，她亲自去了一趟刘艳家，把那双鞋让刘艳捎给大姐，顺便又问了大姐的情况。母亲亲自去问，似乎也没问出什么有用的信息。她回来和父亲说：刘艳说石英挺好的，让咱们放心。核心信息还是那几个字。

大姐和刘艳是发小，两人一起上幼儿园，一直到高中，平时两人关系也要好。两人一起参军，又一起被部队退回来，又一起下乡去了一个知青点，因为这样的关系，父母对刘艳的话也信也不信，但无论如何他们愿意相信大姐都挺好的。

大姐见到母亲为她做的那双鞋，终于给母亲回了封信，信很短，母亲看完就放到了吃饭桌上。信写了大概有半页纸的样子，中心思想就是，她现在很好，不用家里惦记，自己什么都不缺之类的。又是个一年后，刘艳终于从知青点调了回来，到市第六毛纺厂上班。第六毛纺厂离我们军区大院不远，我们在厂门口经过，正赶上换班时间，接班的和下班的清一色都是女工，她们一律都戴了顶白帽子，乌泱泱的好多人。从那以后，我们经常看到刘艳骑一辆二八自行车在我们院子里出入，她头顶上也多了顶白帽子。

有一次她下班，正好碰上母亲。母亲拉住她又问起了大姐的情况。她起初不肯说，看着自己的脚尖支支吾吾的。在母亲再三追问下，她才吞吞吐吐地说：阿姨，有门路还是把石英调回来吧，知青点挺苦的。石英不让我说，我只能说这些了。

说完推着自行车慌慌张张地走了。

母亲那天进门就眼泪汪汪的，一边叹气一边心不在焉地做饭。晚上吃饭时，母亲把见到刘艳的情况和父亲说了。父亲什么也没说，直到他吃完碗里最后一口饭才道：这么多下乡的孩子，哪一个不苦?！母亲把脸别过去。

从那以后，母亲开始找人四处为大姐回城而活动。父母都是军人，父亲在军区机关上班，母亲以前在门诊部工作，后来调到后勤部的卫生处，和司令部上班的父亲不在一栋办公楼，但都在一个院里。他们地方上不认识谁，只能托同事之间相互打听。一月月地过去，母亲似乎也没有什么眉目。有一天，她和父亲吵了起来。

母亲说：石英的事别光我一个人忙活，你也出面打听打听，看有没有单位能接收。

父亲说：每个知青点都有回城指标，她没回来证明她还没有接受好贫下中农的教育。别人家孩子能在农村坚持，石英为什么不能？

母亲提高了声音：别人家是别人家的，石英是我生的。人家刘艳不也调回来了吗？

她是她，石英是石英，不要往一块儿扯。父亲也急赤白脸了。

母亲坐在沙发上说：当年都怪你，要不是你积极把石英从部队上给要回来，说不定石英都在部队提干了。

母亲说这话是有根据的，和大姐同去部队的王文强已经当上排长了。上个月王文强回家休假，穿着皮鞋，军装上多了两个口袋，走在大院里见人就打招呼，遇到叔叔伯伯的还掏出烟恭敬地递上去。王文强也是大姐的同学。

一提起王文强母亲就更气了，拍了一下茶几说：咱们不比王文强，就说那个孙晓亮，没提干人家转业回来了，在锅炉厂保卫科上班。你说都是石英的同学，人家孩子都活得轻松自在，咱家石英还在农村受苦受罪呢。母亲说到这就又流下眼泪。

父亲不耐烦地挥挥手：别女人家家地和这个攀那个比的，每个人都有每个人的命。

母亲突然喊了起来：石英生下来就是受苦的命……

父亲摔上门出去了。

母亲再次得到大姐的消息时，大姐已经在放马沟大队赵家堡子结婚了。

二

到知青点不久，大姐就恋爱了。

大姐的恋爱对象是放马沟大队的民兵连连长赵国富。赵国富是名复转军人。在部队时，立过一次三等功，还是名党员。赵国富也住在赵家堡子。他的家离知青点不远，虽然赵国富复员回到老家也是个农民了，但他和别的农民不一样，每天都穿着军装，把自己收拾得依然像在部队一样，一丝不苟地系紧风纪扣，胸膛挺直，依然像站在队列里的一名士兵。唯一的遗憾是他右手食指断掉了，但却是他光荣身份的象征。他的部队在北部边陲。一年冬天，他在瞭望塔上站岗，那一晚突发暴风雪，连队离哨位并不远，不到两公里，因暴风雪来袭，他打电话向连里汇报，不要换岗了，以免接岗的战友迷路，自己站到天明。果然已有两个士兵去接岗，走了好久又走回到连队，他们真的迷路了，大雪纷扬的北疆让他们分不清东西南北了。第二天，暴风雪停歇时，连长带着士兵蹚着深及腰处的雪赶到瞭望塔时，赵国富已经成了一个冰人，浑身上下都被雪覆盖了，枪口仍指向界碑处，他像一座雕塑似的面向着界碑，随时准备扣动扳机的右手食指仍压在扳机处。哨位上的军人是戴着手套的，但为了射击的精准，右手手套的食指被剪掉了，这样戴手套时，手指才会零距离地接触到扳机，一旦有情况会在第一时间精准射击。战士们呼喊着赵国富的名字，把他抬到瞭望塔下，送到了几十公里外团部的卫生队。赵国富的命保住了，却失去了右手食指。这件事情之后，他不仅立了一次三等功，还得到了一个伤残军人证，他的伤残等级为三级甲等，虽然伤残的级别不高，却见证了他光荣的历史。

赵国富名正言顺地成了放马沟大队的民兵连连长。

民兵连只有在农闲时才训练，知青点的学生自然也是民兵连的民兵。当石英和刘艳两位入伍一个星期的士兵站在队列里，她们很快吸引了赵国富的注意力。他来到大姐和刘艳面前，望着这两位如花似玉的姑娘，鼻子里就“嗯”了一声，大姐和刘艳就齐整地给赵国富敬了个军礼。大姐抢先道：报告连长，我和刘艳在总参三局某部从军一周。后来赵国富了解了大姐和刘艳的经历，对她们的命运惋惜不已。

没多久，大姐便担任了民兵连女兵排的排长，刘艳为副排长。训练空隙三位前军人经常在一起聊部队上的事。虽然大姐和刘艳只当了一个星期的军人，刚接受新兵训练，但毕竟也是军人。三个军人呈等边三角形笔直地站在那儿聊着共同话题。赵国富又说到那年冬天的大雪以及瞭望塔，最后摘下手套，她们终于看见了他伤残的手指。大姐就在心里呼叫一声：天哪！赵国富笑笑，又把手套戴上。自从伤残后，他便有了一年四季戴手套的习惯，右手手套食指被一团棉花塞满，不细看并看不出什么破绽。

因右手少了食指无法确保射击的稳定性，民兵连连长赵国富已练就了左手打枪的本领，枪托抵在左肩上，用左眼瞄准，左手食指扣动扳机。那会儿，民兵是配枪的，每人一支，枪是七九式，大部分都是抗美援朝后从部队上淘汰下来的，但毕竟是真家伙，倚在身上握在手里沉甸甸的。他们训练一阵之后，找到一处阴凉地，所有人都围着赵国富坐下，听他讲述在部队上的事。赵国富把枪抱在怀里，也讲述那场大雪，那次负伤和立功。每每讲到这时，赵国富就举起右手，此时右手上仍戴着手套，手套是白色的线手套，被他洗得雪白。他就挥出一道白光说：要是我不负伤，一定提干当排长了。知道么，我的副班长在我离队半年后就提干了。

大姐在赵国富的闲言中了解到，赵国富参军第二年就当上了班长，第三年入党。这样的进步速度对任何人来说都是优秀士兵才会有的结果。大姐开始对他刮目相看，躲在人群外总是爱偷眼去打量一脸冷峻的赵国富，心里就多了种异样的东西。

赵国富又说到了枪和士兵的关系，他就拍一拍怀里的枪道：知道么，枪是什么？那是士兵的生命，它比我们的命还重要。它是我们的战友、伙伴……说到这时，他眼里就有些湿润了。时间久了，人们都发现赵国富有句口头禅，每次讲话前，都会加一句：知道么。算是他讲话前的开场白吧。

说到那场暴风雪，他又说：知道么，要是我不把枪看得比生命还重要，完全可以把枪放在一旁，这样我的手指就不会冻掉了。他又挥了下右手，一道白光在人们眼前闪过。

说到枪有人就问：连长，你看你怀里的枪前主人是个什么样的人？

他就把枪拿起来仔细看了看，抬起头说：知道么，它上过战场，也许经历的不只一个主人。他又拉开枪栓，把一只眼睛凑到枪口处，瞄了瞄说：它最少打过几千发子弹，膛线都快磨光了。他又讲到朝鲜战争，虽然他没有参加过朝鲜战争，但通过他的描述，仿佛亲眼见证了一次又一次战役，以及枪的主人，一位又一位屡立奇功的抗美援朝时的老兵。他虽然讲的是故事，但还是把众人深深地吸引了。

有一次大姐就捅捅刘艳小声地说：赵国富天生就是当军人的料。

刘艳不置可否地点点头，疑惑地盯着大姐。

大姐就又说：他爱枪，爱部队。这样的人心里干净。

这是大姐给赵国富的评价。在她的理想里，能成为一名女军人是她一生的奢求。她从记事起就在和军人打交道，母亲是军人，父亲也是，在她成长的过程中都是军人包裹了她。记得上小学时，她还写过一篇作文，写的就是“我的理想”，大姐的理想就是成为一名女军人。那篇作文还被老师当着全班人的面读过。可惜她命里只有一周的军人履历。刚开始离开部队时，她做梦还梦到新兵连，他们列队在操场上接受训练。一排排一列列的士兵总让她怀念，流连忘返。这一切都如烟似雾地成了往事，她只能正视现实，现实是她是知青点一名插队落户的女知青。

在民兵连不训练时，赵国富就成了一名普通农民。早晨，经常到知青点门前不远处的井台上担水。他穿着军装，戴白手套，即便担水腰板也挺得笔直。大姐经常站在知青点院子里刷牙洗脸。赵国富看见了大姐，便微笑着冲大姐招一下手，大姐把嘴里的牙膏沫吐净，也冲他报以微笑。

乡村的夜晚总是很寂静，却不时地传来阵阵口琴声，口琴吹的歌曲，大都是和部队有关的歌曲，比如《我是一个兵》《游击队之歌》《打靶归来》，等等。他们知道，这是赵国富倚在自家门前的一棵树上在吹口琴。大姐每次听到口琴声心里就多了种难言的味道，她又想起了曾经拥有过的一周部队生活，每到晚上在礼堂里，女兵排和男兵排拉歌比赛，样子就像上了战场，你一首我一首，谁也不肯服输。有一天傍晚，大姐循着口琴声走出知青点，果然看见赵国富倚在树上动情地吹奏着，此时，他在大姐的眼里俨然就是一位站在哨位上的战士。赵国富发现了大姐，停止了吹口琴，他有些讶异地望着她。大姐先是立正站好，然后举起右手给他敬了个礼，大姐这一系列动作是由衷的。赵国富用手甩甩口琴说：是石英呀。大姐近距离地立在他一旁说：听你的琴声我想哭。赵国富就怔了一下，打量着大姐说：那我给你吹一支欢快的歌吧。大姐挥了下手制止道：我想起了新兵连。赵国富挺着身子站好说：我吹曲子，以为自己又回到了部队。

从那以后，每天晚上大姐一听到口琴声响起，总是会溜出知青点，来到赵国富身旁，一个吹一个听，琴瑟和谐的样子。有时他们也会说一些话。每每这时，赵国富就神往地说：知道么，在部队时，这个时间是读报纸的时间，过一会儿就该开班务会了。他的目光穿过黑暗，越过千里万里，在星空下又回到了连队，那里有他的战友和熟悉的一切。大姐望着远方天际里的星河，惆怅和失落便落在心间。

有一次刘艳赶过来，赵国富收起口琴已准备回家了。刘艳拉着大姐的手在回知青点的路上说：石英，你莫不是喜欢上赵国富了吧？刘艳这句话让大姐吃了一惊，在这之前，她似乎没考虑过这个问题。

刘艳立住脚，盯紧大姐的眼睛说：你趁早打消这个想法。

大姐有些心虚，不知该如何回答她。

刘艳又一字一顿地说：咱们迟早是要回城的，在乡下农村谈恋爱算哪门子？

大姐就胡乱应着：怎么会，哪能呢！

春节一到，知青点的人便都回城了。大姐却不肯回城，她还在和父亲赌气，她不明白父亲为什么偏偏把她从部队上要回来，同时参军的那些大院里的孩子都没回来，却唯独让她回来。当然刘艳也回来了，但她母亲每次来信都在说，正在城里为她找接收单位。她想不通父亲为什么要这么对她。她来到知青点只给家里写过一封报平安的信，她倒是不断接到二姐的来信，内容也都千篇一律，问她生活怎么样，吃的用的怎么样。虽然以母亲的口吻，但却出自二姐的手笔，她觉得这一切都比不上父亲对她的伤害。她干脆不回信，似乎和父亲置气，也和自己置气。

春节放假时，她就冲刘艳狠狠地说：我不回去了，见到我家人就说我挺好的，一切都好。刘艳就说：你真不回了？大姐摇头。刘艳又说：何苦的呢？大姐不说话。知青们都走了，知青点只留下大姐一人守着空荡荡的房子。三十晚上，她听到了村子里四处炸响的鞭炮声，她很想哭，但在心里对自己说：要挺住，挺住这一关石英你就了不起了。正在这时，她听到敲门声，她忙去开门，不知这时候谁还会想起她。门开了，赵国富端着盘热腾腾的饺子站在她面前，她眼泪当场就掉下来了。

放假那几天，赵国富几乎每天都过来陪陪大姐，两人站在空旷的知青点院子里。大姐说不回家过春节的心结，赵国富听，大姐说得差不多了，赵国富就安慰大姐：知道么，其实农村也没什么不好。他说这话时，目光越过知青点的院墙，落到一马平川的田地里，此时田地里挤满了白雪，亮堂堂的一片。他接着说：有时我心里难受，就跑到田地里大喊大叫一通，之后就没事了。赵国富说完冲大姐笑。大姐突然想起什么，拉着赵国富就往白茫茫的田地里跑去，大姐开始喊叫，一直喊哑了嗓子。

一连几年，大姐的春节都是这么过的。挺过第一年之后，大姐觉得真的没什么了，她开始平心静气地接受了这种生活。

刘艳在知青点待满三年后终于在城里找到了工作，她向大姐告辞。刘艳说：石英，你别灰心，等我回城我就帮你联系工作。等你调回城里咱们还是好朋友。

大姐望着白茫茫的原野说：你回你的，我要一辈子扎根在这里了。

刘艳拍了一下大姐的肩说：你别傻了，每次我回城见到你家人，他们都在惦记你。

大姐就笑一笑，摇摇头道：我觉得这里也没什么不好。

刘艳就说：是不是因为那个赵国富？

大姐没摇头也没点头，暗地里她已经和赵国富恋爱了。她对他有了依赖，已经离不开他了。

刘艳就严肃地冲大姐说：告诉你石英，千万别犯傻，不结婚还有回城的希望，你要是和农民结婚，这辈子就别指望再回城了。

大姐脸上一直带着微笑，她其实已经下定了一辈子留在农村的决心。

送走刘艳之后，她心里一直波澜不惊。她们知青点，每年都会送走几个回城知青，又迎来几名新知青。

在刘艳离开知青点的那年春节，大姐和赵国富结婚了。结婚前赵国富和大姐深谈了一次。他一本正经地看着大姐的眼睛说：知道么石英，你要和我结婚，你以后就是个农民了。

大姐答：知道。

他又说：以后生的孩子也是农村人。

她又答：知道。

他再说：以后你就没有机会调到城里去了。

大姐大声地答：这些我都知道。

在那个平凡的春节，大姐和赵国富举行了婚礼。她把自己的行李搬出知青点，来到了赵国富家。

三

母亲得知大姐结婚的消息是从刘艳母亲嘴里打听到的。刘艳从知青点回城，引来许多人的羡慕，自然包括母亲。在一天下班后，母亲故意在院里停留，她装作无意的样子在等刘艳母亲。刘艳母亲要比母亲大上几岁，外表看是个很富态的女人，在区政府机关上班。刘艳从乡下调回来，母亲不能不想到大姐，可母亲不认识地方上的什么人，只能上火着急。她在刘艳家楼下转了三圈之后，看见刘艳妈正在楼下自行车棚里锁车，锁好车后，从车筐里拿下提包正准备进门洞，母亲恰在这时出现了。她佯装无意经过看到的，叫了一声：魏姐。刘艳母亲姓魏。魏姐眼睛一亮热情地冲母亲说：妹子，你怎么在这儿？快进家坐。母亲就笑笑说：我路过，正好碰到你。两个女人就站在自行车棚前说些女人的话。母亲的开场白是从刘艳入手的。刘艳妈就说：刘艳工作三班倒，虽然回城了，但工作太辛苦。然后想起什么似的说：石英结婚你们没去？母亲瞪大眼睛：你说——我们家——石英——结婚了？刘艳妈自知说漏了嘴，忙找补道：我也是听刘艳说的，孩子说石英让保密，不告诉别人。你们家里没有听到消息？

母亲再无心聊下去了，挥了下手和刘艳妈告别，匆匆往自己家走去。她进门后，父亲也刚下班回来，正坐在沙发上打开一张报纸。母亲三两步走到父亲面前说：老石，石英结婚了。父亲手里的报纸落在茶几上，他用不可思议的目光望着母亲，半晌才道：不可能，这么大的事怎么能不和家里说？

母亲就把信息来源告诉了父亲。父亲的脸色很难看，他背着手站到窗前，窗外已模糊一片，他就那么呆呆地立着。

晚上，父母躺在床上，都睡不着，两人齐齐地盯着天花板。母亲说：老石，看来咱们得去一次了。父亲“嗯”了一声道：明天一早就走。

父母一大早就出发了，到达康平县城之后，县里武装部派了辆绿篷子吉普车，把父母一直送到赵家堡子。知青点很好找，在村前的马路边上。父母看到知青点院子时，还幻想着石英就在知青点的门前立着。他们到知青点时，知青们都出工了，只有一个做饭的女知青叫小红的接待了他们。知青小红听说这是石英父母，来看石英的，便指着不远处赵国富的家说：石英结婚后就搬到赵家去住了，不远，就在那儿。说完伸手指给他们看。

母亲听了小红的话心里一下就凉透了：石英真的结婚了，这死丫头为啥连一个招呼都不打！前段时间，母亲照例让二姐给大姐写信，地址仍然是知青点，大姐倒是也回了一封，压根就没提自己结婚的事。

他们来到赵国富家门前时，大门上被一把铁锁锁住了。邻居家有个老头，正坐在门口晒太阳。他大着声音告诉父母，赵家人都出工了，要等吃午饭时才能回来。父母就只能站在赵家门前等。父亲又背了手一趟趟在空地上踱步，还不时地抬腕看表。母亲在打量赵家的院落，这是典型的北方农家小院，三间茅草房，似乎有些年头了，山墙上有两处裂开了，又用黄泥巴抹了，院子里散落着一些农具，有两只鸡蹲在窗台上一副半睡半醒的样子在打量他们。母亲的心最初凉了一半，现在是彻底地凉了。眼泪止不住流下来。她一边抹着眼泪一边想：这丫头过的是什么日子呀？

日头正当顶时，父亲看见石英扛着锄头从乡村土路上走回来。她的身边还跟着一个男人。那个男人穿着旧军装，一丝不苟的样子。待两人走近一些，石英突然立住了，她就在和父母相隔十米远的地方相视着，她先是从肩上把锄头放到地上，半晌又是半晌后，她叫了一声：爸，妈……她立在那儿，还是没动。母亲带着哭腔叫了声：石英……

大姐这才过来，她不看父亲，走到近前打量着母亲道：妈，你怎么来了？我这挺好的。

母亲上下打量着大姐，嘴唇颤抖着，半晌说不出一句话。

赵国富听见石英对二位军人的称呼，便什么都明白了。结婚之前他听石英说过自己的家庭，知道石英父母都是军人，还告诉他，他们同意她扎根农村的想法。他也提出要去见一见石英的父母，石英就说：以后会见到的。没想到在家门前真的见到了。赵国富很激动，他端着两只拳头，以一个军人标准的姿势跑到父亲面前，立定站好，又敬个礼才道：爸，我是赵国富。

父亲用眼角把眼前这个退伍军人打量着。他没有说话，依旧阴沉着脸立在那里。他不是在生赵国富的气，而是在生大姐的气。父亲和母亲的心情一样，失望愤懑，对大姐结婚这么大事不打招呼的做法，他想不通，也想不明白。

紧接着赵国富的父母和妹妹也出工回来了。一家人聚在门前一时不知如何招待父母。赵父搓着手不知如何是好的样子，突然想起什么似的说：国富，还不快杀鸡。院子里鸡飞狗跳了一阵之后，原来那两只蹲在窗台上打盹的鸡，有一只已被赵国富提在了手上。

父亲摆摆手说：我们不吃饭了，就是来看看。

赵父就说：这哪儿行，亲家公和亲家母这是第一次登门。咋地也得吃顿饭再走。又从兜里摸索出几角钱，打发姑娘去买酒了。

父亲是真想走，他不知如何面对大姐和赵国富一家人，母亲想走到屋内看看，自己的闺女究竟生活在一种什么样的环境下。犹豫间，赵国富已经把鸡杀了，赵父、赵母张开手热情地把父母迎到了屋内。眼前的景象让母亲又一次想流泪。大姐的新房里可以用家徒四壁来形容：一个半新不旧的炕柜，柜子上放了两床被子，显然是为他们新婚做的准备；火炕的对面有一张掉了油漆的桌子，桌子旁同样立了两把上了年头的椅子；除去这些，屋内再无摆设了。中间进门处便是厨房，厨房的东侧还有间屋子，想必就是赵父赵母还有姑娘住的房间了。

鸡炖了，赵母又炒了盘鸡蛋，还有一个野山菜。两家人半歪半斜地坐在炕上，父母因为是客人，坐在了炕里，他们不习惯，别扭地坐着。大姐就一副自然的模样，她为母亲夹了块鸡肉，筷子伸到盘子里，犹豫间，赵父就说：闺女，把鸡头夹给你爸。石英便顺从地把那只鸡头夹到了父亲的碗里。父亲在一家人热烈又亲切的劝说下，喝了三杯土酒，又勉强把碗里的鸡头吃了。母亲则一口没吃，一直拉着大姐的手，她的心里已经泪流成河了。

吃完这顿饭，父母就走了，一家人又热络地把他们送到门口。喝了几杯酒的赵父鼓起勇气握住父亲的手说：亲家首长，你放心，我们一家对待石英比亲姑娘还亲。

这边，母亲把出门带的钱塞给大姐。大姐固执地不要，很用力地又推给母亲。母亲伸出手在大姐肩上拧了一下，又把钱塞到大姐手上。我们从小到大，只要不听话，母亲就拧我们身体的某一处。大姐还是把钱攥在手里，送母亲上车，车开的一瞬间，大姐一挥手又把钱扔到了母亲的怀里。母亲又气又急，丢下含泪带怨的一句话：你个死丫头，为什么要这样？

母亲想不明白大姐为什么要这样，父亲也想不明白，他坐在副驾驶上，脖子一直梗着，脖子上的青筋毕现，这是父亲发怒时的表现。但他又不知冲谁发火，脖子就那么一直梗着。母亲则一直在流泪，在赵家时，她一直忍着不让自己流泪。车一开出赵家堡子，母亲把目光收回来，眼泪就倾盆而下了。

母亲从那以后，家里只要有人提及大姐的名字或者赵家堡子这几个字，眼泪便在眼圈里打转。平时她也总是叹气。这次赵家堡子之行，她得知大姐已经怀孕了。母亲回来时，便四处打电话，找过市里的知青办公室，所有的熟人关系都被她调动起来了，但得到的结果只有一个：依据知青下乡政策，凡是在当地和农民结了婚的知青，一律不再考虑城内的招工。除非离婚。

母亲一想到离婚把自己也吓了一跳。不久，大姐又主动给家里来了一封信，告诉母亲，自己生了，是个男孩。母亲的天就彻底塌了。她把一切怨恨不满都发泄到父亲身上。她为了大姐经常和父亲吵架，每次吵架的开场白都是一句话：要不是因为你，石英能这样？父亲就说：我有什么错……

也是因为大姐，大哥高中毕业时又提出了参军的想法，父亲没有拦着，只说了一句话：去街道报名，能不能去看你的命。大哥、二姐和我先后参军，父亲再也没有说过一句话。我们的命运因为大姐的牺牲变得一片坦途。这一切都是后话了。

在那几年时间里，大姐一次也没回来过，主动给家里写信的次数比以前多了一些。那几年里，大姐又生了两个孩子，一个男孩，还有一个女孩。加起来，大姐已经生了三个孩子了。

后来我渐渐地长大了，刘艳也结婚了，嫁给了自己厂里的一名技术员。每到周末，她坐在丈夫自行车后座上，抱着孩子回娘家。我一见到刘艳就会想起大姐，许久不见大姐，大姐的样貌在我的记忆里已经模糊了。刘艳姐见到我，总是热情地说：老三，你大姐有信来吗？我望眼刘艳怀里的孩子说：我大姐又生了一个，是个女孩。这是大姐前几天给家里来信告诉我们的。刘艳就叹了口气，小声地说：你大姐的日子不容易。

母亲逢年过节的都要给大姐寄钱，之前我们不知道，后来有一次，我在母亲的手提包里看见一张被退回来的汇款单，汇款单上贴了张字条，字条上写“收款人拒收，退回原址”的字样。

我不知道大姐为什么拒收母亲的汇款，母亲的脸色总是阴晴不定的。后来，每次年节，在吃饭时，总是在桌子一角摆上一副碗筷。那是大姐以前坐过的地方。母亲不说，但我们知道母亲是为大姐摆的。母亲吃着饭会愣神，盯着那副碗筷眼里起了一层雾一样的东西。后来大哥二姐参军走后，她并没有这样做过。

四

二哥二姐参军走前，母亲找到他们，小心地说：要不，你们去看看你们大姐去吧。二姐便抖出一封信说：我参军的事跟大姐说了，大姐告诉我千万别去她那儿，让我到部队给她写信就好。母亲的目光盯在那封信上，目光跳了一下，虚虚地移开，转过身去，半晌没有说话。这么多年，大姐下乡离开家便再也没有踏进过家门。母亲不敢和父亲提大姐的事，每次提父亲就发火。在大姐结婚前，母亲一提起大姐，父亲都有冠冕堂皇的理由狡辩。自从两人去了赵家堡子之后，父亲便开始少言寡语了。他经常盯着某个地方愣神，有时为了一件小事莫名其妙地发火，弄得我们都号不准父亲的脉了。每次父亲冲我们发火时，母亲都安慰我们道：你们爸这是到了更年期了，别理他。也许一会儿，或者再过一会儿之后，父亲又恢复如初了。

我知道，父亲母亲嘴上不说，其实他们心里都惦记大姐。在我参军前，没和大姐打招呼，新军装发下来的当天，我把军装换上，便坐上了开往康平的长途汽车。都是山路，盘旋着到了山顶，又盘旋着开下去，车又在山沟里起伏颠簸了好一会儿。到了县城，又搭了一截顺路的拖拉机，又坐了牛车才来到赵家堡子。在路旁，我先是看到了知青点那个院子，很破败的样子。知青点已到了尾声，这里后来下乡的知青几乎都跑回城里了。在我参军一年以后，国家出台了政策，所有下乡知青集体回城了，轰轰烈烈的知青下乡运动宣告一个段落。

见到大姐时，她正在院子里喂猪，左手提桶，右手拿瓢，一大一小两只猪在她眼前吃得正欢。我确信眼前这个农村妇女打扮的人就是我大姐。她离家时我还小，在我的印象里，大姐还是个少女模样，梳两只短辫子，身材窈窕，动作轻盈。而眼前的大姐已是中年模样了，穿了件蓝布棉袄，头发凌乱，面目虚肿。我确信这就是我的大姐，眼泪不争气地涌出来。我挪移着步子向大姐走过去。她先是抬起头，疑惑着打量我，我们的眼神碰在一起，泔水桶在她手里滑落，瓢也落在地上。她下意识地上前几步又立住，抬起手用手背抹了下眼睛，哽着声音道：老三，是你么？我叫了声：大姐。大姐开始流泪，就默默地站在我面前，上下地看了我足有几分钟，突然嘴里发出一声叫，把我抱在她的怀里。我和大姐哭在了一起。

父母是唯一来过赵家堡子看大姐的人，以后母亲又张罗着来看大姐，大姐要么回信，要么拍电报，阻止母亲。每次母亲接到大姐阻止她来的信件或者是电报，都会偷偷地抹眼泪。我不知道，大姐为什么要这样，包括二哥和二姐参军前也提出过要来看大姐，她也没让他们成行。

半晌，大姐把我推开，又上下打量一番，伸手在我新军装上摸了一下道：老三，你这是要参军去了么？我点点头。大姐拭了泪，高兴地说：真好，参军真好。然后高兴得跟个孩子似的。转身从屋里喊出一个六七岁的小女孩，冲孩子道：冬霜，这是你小舅，快叫舅。女孩就怯着声音叫了。大姐拍了下孩子的头说：快去叫你爸回来。

女孩应声跑出院子。大姐拉着我的手向屋里走去。大姐的房间依然是一贫如洗的样子，泥墙上贴着报纸，报纸有了年头的样子，烟熏火燎的，唯有几张年画贴在醒目的地方，透着一些喜色。

不一会儿，赵国富就回来了，我终于见到了传说中的大姐夫。人近中年的大姐夫腰板还是挺得很直，人很精神的样子。大姐把我介绍给姐夫，我叫了声：姐夫。姐夫也高兴得什么似的，把手在袖子上擦了擦，伸出手和我握手。我发现姐夫伸出来的是左手，右手仍戴着手套，下意识地背到了身后。

大姐很快把大姐夫拉到一旁小声说了句什么，姐夫点点头，应了声，回头又冲我说：三弟，你先坐呀，我去去就回。说完快步地走出去。

大姐又把我拉到屋里，还倒了碗水放到我眼前的炕沿上。我就说家里这些年的变化，父亲已经退休了，还有老发脾气的事，还拿出一张全家福，这是大哥参军时一家人照的，唯独没有大姐。大姐拿过照片，目不转睛地盯着照片中的每一个人，眼泪又吧嗒吧嗒地落下来。

院外大姐夫带着几个邻居在抓猪，猪发出撕心裂肺的叫声。我忙站起来说：姐，这是干什么，别杀猪，我坐会儿就走。大姐把我拉住：不杀猪，你姐夫这是卖猪。我看见姐夫和几个乡亲把那只稍大点的猪四肢捆了，用一个杠子把猪抬走了，院子只剩下一只半大的小猪，魂不守舍地向院外张望着。

大姐把那张照片又举了一下道：老三，这张照片留给我吧。我忙说：就是送给你的。大姐小心地把那张全家福插到镜框上。我发现墙上还挂着相框，也有张全家福，那是大姐一家的全家福。大姐把我拉到相框前，指着全家福说：这是你大外甥叫冬青，老二叫冬林，这个叫冬霜。冬霜我见过，就是出门找姐夫的那个小女孩。

吃饭时，我见到了大姐全家人，老大冬青已经上初中了，老二冬林上小学四年级，冬霜刚上学。在饭桌上三个孩子又惊奇又羡慕地打量着我。

姐夫赵国富给我倒了酒说：三弟呀，参军好，当过兵的人和一般人就是不一样。姐夫憨厚地笑着，一顿饭下来，姐夫并没有说太多的话，只是一遍遍地说他过去的部队，还有那些战友。让姐夫骄傲的是，他当初班里有个战士已经当上副团长了。一提起部队，姐夫就一脸神往的样子。

我在大姐家住了一个晚上，晚上和冬青冬林睡在西间屋里。睡前我把新军装脱下时，冬青凑过来小心地摸了摸我的新军装，露出一副幸福的表情说：小舅，这军装真好看。熄了灯，我知道两个孩子还没睡着，便说：你们长大了想干什么？

冬青不假思索地说：我要去参军。

我听了心里一惊。

冬青又说：我爸妈都是军人，我也要成为军人。

冬林插话道：哥，你别做梦了，你想去人家部队还不要你呢。

两个孩子在被子里你推我一下，我捣你一拳的。

孩子为父母的经历感到骄傲，我又想到了大姐只有七天兵龄的历史。我又一次为大姐感到难过。

第二天一早我就要走了，先去县城，还要坐长途客车。姐夫找来一架牛车，赶车的人是位五十岁出头的汉子。我和大姐、姐夫告别。大姐把我拉到一旁，从兜里掏出五张十元面值的钱塞给我。我推拒道：姐，你这是干什么？我不缺钱，我走时，爸妈会给我。大姐执拗着不由分说把钱塞到我裤兜里。她说：爸妈是爸妈的，这是姐给你的。我看着大姐，心想：大姐你受苦了。这么想，眼泪又在眼圈打转。

大姐见我这样，伸出手在我脸上摸了一把，也含了泪，哽着声音说：老三，在部队上好好干，替大姐多当几年兵。我知道又勾起了大姐的伤心事，就冲她用力点点头。

我坐在了牛车上，车把式挥了下鞭子，牛车就向前走去。我冲大姐和姐夫挥手，他们立在门前一直到我望不见他们。车把式见我扭过头就说：石英是你亲姐？我“嗯”了一声。车把式叹了口气道：你姐可真不容易，从城里嫁到农村，拉扯三个孩子，唉……大姐的不易都在车把式的叹息声中了。我又想到大姐死命塞在我兜里的那五十元钱，还有那头被大姐夫卖掉的猪，猪撕心裂肺的叫声让我难过。也许不是为了我，大姐一家过年还有猪肉吃。

到了部队我就给大姐写信，告诉大姐以后有事就给我写信。大约在我参军一年以后吧，大姐终于来了封信，问我在部队上能不能买到军装，最好是女式那种。我知道这是大姐未了的梦。当年大姐那身军装现在早就穿不成了。正巧，在新兵连我们一个班的战友，分配到了军需股工作，就是负责军装发放的。几天后他便把一套女式军装给我送来了。我又争分夺秒地给大姐寄了出去。不久，我接到一张汇款单，大姐给我寄来了二十元钱。我立马联想到母亲被退回的汇款单，二十元钱对大姐一家来说就是半头猪钱，我怎么会收大姐的钱？我跑到邮局把那张汇款单给大姐退了回去。

不久，老兵复员，我又在老兵那里买了一套半新不旧的军装寄给了姐夫，并写信告诉他们千万不要寄钱，这是弟弟的一点心意。两周后，我接到了大姐的来信，信里夹了一张照片，是大姐和姐夫的合影，两人都穿着军装，他们冲着镜头脸上露出自信又幸福的神色。一身军装又让他们找到了幸福，我心里就多了难言的滋味。

记得我上军校的那一年，又一次接到大姐的来信。她在信里喜气洋洋地告诉我，冬青已经参军了。还有一张冬青穿着新军装的照片。冬青穿着新军装，一脸青涩的样子，目光中是幸福也是期许。大姐在信中最后说：老三，咱们家出了这么多军人，姐知足了……

冬青参军大概有半年的样子，我突然收到了姐夫的来信，姐夫给我写信还是第一次。他在信中说，冬青牺牲了。看到这几个字，我简直不敢相信自己的眼睛。再读信时才知道，冬青新兵连结束不久，就随部队到南部边境去轮战了。在猫耳洞旁的一棵树下站岗，突然飞来一颗炮弹……我参军时南部战事就已经爆发了，大面积战争很快就结束了，但仍然有局部的冷战。为了锻炼部队，各支部队便轮流着开赴到南部前线，冬青所在的部队就是轮战之一。没料到刚参军半年，冬青就牺牲了，他才十八岁。从那以后，冬青的画面经常在我眼前浮现。他穿着新军装，在猫耳洞旁一棵树下站岗，那会儿他是正在想家还是沉浸在刚参军的喜悦中？

我怕大姐承受不了这种打击，动员二哥二姐一起给大姐写信，以示安慰。那会儿，二哥二姐仍在部队上。又过了几个月，我终于收到了大姐的来信。她在信中说，老三，大姐没事了，冬青牺牲了，作为一名军人值了，大姐的心愿冬青完成了……我发现信纸上还滴着大姐的泪痕。

后来我回家，母亲告诉我，得知冬青牺牲的消息，她和父亲又去看了大姐一次。大姐终于在母亲面前哭了一回。母亲还说，父亲从那次回家，一直在为大姐回城的事在忙碌。早在两年前，最后一批回城知青已经结束了。按照当时大姐的条件，仍不在回城的政策中。父亲一直打电话，联系熟人和战友，为大姐回城的事张罗着。

父亲已经退休几年了，他变得越来越沉默寡言。有一次，我帮母亲洗衣服，发现父亲一件上衣兜里有张照片。我把照片拿出来，那是一张大姐刚参军时的照片。大姐那会儿才十几岁，她冲着远方灿烂地笑着。那张照片已经发黄了，却被父亲保存得完好。那一刻，我明白了父亲的心思，这么多年他一刻也没忘记大姐。我又偷偷把大姐那张照片放到父亲的书房里。

我不知道，大姐是不是原谅了父亲。

五

我又一次探亲回家时，得知大姐一家已离开赵家堡子来到了城里。

现在一家四口人，只有大姐一个人在城里上了户口。冬霜住在我家里，母亲找了关系让冬霜在军区子弟中学借读。当我问起大姐一家现在住在何处时，母亲好久没有说话，红了眼圈，半晌才说：住在毛纺六厂。上次我探亲时，看到了刘艳，她以前就在毛纺厂工作，因为效益不好，工厂关门了，那会儿的刘艳已经提前办理了退休手续。刘艳姐生了两个孩子，老大已经读大学了，老二在上高中，丈夫前几年停薪留职做起了生意。刘艳的日子就过得很滋润，一副肚里有粮心里不慌的样子。她还偶尔和大姐有联系，说起大姐，她也一脸的惆怅，啧着舌头说：你大姐可惜了，年轻时那么心高气傲，没承想落到这步田地。她这么说，我听了心里也不是个味儿，和眼前穿着光鲜亮丽的刘艳比，大姐就是个农村妇女。

得知大姐一家住在毛纺六厂，我出门直奔毛纺厂。此时正是傍晚的时候，毛纺六厂的厂房还在，院里荒草丛生，昔日热闹的景象已不复存在。以前，我每次路过毛纺厂门前，机器轰鸣，戴着白帽子的女工进进出出，那是怎样的一幅景象呀！我从大门进来，就看见厂房的墙上写着大大的“拆”字。不见一个人影，也不见一丝烟火。起初那一瞬，我以为自己走错了。我一连找了三个厂房，终于在一个角落里看到了大姐一家三口人。姐夫在地上垒了一个临时灶台，上面架了口锅，锅下烧着柴，大姐夫弯着身子正冲灶口吹气。大姐手里拿着一纸挂面准备往锅里下。她抬起头，看见了我，挂面差点连包装一起掉到锅里。她在嗓子眼里叫了一声：老三。

冬林正坐在角落里看一本书，他们的身后有几片塑料布围挡起来，里面隐约地能看见有被子什么的，想必这就是大姐一家临时的家了。看到这个情景，我喉头发紧，顺手抢过大姐手里的挂面，拉起蹲在地上的姐夫说：我请你们出去吃。

大姐夫突然木讷起来，红着脸，用脚尖踢了下灶口还没烧尽的木块说：三弟，这不好。

我不由分说，带着大姐一家来到了饭店。吃饭时，我望着大姐说：你们一家从乡下来就这么住的？

大姐别过脸说：冬霜被妈接走了，又找到了借读学校。

我插过话头说：干吗不回家里住？平时家里就父母两个人，还有那么多房间呢。

大姐低下头，突然抬起头说：老三，借宿不是不可以，可总不能借一辈子吧。你大姐都快五十的人了，到现在还啃爸妈，我受不了。

姐夫也唏嘘着，把眼前的杯子端起又放下道：三弟呀，我们一家跟你大姐进城了，我们一定能养活自己。

后来我才知道，大姐的户口是办回到城里了，因为她年龄大没有单位接收了。她去医院当临时护工，姐夫和冬林去附近工地帮人搬砖打零工。一家三口人，除了没地方住以外，吃喝倒也说得过去。

那次休假走之前，我自己做主，为大姐一家租了一套房子。房子就是胡同里普通的平房，厕所在胡同口公用的那种，但毕竟还有个家的样子。我怕大姐变卦，一次交了一年的房租。

帮大姐一家把家搬过来时，这套房一共只有两间房。大姐来来回回走了好几趟，这儿看看那儿摸摸就跟进了宫殿似的。姐夫垂着头一副不好受的样子。大姐和冬林收拾房间时，姐夫把我拉到了门口，小声地说：三弟呀，姐夫没让你姐享着福。他说这话时，眼圈红了。我叹口气说：姐夫，这不怪你。姐夫咬了下腮帮子说：三弟，你放心，只要姐夫这身体不垮，后半辈子我一定让你大姐过上好生活。我望着眼前这位昔日的民兵连连长，他年轻时的照片我看过，是位标准的退伍兵。此时的姐夫仍然努力把腰板挺起来，但他明显变老了，头发稀疏，眼袋浮肿。我心疼大姐，但也不能逼姐夫，便拍了拍他的肩说：姐夫，差不多就行，当务之急，在城里得有个家。

姐夫用力点了点头，咬紧牙关下了决心似的。

冬霜跟父母生活在一起，她已经高二了，再过一年就该高考了。冬霜很懂事，经常帮父母洗衣服，家里有洗衣机她也不用，说洗衣机洗出来的衣服不干净。每天的菜几乎都是她在放学回来赶到菜市场去买。母亲给她的零花钱也舍不得花，攒起来，到周末时，买上几斤挂面或者一塑料袋馒头送到父母那里去。几乎每周都是如此。母亲一提起冬霜就无以言表，总是颠来倒去地说：冬霜这孩子是穷人家的孩子早当家。

大姐回城的户口还是父亲托战友跑下来的，当年知青有回城政策，可大姐已经不是知青身份了。父亲就托在民政局工作的一个战友，以父母年龄大了，身边没有人照顾的名义，辗转着才把大姐的户口弄到城里。母亲说，大姐一家回城时，住在毛纺六厂，父亲去看过一次，当时什么也没说，回来就一直唉声叹气了好一阵子。总之，一提起大姐一家他就一脸愁容。父亲有没有后悔当初把大姐从部队要回来，我没问，父亲也再没提起。

父亲见不到大姐一家，只能见到冬霜。他隔三岔五地往冬霜书包里放钱，今天三十明天五十的。冬霜发现了，就把钱还回来道：姥爷，姥姥给我的生活费够花了，我不用。父亲就怔怔地看着冬霜，似乎自己又穿越到了过去，冬霜已长到当年大姐参军时的年纪了。我看到父亲望着冬霜的眼神是复杂的。

我问过冬霜，问她高中毕业想考什么样的大学，她不假思索地说：我妈让我报考军医大学，以后当军医，像姥姥一样。母亲以前做过军医，后来又调到军区卫生处工作。我望着冬霜一张坚定的脸，心想，这么多年过去了，大姐的军人梦还没有破灭。

我又换了一个话题道：要是你考不上军医大学呢？

冬霜就偏过头想一想道：那我就去参军，到了部队再考军校。

我听了她的话，怔了一下又问：这是你的意思，还是你妈的意思？

她低了一下头，很快又抬起来说：我妈说，姨和舅舅都是军人，就她不是。本想让我哥在部队干下去，可我哥参军半年就牺牲了……冬霜说不下去了。

突然泪水模糊了我的眼睛，我在心里叫了一声：大姐，大姐呀。

几个月后，我接到了冬霜的信，她在信中告诉我，让我劝劝她爸，别在工地上干了，因为冬霜发现她爸都累吐血了。建筑工地的力工都是年轻人，姐夫毕竟快五十的人了，和一帮小伙子拼体力肯定吃亏。

我给在工地上的姐夫一连写了两封信，却没见姐夫回。一天我把电话打到了家里，接电话的是父亲，我犹豫着还是把这情况说了。父亲半晌没说话，只听他在电话那头长叹了口气，半晌才说：你大姐还没原谅我，我说啥他们也不一定听。你还是和你妈说吧。母亲听电话，她告诉我，姐夫已经住院了。我心稍安了一些。

没想到，这么多年了，大姐仍然记恨着父亲当年的决定。也是这个决定，改变了大姐的一生。

大姐回城后，她几乎没有朋友，以前还偶尔和刘艳来往，现在也断了联系，更别提她以前的那些同学和知青时的伙伴了。我理解大姐，她是因为自卑，所有的同学都比她生活得好，最起码也都有家有工作。而大姐呢，转了一圈仍然在医院做着临时陪护的工作。她的工作是没日没夜的。

有一次她陪护的是一位当年的同学，那位同学已经是旅游局的副局长了，那位同学叫出了她的名字，第二天大姐就把这陪护工作辞了。这事我是听冬林写信告诉我的。冬林和以前的同学合伙开始做服装生意了。他们把石狮的衣服批发到城里卖。不久，大姐写信告诉我，她已辞去了医院护工的工作，一家三口在服装市场做批发服装的生意。冬林负责进货，大姐和姐夫负责卖。大姐说，生意还行。

冬霜接到军医大学录取通知书时，给我发了封电报。电报很简短：

舅，我被军医大学录取了。我欣喜地看着冬霜的电报，马上想到了大姐，大姐又该如何高兴呢？

六

大姐一家的服装生意终于有了起色，在城内最大的批发市场有了一个很显眼的摊位。

我谈了一个女朋友，是母亲前同事介绍的，是名护士，就在军区门诊部工作，叫方非。一天周末我带她出门逛街，出门前方非换成了便装，我想到大姐，大姐喜欢穿军装的女军人，便又让她换成了军装才出门。今天我是特意带着方非来看大姐的。果然我和方非出现在大姐摊位前，给他们作了介绍，大姐就握住方非的手，上下地把她打量了好几遍，嘴里一遍遍地说：真好，穿军装的姑娘就是俊。又一把拉住我，郑重地说：老三，要好好对人家。我冲大姐笑着。我又陪大姐夫说了一阵话，大姐夫和刚进城时已经不一样了，因为头发稀疏，弄了个假头套戴上，跟真的一样。还学会了穿牛仔裤、夹克衫，比之前年轻了好多，他应接不暇地招呼顾客，已经对自己的生意驾轻就熟了。他抽空一脸幸福地和我说：三弟呀，我和你大姐进城这是享福了，没你大姐，哪有我们一家的今天。

前些日子我见过一次冬林，他现在经常广州、石狮地到处跑，打扮得比城里的同龄人还要新潮。头发染成了棕色，脖子上还挂了一条拇指粗的金链子，一只蛤蟆镜遮住了半张脸。见到我，摘下镜子，亲切地叫了声：小舅。我陌生地打量他，刚进城的那个清纯少年消失了，我沉着脸道：你怎么把自己弄成这样？他手足无措地说：小舅，我不弄下自己，人家瞧不起，进货都找不到门路。他心虚地笑着。我拍着他的肩，想起大姐一家刚进城时，住在马上要被拆掉的厂房里，一家人灰头土脸的样子。我按在冬林肩头的手用了些力气道：穿成啥样我不说你，但你一定不能学坏了。冬林就正色起来道：舅，你放心，以前我们一家吃过那么多苦，我能忘么！

带着方非临离开大姐时，大姐突然想起什么似的说：老三，你们等一下。说完转身钻进了摊位里，不一会儿拿出好几件时髦的衣服，塞到方非怀里说：回去挑挑，喜欢就穿。我说：大姐，我们都穿军装，平时很少穿这些。大姐推着我们说：又不是给你的。

我只好带着方非离开，走了几步想起什么，又停下脚转过头，看见大姐仍一脸喜气地立在那里。我往回走了两步，小声地说：大姐，你该回家看看。她脸色沉了沉，含混地说：我知道，放心吧老三，大姐心里有数。

自从大姐下乡以后，一直到现在，她再也没踏进过家门半步。冬霜住在我家借读时，也只有冬霜一个人出入。母亲几次到拆迁厂房里看过他们，父亲似乎也来过一次，便再也不来了，每次只陪母亲走到厂房门口就停下脚步。母亲问过父亲为什么不随她一起进去，父亲不说话，似乎很生气地冲母亲挥手。那次我为大姐一家租房子跑来跑去，看到过父亲在毛纺六厂门口等母亲的情形，他似乎哭过了，有两行泪痕还没来得及擦去。我问：爸，你怎么了？父亲背过身去说：我站在风口了，被风吹的。他背过身时，用手狠狠地在脸上抹了两下。这事我和母亲说过，母亲叹口气说：你爸最操心的就是你大姐一家。

我理解父亲的心，有哪个父亲不疼自己的孩子呢，只要一见大姐我就劝她回家，像刘艳一样，虽然嫁出去了，但仍能隔三岔五地带着自己的家人到父母家看看，吃顿饭，说说话。可大姐一次也没有。

让大姐和父亲走近还是父亲生病那次。父亲在一天起床后，突然喊头晕，倚在沙发上时，嘴歪眼斜话都说不清了。到了医院，医生说是脑血管出血了，就是人们俗称的脑溢血。父亲被推到了抢救室。母亲第一次经历这样的大事，她分别给我们十万火急地打电话通报了父亲的病情，我们从四面八方日夜兼程地赶到了父亲的病床前。我赶到医院时，大哥二姐已经回来了。方非也一直在照顾着父亲，唯独不见大姐一家人。我问母亲：大姐呢？母亲怔怔地看了我一眼，拍一下腿说：我忙忘了，还没通知她。这么多年，母亲已习惯了没有大姐的生活。我冲出医院，在路边找到部公用电话，用呼机呼叫了大姐。没多会儿，大姐就回电话了，她的声音里透着不安道：老三，出啥事了，你怎么回来了？

大姐一家赶到时，父亲已经从抢救室里推出来了，没有了生命危险，但他还不能说话，目光在人群里找着什么人，终于看到了大姐，目光便定在大姐的脸上不动了，然后开始默默地流泪。大姐的目光和父亲的目光交织在一起以后，她的身体先是颤抖，不易察觉的那种，眼见父亲的眼泪流了下来，大姐终于绷不住，上前伏在父亲的床前，伸出一只手握住父亲露在被子外的手，她撕心裂肺地叫了一声：爸——父亲的目光一直没离开大姐，大姐把头伏在父亲的身上，一遍遍地哭诉道：爸，是我不好，让你操心了。

大姐这么说，我们都泪湿了眼睛，余光看到大姐夫蹲在地上，身子一抽一抽的。他是第一次面对着我们全家人。

几天之后，父亲被扶着能从床上坐起来了，嘴里也能蹦出一些字来，大姐又一次来到医院时，父亲把目光落到母亲脸上，他一字一顿地说：照……全……家……福。

母亲明白父亲的心思，冲我们说：你们的爸要照一张全家福。

我们当然会响应，把父亲抬下床，放到轮椅里，一直推到医院大门外，全家人站在一起。拍照时，我看见大姐拉了一下大姐夫的衣袖，两个人躲到了我们身后，把我们推到了父母的身边。父亲似乎发现了，用目光去寻找大姐。我走过去，把大姐和大姐夫推到前排道：大姐，你是家里的老大，你们应该离父母最近。

大姐和大姐夫不自然地挪到父母身旁，找了一位医院的护士为我们拍了一张全家福。照片洗出来后，每家都冲洗了一张。我看到照片上的大姐神情依旧有些僵硬，她欠着身子依傍在父亲身边，脸上却带着一种极不自然的表情。这种不自然只有家里人才能看出来。我把全家福送给大姐时，她接过照片，另一只手去抚摸照片上每个人的脸，眼泪又滴落在照片上。她发现了，忙扯起衣角把泪水从照片上拭去，然后抬起头说：老三，真好。

这是一张我们真正意义上的全家福，大姐在农村时，我们也照过类似的全家福，照片中自然缺少大姐一家。父亲和母亲每次也坐在中间，母亲极力地笑着，父亲锁紧眉头似乎有些不开心的样子。可这张全家福中的父亲，虽然他坐在轮椅里，病还没有好，却是一副开心的模样。

父亲出院那天，大哥、二姐已回部队了，只有我和大姐来接父亲。干休所派了车来接父亲，我们打开车门让父亲坐好，我示意大姐也上车，就坐在父亲身边。母亲没来，她留在家为父亲煮粥。大姐把一只腿已经放到车门里了，又犹豫着拿了下来。她冲父亲说：爸，今天我就不回去了，批发市场还有事，过一阵子我再去看您。

我看见父亲刚才晴朗的脸上又多了层薄云。大姐小心地为父亲关上车门。车在行驶过程中，我从后视镜里观察着父亲，发现他脸上的薄云一直挂在脸上。

我一直不明白，大姐为什么一直回避走进这个家，是她的内心还一直没原谅父亲？

七

我从部队调到军区机关不久，有一天大姐突然给我打来一个电话。她说，让我下班后去找她一下，有件事让我参谋。之前，我帮大姐租了大半年的房子，后来大姐一家又租了楼房，两室一厅的那种。我去过两次，记得大姐第一次搬到租住的楼房里，就是一眼望到底的两个房间，她来来回回地走了好几趟，最后又走到厨房里，看着一架老式抽油烟机说：老三，大姐好久没住过楼房了。说到这儿，她别过身子，偷偷地抹了下流到眼角的眼泪。她十八岁从部队回来下乡，这么多年她就没离开过赵家堡子。大姐这么说，我心里也湿了一片，只能安慰道：大姐，以后生活会越来越好。我看见了她鬓边的白发，伸出手想去为她拔掉。她拉过我的手叹口气说：老三，没用的，大姐半辈子，心都老了。我只能用手用力捏了一下大姐的手。

我下班回来第一件事便找到了大姐，大姐没告诉我去哪里，她径直把我带到了一处刚上市的小区前，这是本市目前最抢手的滨湖小区，不远处有片湖水，还有一片森林与小区隔湖相望。有位售楼小姐已在那里等待了，她提了串钥匙，在一个单元的五楼打开了一套房门，这是一套三居室的房间。开发商已经装修好了，拎包即可入住的那一种，虽然是傍晚了，房间内的光线依旧充足。大姐带我挨个房间走了，就是两个洗手间也没放过。看完后她征求意见地说：老三，你说咋样？我说：这房子当然好，地段也好，怕是很贵吧？

大姐说：贵不贵的大姐现在还能买得起，主要是让你看看，咱爸妈住这儿合不合适？

我吃惊地瞪大眼睛道：咱爸妈有房子，你们还没房子。

大姐一脸心事地说：爸妈住的房子都老了，又暗又旧的，他们都活了大半辈子，该享享福了。

大姐的记忆一定停留在她离家下乡时，那会儿我们家只有三间房，门厅作为客厅。那会儿大姐和二姐住一间，我和大哥二哥住一间，我们房间是上下铺，窗子又小，屋里总是阴森森的。我跟她说：姐，那是老皇历了，爸妈现在住在干休所，是一套新房，比你这个大多了。大姐怔怔地看着我，我又说：姐，你回家一趟吧，你为什么不回家呢？大姐躲过我的目光，答非所问地说：看来咱爸妈不会住这儿了。

我说：大姐，你买下来吧，你们自己住。

大姐咬了咬嘴唇，想了想，还是没说话。

晚上回家吃饭时，我把傍晚大姐带我看房的事告诉了父母，还开玩笑地说：大姐以为咱家还住在以前那个老房子里呢，还想买下房子让你们搬去住。我话还没说完，父亲刚喝到嘴里的一口酒喷了出来，鼻涕眼泪都下来了。他突然抱住头放声大哭。这是我有生以来，第一次见父亲这么哭。上一次哭，是父母第一次去赵家堡看望大姐，回来后，父亲站在窗前，也哭了一次，那次是默默流泪，无声无息的那种。这次是号啕。母亲过去劝慰着父亲：老石，这是咋了？父亲从桌前挪到客厅的沙发上，他仍在压抑着哭。我不知所措地站在父亲面前，目光求救地望着母亲。母亲摆摆手说：你爸是为你大姐哭呢！这么多年，你大姐心里还装着我们这一家。母亲说到这儿声音也哽咽了起来。

父亲哭了一气，又一气，后来声音渐渐平息下去了。父亲那晚再也没回到饭桌前。

后来大姐告诉我，她在滨湖小区马路对面买了一套房子，大小和我看到的那套差不多，但价格却省了十几万元。我又问到了我看过的那套房子，她淡淡地说，父母不住，就没必要那么浪费了。大姐一家拿到房子钥匙不久，冬霜也从军医大学毕业了，她被分配到一家部队医院。冬霜回家那天，我又接到大姐电话，她吞吞吐吐地在电话里说：晚上，我想请爸妈一起吃顿饭，就是不知道他们肯不肯来。我明白大姐的心思，放下电话就给家里打了一个电话。

晚饭安排在军区干休所门口不远处的一个饭店里，订的是包间。我和父母赶到时，大姐一家四口人已经站在门口等候多时了。父亲见到他们没说话，在冬霜的搀扶下率先向包间走去。那天晚饭，大姐的话很多，几乎都在听她一个人说。姐夫和冬林小心地敬父亲和母亲喝酒。父亲一副来者不拒很豪气的样子，我知道，父亲虽然不说什么，心里是高兴的。母亲不停地扯下父亲的手说：老石，少喝点儿，你身子不比从前了。父亲把母亲手扒拉开，渐渐父亲的脸红了，在大姐说话的空隙里站起身，大姐说话的内容都是做服装生意上的事，没提一句小时候参军下乡的事，只说回到城里卖服装的奇闻逸事，话题轻松，能看出大姐在掩饰着什么。

父亲站起来，端起酒杯的手还摇晃了一下，他盯着大姐道：丫头。大姐听见叫她，便站了起来，看着父亲。父亲说：丫头，爸这一家子最对不住的就是你。你能原谅爸吗？

父亲说完，手里举着杯子，手哆嗦着就那么望着大姐。

大姐先是嘴角抽动，一泡眼泪哗地从眼里流下来。她连哭带喊地叫了一声：爸……父亲闭上眼睛没让自己的眼泪流下来，仰头把杯中的酒喝光。大姐也伸手从姐夫面前把酒杯端过来，里面的大半杯酒被大姐也一仰头喝光了。大姐没有坐下，而是拉开身后的椅子，退到空地上，双膝一软跪在了地上。她一边流泪一边说：爸，妈，我从来没有忘记过你们，你们一直在我这儿装着。说完用手比着胸口。

父亲闭着眼睛，头半仰在椅背上，眼泪还是流了出来。母亲也在一直流眼泪。三个人一哭，弄得我们在场的人都眼泪汪汪的。

大姐摇晃着从地上站起来，冬霜去扶，她把冬霜的手打开道：爸、妈，我是家里的老大，这么多年我没给家里做过什么，在这说声对不起了。说完把腰又弯下去。有一缕白发落下来，挡在了大姐的眼前。

那天晚上大姐喝多了，送走父母之后，她拉着我的手说：老三，我现在一点也不怪爸当年的决定，我不从部队上回来，也得有别人回来。爸做得对，他是军人就该服从命令。我叫了声：大姐——大姐又说：知道我这么多年为什么一趟家都不回吗？我怔着眼睛望着大姐，大姐拍着自己的脸说：我是没脸呀，咱们家这些孩子属我活得差，还有，我那些同学，不是参军了，就是参加工作了，我一个农民咋有脸见人家。我呼啦一下子明白了，大姐这一切都是自卑造成的。大姐抱住我：老三，大姐活得憋屈呀！大姐拍着自己的胸口。

冬霜军医大学毕业后，她就是名军医了。在一个周末，大姐带着冬霜突然出现在父母面前。大姐穿了套老式的军装，冬霜也穿戴齐整。我把大姐和冬霜让进屋内，一叠声地说：你来怎么不提前告诉我一声？她和冬霜手里一人提了件果篮。父母立在客厅中央望着大姐，似乎不知说什么是好。大姐打量着房子，又这儿摸摸那儿看看之后说：是和我小时候的家不一样了。

父亲说：老大，你回来了。父亲终于想到了这样一句话。

大姐潮湿着声音应了一声。

从那以后，大姐便经常出入家门了，有时她一个人来，有时一家人。冬林为了做服装生意方便买了辆轿车，带着全家把车开到父亲的楼下，然后一家人热闹地往楼门里走。

不久后的一天，我在干休所里看到回娘家的刘艳，我们俩站在一棵树下说了几句话。她说：你大姐真行。我笑一笑说：她吃了太多苦。刘艳说：可她比我们这些同学活得都好。我们以前的那些同学都羡慕你大姐呢。我只能笑一笑。

又是不久，大姐给我打电话说：你当舅的为你外甥女张罗个男朋友吧。我打趣道：冬霜研究生毕业，现在又是军医，还愁找不到男朋友？大姐说：我只有一个条件，一定是在部队带兵的军官。我应了大姐。放下电话，想到了大姐的青春，她站在民兵的队伍里，前面站着的是身穿旧军装、身子笔挺的赵国富。走了一圈大姐的军人梦还没有完结，她又把希望寄托在了冬霜身上。我在心里感慨着：大姐，大姐呀。

福贵大哥

一

大哥走了。

大哥离世的消息，是侄子大伟告诉我的，他事先给我打过电话，我没及时接听，后来便看到大伟的短信：叔，我爸不在了。

大哥就这么走了，后来我知道大哥走的病因是心衰。大哥是我同父异母的大哥。我上小学二年级时才第一次见到大哥。

记得那是个冬天，在放寒假前的一天，我放学回家，推开门就看见了大哥。当时大哥身穿羊皮袄，敞着怀，坐在茶几前的马扎上，大哥面前的茶几上还放了一只陶瓷缸子。这个陶瓷缸子我很熟悉，家里来客人时，父亲或母亲总会在厨房里把它翻出来，有时里面放茶，有时不放茶，倒上热水，热气腾腾地端上来。此时那只陶瓷缸子已经没了热乎气。我进门后看见大哥怔了一下，那会儿我还不知道他是我大哥，只认为是家里来的客人。大哥见到我时，眼睛亮了一下，想起身又没起，想说什么，嘴张开了，并没有发出声音。我还看见，父亲坐在沙发上，军装的风纪扣解开了两颗。父亲满脸难色，眉头皱在一起。我没出声，默默地向自己房间走去，身后就听父亲说：他是你弟弟。又听到大哥喉咙深处发出一声：噢。

那是大哥第一次到家里来。不知为什么，在大哥来家的那几日，家里整个气氛都变了。母亲不见了笑容，父亲的眉头也一直皱着。大哥那件羊皮袄的膻味不断地在每个角落扩散着。大哥试图和我们拉近关系，和这个说话，和那个确认眼神，因为父母的神态，我们不好拿捏和这个陌生大哥的关系，都在努力地避开和大哥说话，更不用说确认眼神了。

那会儿，我们的亲大哥刚参军离开家不久，家里只有二哥和二姐，大姐已经下乡了。每次吃饭时，母亲就招呼我们去厨房，客厅的餐桌上只留下父亲和新来的大哥。父亲从柜子里拿出一瓶酒，给自己倒上，也给大哥倒上。吃饭时，大哥把那件羊皮袄脱下了，放到了沙发上。

大哥端起酒，就热热地叫：爹，这杯我敬你。

父亲不说话，端起杯子喝酒，眉头仍不见舒展。

我们在厨房里，断续地听大哥说：爹，啥时回老家去看看，你大孙子都五岁了。大哥还说：我娘前阵子老念叨你……

我们侧耳细听，母亲三两口把碗里的饭吃完了，催促着我们说：快吃，吃完回屋。在母亲的催促下，我们也几口扒拉完碗里的饭，踮起脚尖绕过大哥和父亲的餐桌回到了各自的房间。但我们对新来的大哥好奇，门并没关严，虽身在房间，耳朵却仍留在了客厅里。

大哥又说：爹，我本以为这辈子再也见不到你了，没承想我还真找到了。

然后是喝酒吃菜的声音。筷子放下了，又听大哥说：爹呀，今年咱老家的雪可大了，明年庄稼一定又会是个好收成。

终于听见父亲说话了。父亲说：生产队分的粮食够吃吗？

大哥忙答：够大半年的了，剩下那小半年就凑合着，反正也饿不死人。

又听到父亲悠长的叹气声。

大哥安慰道：爹，你别操心我们，这么多年都过来了，老天爷饿不死瞎家雀儿，山里有野菜、野果子，胡乱对付，饿不死人。

父亲和大哥吃完，天已经黑透了，冬天日短夜长。吃完饭的父亲从墙上摘下军大衣穿上，又冲大哥说：福贵，咱们去外面走走。我们在父亲嘴里第一次听到了大哥的名字——福贵。

父亲和大哥出去了，屋里一下子安静了下来。

母亲从自己房间出来，收拾餐桌，我们也纷纷走出来。母亲的脸就像霜打了一样，不见一丝暖色。她收拾碗筷的声音就比平时大了许多。母亲收拾完，回房间时，我们听见了母亲重重的叹气声。

许久之后，父亲和大哥回来了，带进一屋子寒气。我发现父亲和大哥似乎哭过了。父亲的脸上还挂着泪痕，大哥的眼睛红着。

那一次，大哥在家住了几天。元旦前，大哥还是走了。大哥走的那天，我们仍然照例出门上学，大哥站在门口依次和我们告别。他告别的方式是拍我们的肩膀。在我们眼里，大哥已经很老了，胡子拉碴，还满脸褶皱。他的个头和父亲差不多高了。我们不冷不热地说着再见。父亲在一旁就说：你们大哥今天就走了，和你们大哥告个别。二哥二姐没叫大哥，只说了句再见，便头也不回地跑到楼下去了，我是最后一个出门的，父亲的话我听得真切，大哥拍了我的肩膀后，就把笑挂在脸上，还蹲下身，看着我的眼睛热热地叫了句：老兄弟，有空去大哥家玩呀。

面对大哥的热情，我想喊一声大哥，可看着大哥那饱经风霜的脸还是没有叫出。穿上鞋之后，我还是学着二姐和二哥的样子，说了声再见，便头也不回地往楼下跑去。

我们放学回来时，大哥已经不在家了。母亲把房间打扫过了，家又回到了原来的样子。若不是父母吵了一架，似乎大哥从来就没来过。

母亲和父亲吵了一架，母亲一气之下还搬到门诊部的宿舍里去住了。母亲是军区门诊部的医生，门诊部有值班医生宿舍。在我们印象里，父亲和母亲也吵过架，急赤白脸地吵上几句，每次都是父亲服软，他服软的方式就是躲到办公室里去。又一次下班时，父亲在外面买了菜，还假模假式地去厨房比画一会儿。每每这时，母亲都会把父亲从厨房里赶出来，自己热闹地做饭炒菜。当饭菜上桌，父母之间的乌云已经散了。

这次却不一样，母亲率先搬出了家。那几日，父亲像热锅上的蚂蚁，不仅到处乱窜，脸色也是灰的。父亲不会做饭，便从食堂打饭回来让我们吃。

过了大约有一周的时间，母亲才从门诊部又回到家里。母亲虽然回来了，笼罩在父母头上的乌云并没有散去。

事后，我们才知道，母亲那次是真的动了气，是父亲动用了许多关系才把母亲劝回来的。从那以后好长时间，母亲一直对父亲板着脸，还把父亲的被褥从父母的房间搬出来，放到客厅里。为此，父亲和大哥一样，在客厅的沙发上睡了好几天。

虽然后来母亲不再和父亲剑拔弩张了，但明显地感觉到，他们的关系出现了裂缝。许多年过去了，母亲一直骂父亲是骗子。每次母亲这么咒骂父亲，父亲从不反驳，把一颗头低下去，满脸的愧色。每次看到父亲这样，我都替父亲感到难过。

关于父亲的前史和大哥的身世，是几年后我才搞明白的。

二

父亲参军前是结过婚的。一年零两个月后，我大哥福贵出生了。我大哥出生不久，赶上了鬼子的一次大扫荡，村里人都跑到山里去躲藏，就是那一次，福贵妈带着福贵和父亲跑散了。日本人烧毁了村庄，所有人都无家可归了，便四处流浪。父亲一连寻找他们几天，也没找到个影子，后来他打听村里的一位长辈，那个长辈最初进山时，看见过福贵和福贵妈。父亲之所以没有和他们一起逃，是因为父亲养了一头猪，人跑了，猪不能扔下不管。父亲去赶猪，猪惊了，向另一座山岗奔去，父亲去追猪，就这样父亲和福贵娘走散了。此时，父亲不知在哪儿找了条绳子，把猪和自己拴在了一起，他一边寻找着福贵娘，一边牵着那头半大的猪。

后来，父亲又听说，福贵娘被日本兵杀了，刺刀挑断了福贵娘的肠子。在出山后的流浪中，村人们又一次和日本兵遭遇了，许多村民都被杀了。父亲相信，福贵娘不在了，福贵也不在了。敌人这次扫荡为什么如此凶残，是因为几个月前，这里来了一支八路军队伍，和一小队鬼子打了一仗。那是鬼子的运输队伍，八路军劫获了许多物资。当时八路军人手不够，村里出了许多青壮劳力帮着八路军把这批物资转移到了几十里外的松树镇。那里是八路军的大本营。日本人为了报复，在这次扫荡中才变得如此凶残。

村人言之凿凿地告诉父亲福贵妈和福贵都不在了，死在日本人的刺刀之下。当时父亲的心境可想而知，他有的不仅是仇恨，更多的是无家可归之后的凄凉。就是那一次，无家可归的父亲连夜跑到了松树镇，他参加了八路军。有几位幸存的村民见证了父亲奔往松树镇的身影。

这么多年过去了，当福贵出现在他眼前时，他从没想过，福贵妈还活着，福贵已经长大成人了。

父亲和母亲结婚时，是在东北解放之后，父亲的部队叫第四野战军。日本投降后，他们接到了收复东北的命令，队伍便从中原开拔到了东北。东北解放后，此时的父亲已经是名团长了。锦州战役时，父亲负伤住过一次医院，认识了刚入伍不久的母亲。母亲当时在野战医院当医生，梳齐耳短发，一双眼睛又黑又亮，是母亲救治了父亲。父亲那次负伤，不仅记住了母亲的名字，还爱上了母亲。

部队进城后，大龄军官掀起了一股成家的热潮。父亲骑着马，带着警卫员一连在城里找了三天，终于找到了驻扎在郊区野战医院里的母亲。

父亲下马向母亲求婚，母亲自然不同意，她被吓着了，连滚带爬地跑到了院长那里，还躲到了院长身后。院长是个老八路，资格比父亲还老，他当场把父亲轰走了。

父亲这场战役没打胜，他带着警卫员灰头土脸地回到了部队，看什么都不顺眼，摔锅砸盆的。看着其他战友吹吹打打地迎亲结婚，他火烧火燎地找到了纵队领导。他冲纵队领导一遍遍地说：我都三十六了，这些年打仗为什么，还不是为了过上幸福生活！

母亲和父亲能走到一起，纵队领导功不可没。他们为了平复父亲的急躁情绪，不仅找到了野战医院院长，还找到了母亲。他们轮流给母亲做工作，当部队又一次向关内开拔前，母亲架不住一轮又一轮的政治工作，终于答应了。在队伍开拔前一天，父母终于举行了婚礼。

这些年过去了，母亲虽然嫁给了父亲，但一直心不甘情不愿，不管父亲最后当了多大的官，她一直觉得父亲配不上她。母亲年轻漂亮又是知识分子，父亲又老又丑还粗糙得很。这是母亲评价父亲的原话。每次母亲和父亲争吵时，母亲都要把这话重复说上一遍，不论父亲多么气势汹汹，只要听到母亲对他的评价，便立马偃旗息鼓，找个地方蹲下，默默地吸烟，一张风霜雪雨的老脸便一点脾气也没有了。在我们的印象里，也是如此，父亲无论如何也配不上母亲。母亲在我们眼里永远干净整洁，她身上永远散发着雪花膏的香气。父亲不仅不修边幅，身上还一股烟味，久了便散发出一股难闻的气味。更多的时候，我们都团结在母亲周围，只要父亲一回家，我们便作鸟兽散，各回各屋了。父亲似乎从没发现我们在有意疏远他。在他的眼里，我们似乎也没存在过。

福贵找上门来后，母亲和父亲大吵了一架。后来母亲总结道：这是你们的父亲嘚瑟的结果。要是父亲不嘚瑟，就不会有后来的福贵。

在我们的大哥福贵找到家里的前一年，父亲回了一次老家，不知为什么，这么多年过去了，父亲仍然忘不了他的老家。以前，他也多次和我们说过他背井离乡投奔八路军的过程。在他的叙述中，我们知道父亲的老家早已是断壁残垣了。可后来，他不知哪根神经搭错了，非得要回一次老家。那会儿大哥参军，大姐已经下乡了。他要带二哥二姐和我一同前往，遭到了母亲的反对。我和二哥并不想去，我们还惦记着在防空洞里玩打游击的游戏。只有二姐响应了父亲的号召。父亲平时最疼爱二姐，出差回来，总想着给二姐买礼物，明天一双鞋，后天一顶帽子什么的，就是带回来的饼干、糖果也总是可着二姐先挑，剩下的才是我们的。平时我对父亲这种偏心眼感到不服气，这次父亲带二姐去，我们却没意见。

几天之后，父亲和二姐回来了。二姐倒是没什么变化，还拿出一些糖果分给我和二哥，一边分一边说：你们尝尝，这是老家朋友送的礼物。关于“老家”这个词，在这之前我们没有任何概念，我们生在东北这座城市，长在这里，觉得这里就是自己的家，关于老家那是父亲的，和我们没有任何关系。此时“老家”这个词从二姐嘴里说出来，我和二哥都奇怪地看着二姐。二姐后来还告诉我们，父亲这次回去，买了许多馒头，足足拉了一卡车，都分给老家的人了。还说，她和父亲走时，老家的乡亲送出足有三里地，一边送一边哭。此时，“老家”这个词在二姐嘴里又说得相当自然了，还透着某种亲切。正当二姐一遍遍不厌其烦地向我们叙述着关于老家的种种见闻时，我们发现父亲似乎从老家回来就变了一个人。父亲总是闷闷不乐，有时还经常一个人坐在沙发上发呆，嘴里不时地发出长吁短叹的声音。那会儿我们还不知道，父亲已从老乡嘴里打听到福贵和福贵妈还活着的消息。那次逃难，福贵妈和福贵并没有死，而是逃到了距离老家村子几十里外的又一个村子里。父亲当时没有找到也在情理之中。几年之后，福贵妈才在见证父亲前往松树镇参军的乡邻们嘴里得知父亲的消息。起初，福贵妈是在等着父亲回来的，可一年又一年过去了，父亲却杳无音信。为了不那么艰难地活下去，福贵妈带着福贵改嫁了。后来福贵大哥告诉我，母亲带他改嫁那年，他七岁，母亲告诉他，父亲已经不在了。

自从福贵大哥第一次来家之后，父亲和母亲的关系就变了。母亲的脸上似乎永远挂着一层霜，化也化不开的样子，以前她和父亲的话就少，现在更少了。父亲似乎也多了心事，没事就背着手在客厅的窗前向外望。不知他看见了什么，更不知父亲心里是怎么想的，总之从那以后，父亲的目光里多了种内容，这种内容让我们无法言说。有时在吃饭时，这是我们一家人最齐的时候，父亲的目光会依次地从我们脸上滑过，然后落到某一处，目光变得空荡迷离起来。

我们以为福贵大哥出现之后，会隔三岔五地来家里，结果没有，一直没来。但福贵大哥经常给父亲写信，每次来信都被邮递员投到楼下的邮筒里。父亲每天下班，都会到楼下的邮筒里看一看，寻找大哥的来信。每次大哥有信来，父亲都会坐在沙发上读信，信的内容并不多，有时一页纸，有时两页纸，但父亲读大哥的信总是很慢，有时会一连看上好几遍。看完了，父亲并不把信留起来，而是划燃一根火柴，把信点燃，把灰烬放到烟灰缸里，就像搞地下工作一样。

父亲读大哥来信时，母亲脸上的冰霜又加重一层，在厨房里做饭的声音便显得惊天动地。母亲和父亲这种关系，弄得我们几个孩子也不好受，整天生活在父母冷战的阴影下。有时父亲加班回来晚了，母亲把饭菜都端上桌了，父亲还没回来，母亲就让我给父亲打电话。母亲的口气是这样的：三儿，你给那个骗子打电话，问他还回不回来了。从大哥来家里后，母亲背地里一直称呼父亲为骗子。有一次我差点叫漏了嘴，电话通了，父亲接电话，我忙三火四地叫了一声：骗子……话一出口，忙又改过来：爸，我妈问你回不回来吃饭。如果把这话连起来就是这样：骗子爸……父亲似乎并没计较那么多，他在电话里告诉我，他在加班看份文件，让我们先吃。

在母亲的情绪影响下，我们一直认为父亲是个骗子，骗母亲嫁给他，还生了这么多孩子。有时我晚上睡不着，就突发奇想，要是母亲当年不嫁给父亲，那她又会给我们找一个什么样的爸爸呢？当然没有答案。

第二次见到福贵大哥时，是在二哥参军的前夕。二哥参军的消息想必是父亲写信告诉大哥的。

福贵大哥在二哥参军的前一天来到了家里。这次他给家里带了半袋小米，还有半袋红枣。提包里还有十几双鞋垫，鞋垫都是精工细作出来的样子。福贵大哥双手捧着鞋垫，脸上堆着笑送到二哥面前说：弟弟，得知你要参军了，你大嫂花了半个月时间做出来的，你带上，东北边防天冷。二哥去的是边防部队。二哥此时已经穿上了新军装，他的样子已经是个准军人了。新军装架在他身上，举手投足的还有些夹生。当大哥把十几副鞋垫送到他面前时，二哥的表情是无动于衷的。他在鼻子里“嗤”了一下道：带这些玩意儿干啥，部队啥都有。福贵大哥举着鞋垫就尴尬在那里。

最后还是父亲呵斥了二哥一句：带上！父亲说这话时目光并没有望向他们，而是望着眼前什么地方。

二哥怔了一下，不情不愿地把福贵大哥递给他的鞋垫收下了。

那次福贵大哥并没有住在家里，而是被父亲带到了部队招待所。我们知道，父亲一定是忌惮母亲脸上的那层冰霜。

第二天一早，军区大院门前停了两辆卡车。卡车上已披红挂绿，这两辆卡车要拉着二哥他们这批新兵去火车站，然后坐上军列直奔北部边陲。母亲带着二姐和我给二哥送行，记得大哥参军时，我们也这么送过。我们簇拥着二哥来到那两辆卡车前时，看到了人群中的福贵大哥，他似乎在这里引颈张望多时了，终于看见了我们，看见了在我们簇拥下的二哥。他似乎要奔过来，但又停止了动作。脸上堆着笑，褶皱又深又密。在我们眼里，福贵大哥已经很老了。二哥和所有新兵一样，喜气洋洋地登上了卡车，站在卡车上的二哥冲我们挥着手臂，车下的福贵大哥也伸出手挥动着，二哥的目光一直冲向我们，似乎压根儿就没看见福贵大哥。

卡车启动了，车下送行的人都在用各种方式告别。我和二姐跳着脚为二哥送行。突然在人群里听到大哥的声音：弟呀，你在部队上好好的，缺啥少啥给大哥来个信。我看见福贵大哥眼里已闪烁出了泪花。看见福贵大哥这样，不知为什么，我的眼圈也红了。大哥张着手还冲出人群，朝着那两辆远去的卡车跑了几步，一边跑一边冲卡车上的二哥挥动着手臂，嘴里仍一遍遍地喊：弟呀，你好好的……

在送行的队伍里，不知为什么，我没看见父亲。一直到很晚，父亲才回来。当时我们已经吃过饭了。

第二天，我和二姐出门去上学，在大院的路上，我们看见了站在路口的大哥。大哥见了我们又一次把脸上的褶皱堆起来，变戏法似的从兜里掏出两块水果糖，一人给我们一颗，又摸摸我和二姐的脑袋说：妹呀，弟呀，你们好好上学，大哥今天就走了。

我和二姐走出好远，看见福贵大哥仍在向我们招手。我又想起大哥送二哥时的情景，鼻子有些发酸。此时，二姐已经剥开糖纸，把水果糖放到了嘴里。她喜滋滋地说：老家的糖真甜。回过一次老家的二姐和我们已经不一样了，她说起老家时，总是带着感情色彩。

福贵大哥那次给带来的小米和红枣，不知为什么母亲一次也没给我们做过。直到第二年在柜子里的小米生了虫子，红枣已变成了木炭，母亲才让我把这些东西扔到了楼下的垃圾桶里。在这期间，父亲没提那小米和红枣。

两年后，二哥回来探亲，二哥似乎比以前长高了，脚上穿着军用棉鞋。我盯着他的脚就想起了福贵大哥送给他的鞋垫。我悄悄问二哥：福贵送你的鞋垫暖和吗？二哥怔了一下，似乎想起了什么道：当天我就扔垃圾桶里了。两年后的二哥，说起这话时，仍轻飘飘的。

三

福贵大哥和我家的关系如果就此打住，就不会有后来的父母离婚事件。

父亲的工资每月都交到家里，父母卧室里有一个衣柜，衣柜下有一个抽屉，上着锁，钥匙父母各有一把。每到月初发工资时，父母发下来的工资都会如数地放到大衣柜的抽屉里，刨除生活用度之后，总会剩下一些，每隔几个月，母亲便会把剩余的钱存到银行里。也就是说，家里的财政大权都由母亲掌握。

父亲第一个月没往抽屉里放工资，母亲似乎并没有发现，直到第二个月，父亲的工资仍没能拿回来，连续两个月没把工资放到抽屉里，很容易就被母亲发现了。

那天，父亲正在客厅看报纸，母亲检查完小金库发现不对时，径直来到了父亲面前。父亲放下报纸，一脸悲情地望着母亲。母亲的目光犀利地穿透父亲的悲情：两个月工资哪儿去了？父亲放下报纸，又摘下花镜，头疼似的用手指去按太阳穴。母亲又严厉地问：哪儿去了，你说话。父亲无奈地放下手：借人了。母亲：借谁了？父亲说到这时顿了一下，支吾道：借、借给后勤的李部长了，他儿子下月结婚。

母亲犀利地又看了眼父亲，走到电话机旁，拿起电话，她要给李部长家打电话，核实父亲所说的话。父亲就像跃出战壕的战士，一把把电话键按住，可怜巴巴地望着母亲。母亲的脸因为生气先是白了，接着又红了，再次又变白了。她说：骗子，有没有一句实话！

父亲的头就垂下来，无可奈何的样子。半晌之后，父亲交代了，他把半年的工资提前预支给福贵大哥了。原因是福贵的妈病重住进了医院。

福贵大哥的妈就是父亲的前妻呀，父亲这次捅了马蜂窝。母亲不干了，她用手指着父亲的鼻子气得一句话也说不出来。此时，我和二姐把脑袋夹在门缝中注视着这一切。从那一刻起，我觉得天都快塌了。整个家里墨黑墨黑的。果然，母亲回到卧室去收拾自己的东西，很快，母亲拖着一只旅行箱走了出来。走到客厅父亲跟前时，一字一顿地道：日子以后你自己过吧。

母亲走了，用力带上门。随着门响，父亲的身子一抖，然后像面团似的仰倒在沙发上。

从那天开始，父亲和母亲过上了分居的生活。

每天早晨，父亲都要到食堂里把早餐打回来，晚上父亲带二姐和我去吃食堂。一连过了许多天，没了母亲的家变得冰冷寂寞。有一天我放学，看到了站在院里路口的母亲。母亲冲我招了招手，我奔过去，几日不见母亲，母亲似乎瘦了。她一直把我拉到她在门诊部的宿舍。宿舍里很简单，一床一桌一椅，我还看见了床底下母亲带来的旅行箱。母亲把我带到自己的宿舍，让我坐到那张唯一的椅子上，然后蹲在我面前，看着我的脸说：老三，我要和你爸离婚。我不知说什么好，伸出手死死抓住母亲的手，仿佛这样她就不会和我爸离婚一样。那会儿我还没有意识到，父亲把半年的工资寄回老家给前妻看病意味着什么，尤其对母亲意味着什么。我央求道：妈，能不能不离？母亲眼圈红了一下，很快又恢复常态道：不能，你爸把我伤透了。这不是钱的事。年幼的我，除了钱的事，我再也想不出还有其他事了。

母亲拉过我的手，揉搓了一下道：我想好了，我和你爸离婚后，你跟我过，让你二姐跟你爸。说到这母亲叹口气，又补充道：你二姐大了，她能料理自己了。

母亲和父亲闹离婚这段时间，都是二姐收拾房间、叠被子、扫地、擦桌子。离开母亲的日子，家里虽然冷清，但却是整洁的。这都是二姐的功劳。

我眼泪汪汪地望着母亲，我知道自己没有能力挽回父母的婚姻。

母亲先是向组织写了一份离婚报告，引来了众多朋友和领导的关心。他们轮番找母亲做工作，母亲似乎并不为之所动。她仍然坚持离婚。就这么和父亲僵持着。

有一次父亲下部队检查工作去了，以前每每在这时，父亲也经常下部队。父亲走后不久，我在楼下的邮报箱里发现了福贵大哥寄给父亲的一封信。我心怀忐忑，像捧了一团火似的把那封信拿到楼上。就是这个福贵的出现搅乱了我们家原有的生活。此时，我像扔一个刺猬一样把那封信扔到了二姐的面前。二姐看了眼寄信地址，又看了我一眼小声说：这是老家来信。我说：是福贵来的。然后我们两人面面相觑，最后还是二姐镇定，她小心着把信封口撕开，拿出了里面的信纸，信纸就一张，写了大半页的样子。二姐一目十行地把信看完，又推到我面前，我看见二姐的脸色变得红润起来。二姐的眼神示意我把信看了，我接过来，看到了信的内容：爹，我娘死了。你寄来的钱也没治好我娘的病。爹呀，我娘死前就想再看你一眼，可惜你不在娘的眼前。娘死前说，她原谅你抛弃了我们娘俩……

我看完信，心情复杂地望着二姐。二姐这时的脸更红了，她急切地说：你把这封信送给妈看看去。我满脸问号地望着二姐。二姐见我没理解她的意思，着急地说：妈之所以想和爸离婚，因为什么？我说：因为工资。二姐挥起手在我脑袋上拍了下道：你傻呀，这不是钱的事，是父亲的前妻。二姐比我大三岁，果然问题想得周全和深远。我佩服地望着二姐。二姐又说：父亲前妻死了，母亲心里一定好过了，说不定就不和爸闹离婚了。经二姐这么一点拨，我云开雾散，拿起那张纸，飞快地跑下楼，手里的信纸在我耳畔哗哗哗啦啦地飘扬，像一面胜利的旗帜。

母亲看了那封信，和我预料的一点儿也不一样。看完信的母亲脸上一点儿表情也没有，平静地说：把信拿回去吧。

我怏怏地回到家，二姐似乎已等候多时了，迫不及待地问我：妈咋样，说什么了？我答：还那样，什么也没说。二姐抓抓头，半晌道：不会的，一定有效果。二姐果然料事如神，从那以后，母亲再也没打离婚报告，日子还是和父亲分开过。但母亲回过几次家，看到二姐把家收拾得整洁有序，拉着二姐的手说：丫头，辛苦你了。

记得父亲从部队回来后，他看了那封信，什么也没说，先是绕着茶几转了几圈，然后坐下，一支接一支地吸烟。他一直在沙发上坐了好久。许多年以后，我才能理解父亲那时的心境，他身上背负的东西太沉重。在前妻眼里，他就是个背信弃义的男人。前妻到死才原谅了他的抛弃。福贵的出现，成为父亲人生的转折点。以后很少看见父亲开心地笑过，虽然前妻死了，父亲一直到生命终结，盘桓在他脑海里的也许还是那“背信弃义”四个字吧。

母亲仍和父亲僵持着，表面上他们的分居状态并没有大的改变，直到二哥出事。

二哥出事了，此时二哥已经是北部边陲的一名排长了。他在带战士巡逻时，赶上了大烟炮，队伍被烟炮吹散了，二哥为了寻找战友，自己也迷路了，第二天被发现时，已经被冻僵在雪地里。二哥因为病情严重，被辗转送到了军区总院接受治疗。军区总院距离军区大院并不远，只有两站地。母亲带着我和二姐来到二哥病床前，我被眼前二哥的模样吓坏了。二哥的头肿胀着，已缠满了纱布，二哥的双手双脚也缠满了纱布。但二哥还是认出了我们。他先叫了一声：妈。然后把目光落在二姐和我脸上，我看见二哥的泪水打湿了眼前的绷带。

主治医生把母亲叫到了医生办公室，我和二姐被留在了外面。主治医生不知小声地和母亲说了什么，却听到母亲大声地说：不，我儿子还年轻，一定要保住他的腿。

未几，母亲从医生办公室里冲出来，脸色难看。她上楼，又找到了院长办公室，不管不顾地冲进去，嘶喊着院长：王院长，要调医院最好的医生，一定保住我儿子的腿！母亲喊完了，她才发现，父亲和军区卫生部部长已经在院长办公室里了。

医院上下都知道二哥的腿很难保住了，但他们还在做最后的努力。冻伤科、外科、骨科的医生都来给二哥会诊，所有医生的脸上都写满了不乐观。

二哥的突然变故，让我们一家乱了套了。母亲寸步不离二哥的病房，她不停地和医生嚷嚷，身为医生出身的母亲，已完全失去了理智。

家里的父亲一遍遍在客厅里踱步，他拿起电话又放下，放下又拿起，终于，他拨通了一个号码，然后说：苏部长，能不能向北京求救，派最好的专家来？苏部长就是军区的卫生部部长。军区总院医生不乐观，父亲把所有希望寄托在了北京医院的专家身上了。

几日后，北京陆军总院果然来了两个专家。他们检查了二哥的伤情，最后做出了和军区总院医生相同的意见。想保住二哥的腿，只有百分之五的可能。二哥的腿已开始变黑，坏死了。

北京专家的结果，让我们一家人最后的希望破灭了。

那是一天傍晚时分，我和母亲仍然在二哥的病房里没有离开。福贵突然闯了进来，还是那件羊皮袄，见到二哥，从怀里掏出一个包裹，打开，里面是一摞膏药，那些膏药码在一起黑乎乎的一团，还散发着一阵阵中草药的气味。

福贵把目光定在母亲的脸上，叫了声：娘，我是来救弟弟的。

福贵说，这是老家一个郎中的祖传秘方，专门治冻伤的。这些膏药治好了老家无数冻伤患者。他说他接到了二姐的信，便带着膏药赶来了。二哥被冻伤的事，原来是二姐告诉的大哥。

母亲起初并没有把那些脏乎乎的膏药当回事，她还皱起了眉头，脸上露出嫌弃的神色。最后是二哥在病床上说：问问医院的医生吧。母亲这才叫来了医生，王院长也出面了，得出的结论是，这些膏药可以试一试。那几日，医院正在为二哥手术做准备，医生的意见是，尽早手术对二哥多保住一截腿只有好处，没有坏处。但用这些膏药，势必会影响二哥的手术时间，最后的结果是能保住二哥多少腿就不好说了。讨论来讨论去，医生又把皮球踢给了母亲。得到消息的父亲和二姐也来到了医院，所有人站在二哥的床前，每个人的脸色都异常凝重。最后还是二哥拍板说：我想试一试。二哥说完这话，我们所有人都把目光投到二哥脸上。二哥头上的纱布已经拆除，脸上红一块紫一块的冻疮仍在。

父亲吸口气，蹲下身，拿起福贵带来的膏药用鼻子闻了闻，又伸出舌头舔了舔，把目光定在福贵的脸上。福贵一脸坚定地说：爹，你就信我一回，在咱老家得冻疮都用这个，多严重都能治。这可是钱郎中祖传秘方。父亲把目光收回来，望向自己的脚尖，父亲不是个磨叽人，他出生入死经历过无数次战役和战斗，他的人生信条就是当机立断。果然父亲抬起头，望向二哥的脸道：老二，咱们就试一试，不行，谁也别怨。二哥点了点头。父亲又把目光望向福贵。福贵得到了肯定答复，把身上的皮袄脱了，挽起袖子，掀开二哥身上的被子。他在为二哥拆腿上的纱布。纱布被一层层地揭开，二哥的腿有的地方发黑，有的地方还流出了脓水。母亲看不下去了，拉过我和二姐向外面走去，身后传来福贵嘴里发出的丝丝呼呼的声音，不知福贵是被惊到了，还是心疼二哥。

那些日子，福贵一直守护着二哥，父亲母亲还有我和二姐轮流来看二哥。一走进二哥的病房就闻到了一股刺鼻的中药气味。福贵一直蹲在床角，一动不动地注视着床上的二哥。几天之后，福贵就熬红了眼睛。父亲看到福贵这样，说：我去招待所开一间房，你去睡一觉。福贵头就摇动着说：我刚才打盹了，不用睡了。福贵一直没离开过二哥的病房。

十几天后，奇迹出现了。福贵再给二哥换膏药时，二哥已经变黑的腿，开始变灰发黄，流脓水的伤口也开始愈合了。二哥的变化引来许多医生的好奇，他们齐聚在二哥的床前，嘴里不住地啧啧称奇。

二十几天之后，二哥的腿已可以看出来本来的面目，脸上和手上的冻疮已经完好如初了。此时的福贵才长吁口气道：好起来了，二弟的腿保住了。

二哥也是很感动，他冲父亲说：这些天多亏了福贵大哥。在我印象里，他第一次叫福贵为大哥。

福贵已经熬得两眼塌陷，眼里布满了血丝。在父亲的强迫下，福贵去招待所休息。记得那一次，福贵一连在招待所睡了三天。

一个月后，二哥已经能下床走动了。

福贵告别二哥时，二哥拄着拐说什么也要把福贵大哥送到楼下。他透过医院的玻璃门一直看着福贵大哥的背影远去。二哥转身时，我看见二哥脸上流下的泪水。

随着二哥病情的好转，父亲和母亲也结束了分居的生活。

四

自那以后，福贵大哥和我们家的联系是谨慎的，记得父母分居事件后，福贵大哥再也没来过我家。信隔三岔五的还是来，只不过那信只和父亲有关系，父亲每次看完信，脸上的表情都要阴晴不定一阵子，久久，又是久久，父亲拿过福贵大哥寄来的信，划燃火柴点燃，灰烬又丢在烟灰缸里，没人知道大哥和父亲说了什么。

福贵大哥又一次出现在我们视野里是在二姐的婚礼前一天，二姐的婚礼定在五月二号。福贵大哥提前一天走进了我们的视线，带来了两床被子，大红色的被面，被面上印着两只鸳鸯。大哥按照老家风俗代表娘家人送出的礼物。虽然二姐在以后的日子里并没有用过福贵大哥送来的两床被子，但在婚礼当天，两床大红被子摆放在二姐的新房里还着实喜庆。

二姐的婚礼举行得移风易俗，两个新人站在台上和参加婚礼的亲朋好友讲了几句话，便宣告结束了。从婚礼现场出来，我看见福贵大哥拉着父亲的衣角说了句什么，然后就是满脸期待地望着父亲。父亲似乎犹豫了一下，此时父亲已经退休了，穿着军装却没有了领章帽徽，但父亲的威严还在。他冲走在最后的二姐说：丫头，今天是你大喜的日子，咱们照一张全家福吧。我立马明白，这一定是福贵大哥的意思。

在大喜的日子里，父亲的建议得到了全家人的赞成。包括我们的母亲。父母居中坐在椅子上，二姐和二姐夫站在父母两侧，大哥大姐和我站在他们的身后，起初福贵大哥站在人群外，想过来又不敢的样子，还是父亲冲他挥了下手道：你也过来吧。福贵弓着身子，低垂着眼神，从人缝中钻出来，怯怯地站到了我们的身后，几年没见的福贵大哥明显老了，鬓角已冒出了白发。

父亲退休了，大哥和二哥从部队转业，大姐也从乡下回到了城里，在一家商场租了柜台做服装生意，此时，我已成为空军部队的一名排长了。因为二姐的婚礼，我提前一周回到了家里。

那天照完全家福，我看见福贵大哥走到了我面前，脸上堆着笑，皱纹比前几年见到的更加深刻了，他脸上堆着讨好的表情从上衣兜里掏出一支笔，还有一张纸说：三弟呀，你的单位能写给大哥不？我知道福贵大哥说的单位指的是通信地址，我不知他是何用意，但还是把我部队的通信地址写给了他。他如获至宝地把那张纸收起来，脸上露出舒心的笑容，然后又对我说：三弟呀，全家人只有你一个在部队上了，你要好好干，别让咱爹失望。

在我的记忆里，父亲是希望大哥和二哥一直在部队干下去的，像他一样，一直干到退休，成为一名职业军人。可在 1985 年部队迎来了大裁军，大哥和二哥的部队被取消了番号，两人也相继从部队转业了，和被裁掉的百万军队所有人一样，又一次开启了创业之路。父亲也是在那一年，被宣布提前一年退休的。好在我没在这次裁军之列。当时大哥的职位已经做到了副团职干部，二哥也到了副营的职位。父亲是惋惜的，但无奈大势所趋，只能接受眼前的现实。

福贵大哥照完相就提出要去车站了，我们一大家人为他送行。他穿着一件黑色夹袄，扣子系得严严实实，和他穿皮袄相比，就多了庄严和郑重。我相信，这一定是福贵大哥家里最好的衣服。

福贵大哥和我们一家挥手告别，二哥想起了什么，走到福贵跟前，从兜里掏出一些钱来塞到福贵的衣兜里，福贵大哥真真假假地拒绝着：二弟，你这是干啥？挣扎两下，还是收下了。二哥的神色就轻松下来了，他的腿伤早就好了，此时走在路上已经看不出一点儿痕迹了。

二姐也走到福贵身边。她脸红扑扑地说：福贵大哥，谢谢你来参加我的婚礼。然后又从怀里拿出用纸袋包着的喜糖递给大哥，嘴里还说着：这是喜糖，你带上。福贵小心地把那袋糖接到手上，向前走了两步，突然转过身，冲我们所有人深深地鞠了一躬。然后才转过身，努力地挺直腰身向前走去。

我们所有人面对福贵大哥这样的举动，心情都是复杂的。我看到父亲别过头去，望着远方的什么地方。母亲已转过身，从二姐的婚礼现场往家的方向走去。大哥大姐以前听说过福贵这个人，但这是第一次相见，他们俩的样子都是一脸茫然。

二姐结婚我休假，意外地在父亲的钱夹里看到了另外一张全家福。这是福贵大哥一家的全家福。大哥大姐早已结婚另外过日子了，二姐结婚一走，家里就剩下我一个没结婚的了。那天父亲洗澡，衣服搭在客厅的椅背上，兜里装的钱夹便掉到了地上。我去帮父亲捡地上的钱夹，钱夹已经打开，钱夹有个透明的塑料袋，里面就夹着福贵的一张全家福。照片显然是在照相馆照的。福贵和一个陌生的农村妇女坐在中间，那个妇女显然就是我大嫂。他们身旁站了三个孩子，两男一女，在这之前我们都知道，大哥有三个孩子。老大老二是男孩，最后一个是女孩。一家人面向镜头张望着，努力让自己做出微笑，于是每个人脸上的表情就很不自然。那张夹在父亲钱夹里的照片似乎有些时间了，已经卷了边。显然，这不是一张近照，夹在父亲的钱夹里，不知被父亲看过多少遍了。

我可以想象得到，我们照的这张全家福，将会被父亲寄给福贵大哥。福贵大哥也一定会把这张照片挂到全家最显眼的地方，向家人讲解每个家庭成员，也会向全村人显摆他的这些兄弟姐妹还有父亲。

那次我回部队没多久，果然接到了福贵大哥的来信。他在来信中恳求我，能不能让他的儿子大伟参军。他在信中说，大伟今年已经十八岁了，就梦想着参军。父亲退休了，大哥二哥都从部队转业回了地方，全家人只有我还在部队上工作，于是福贵大哥就把希望寄托在我的身上。当时，福贵大哥要我的通信地址时，估计早就做好了盘算。

我给福贵大哥回信，提起笔来我才意识到，这么多年我还是第一次和福贵大哥通信。我告诉他，参军得先到当地武装部报名，然后参加体检，再由接兵部队的领导决定是否同意参军。我刚从军校毕业，刚当上个小小的排长，面对福贵大哥的请求，我真的帮不上忙。

信寄走没多久后，突然有一天，门岗来了一个电话打到了我们连部。通信员跑过来告诉我说，营区门岗有一个人来找我。我有些吃惊，在驻军附近我没什么熟人，更谈不上朋友，谁会来找我？我匆匆来到了营区门口，竟然看到了福贵大哥。他风尘仆仆的样子，脚前放了一个篮子。他见我走过来，向前挪动一步，满脸堆笑地望着我，热热地叫了一声：三弟。我惊讶他怎么找到的我。我只给了他一个通信地址，部队只留了一个番号。他似乎看出了我的不解，喃喃道：一路上我问了好多人，找了许多地方，没想到真的找到了。大哥脸上露出庆幸的微笑。

我把福贵大哥领到招待所，进了房间后他才把篮子上蒙着的碎花布揭开，我这才看见是满满一篮子鸡蛋。我惊愕地望着他，他低下头仔细检查着篮子里的鸡蛋，喃喃地说：一路上我一直小心护着，还好，没有破。他抬起头时又露出了满足的微笑。我看着那篮子鸡蛋说：大哥，我吃食堂，自己不做饭。这些鸡蛋我用不上。大哥眼里有一缕火苗跳动着，他舔舔嘴唇道：不是给你的，是送给你们领导的。我用不可理喻的目光望着他。他想起了什么似的，又解开腰带，把手伸到裤子里，捣鼓半晌，从内裤上扯下一个用手绢缝制的布袋，一边展开一边说：我让你大嫂帮我缝的，怕路上丢了。打开布袋，里面露出一沓钱来，没什么大票，只是一些卷了边皱皱巴巴的毛票。他手上沾了唾沫，又重新数了一遍，数完告诉我：三弟，这是一百五十块钱。你再买些烟酒，和鸡蛋一起送给你们领导，让他们招了大伟。大伟是你侄子，放到你身边我放心。

突然，面对福贵大哥的举动，我心生了反感，看看地上盛鸡蛋的篮子，又看看堆放在桌子上的钱，没好气地说：你以为送点礼就能解决大伟参军的事了？我们部队每年招兵都是分地区的，就是把大伟招到部队，你怎么知道他以后就能有出息？我一口气说完，福贵大哥怔住了，目光躲闪地望着我，半晌嗫嚅道：三弟，你别生气，大伟不行，你把这些东西送出去，对你以后进步也有好处。

我一时不知和他说什么好了。那次，我只收下了他带来的那篮子鸡蛋，被我送到了连队的炊事班。福贵大哥在招待所住了两天，我带他参观了团部还有我的连队，走时的车票是我帮他买的，送他时我请了假，一直送到火车站的站台上，怕他反悔。临开车时，我隔着车窗塞给福贵大哥一百元钱。火车开了，福贵大哥举着手里的钱不知如何是好的样子。我冲福贵大哥挥下手，大声地喊着：让大伟到武装部报名……我看见福贵大哥脸上流下的两行泪曲折地爬过脸颊落下来。

五

大伟最后还是没能成为军人。

年底的时候，福贵大哥来了一封信，他在信上说，大伟参加了征兵体检，身体检查合格，最后参军名额都被乡长的亲戚、村主任的侄子等占满了。总之，福贵大哥的信里说明参军走的人都是乡里有头有脸人家的孩子。为此大伟还病了一场……现在想通了，大伟只能留在家里种地了。最后，福贵大哥又在信中说，三弟呀，你没在农村生活过，不知农民的苦，你要好好地在部队工作，混出名堂来，帮你侄子侄女一把……

读了福贵大哥的信，我想象得出他的失落和无奈，同时也因为没能帮大伟参军而感到不安，可我就是一个小排长，真的没有能力帮上福贵大哥。如果父亲没退休，会不会帮大伟参军？我不知道，也没和父亲探讨过这个问题。

退休后的父亲似乎老得很快，退休前红通通的脸庞不见了，换之而来的是一张充满沧桑和憔悴的脸，头发也花杂地白了。在我两次探亲的经历中，在家里的父亲似乎只有两件事，要么埋在沙发里看报纸，要么就是站在窗前看着一个什么地方久久地凝视。父亲也很少和我说话，更谈不上交流，没有人知道他在想什么。

母亲在父亲退休后也退休了。母亲的年纪要比父亲小上十多岁，和父亲相比还算年轻。母亲身体里似乎还有没发泄完的精力。她参加了干休所老年舞蹈队，每天一大早就出门排练，然后隔三岔五地出门去比赛。

福贵大哥偶尔还会给父亲来信，父亲在读福贵大哥的信时不再躲躲藏藏了，而是正大光明地把信口撕开，再戴上老花镜，一字一句去读。读完了，父亲把老花镜摘下来，闭上眼睛想着什么。有一次，父亲读完信，突然对我说：三儿，我想回一趟老家。

我讶异地看着父亲，在我的记忆里，我还在上小学时，父亲回过一次老家，二姐和我描述过回老家的情形，父亲买了一车馒头，分发给乡亲们。从那以后，父亲再也没回过老家，一晃二十多年了。

我嗫嚅地问父亲：爸，你想何时回？

父亲摇了摇头，叹息一声道：你妈不会陪我，你们都有工作，都有自己的事。

父亲和我说这话时，我休假离归队只有一天时间了，便安慰父亲道：明年休假我陪你。

父亲没说话，盯着茶几上大哥的来信，沉吟半晌道：以后，你福贵大哥那儿要是有啥事，你能帮的话尽量帮一把，他是你哥。

我看到父亲红了眼圈。我在心里“嗯”了一声。

父亲又叹口气：你福贵大哥日子苦。

我知道，这么多年过去了，父亲心里一直牵挂着福贵大哥。

福贵大哥偶有信件寄给我。他在信里说，今年老家收成好，养了两头猪，卖了一头，过年自己家留下一头杀了吃肉。大哥还说，老二小伟也已经高中毕业了，没考上学，但在乡里的砖瓦厂找到了工作，女儿小凤考上了护士学校。家里三个孩子，就女儿小凤有出息，虽然读的是中专，但也是家里最有出息的一个。福贵大哥字里行间流露出对女儿的得意和喜爱。

又是个一年后，福贵大哥突然来信在信中说，给小凤找了个婆家，是乡民政助理的儿子，和小凤是同学。福贵大哥说到这儿，把笔墨更多地留给了那个民政助理，助理姓韩，说很有希望当副乡长，要是攀上这门亲戚，你的两个侄子都会跟着沾光……

福贵大哥的来信虽然写得热情洋溢，甚至对未来的生活充满了期许，但我隐隐地感到不安：这是让小凤嫁给爱情还是嫁给权势？我给福贵大哥回了一封信，强调了自由恋爱，一定要让小凤自己喜欢……

福贵大哥没再来信，不久，却收到了小凤的来信，她在信中说，叔，冒昧地给你写信，虽然我没见过你们，但我在全家福里看到了你们每一个人。我想起上次二姐婚礼结束后，福贵大哥拉着父亲的衣角，父亲才提出照一张全家福的情景。那张全家福照完，父亲一共洗了两张，一张放在他卧室的抽屉里，另一张寄给了福贵大哥。留在家里的那张全家福我只见过一眼，福贵大哥站在最后排，只露出一颗头，但他却是全家人笑得最灿烂的那一个。

小凤在信上告诉我，她不同意父亲给她定的这门亲事，让我劝劝福贵大哥把人家的彩礼退回去。

小凤在信里最后说：小叔，你是军官，见多识广，现在都九十年代了，哪还有包办婚姻的？我爹相信你的话，你说话他一定会听。

接到小凤的信后，我马上给福贵大哥写了封信，我认为小凤说得没错，希望福贵大哥改变主意，给小凤一个自由。结果，我寄给福贵大哥的信石沉大海。可我仍然记挂着小凤托我的这件事。两三个月后，我又给福贵大哥写了封信，信的内容和上一封如出一辙。仍没有福贵大哥的片言只字。

半年后，我接到了大伟的来信。他开门见山地说：叔，我妹小凤毕业离家出走了，我爹喝了农药，农药是假的，我爹没死成。我妹离家出走半年了，前两天，我们家把我爹收人家的彩礼退回去了。我爹现在不吃不喝，天天叹气，叔，你劝劝我爹吧，再这样下去，他怕是不行了……

接到大伟的信，我脑子里“嗡”地一下，不知这事父亲知不知道。我通过军线接通了家里的电话，接电话的果然是父亲。我没有直接问他是否知道了福贵大哥的事，我在试探他的情绪，告诉他，我过几天就要去军机关报到了，前几天军干部处给我发来了调令，调我到军机关宣传处任干事。父亲的情绪一如既往，看不出丝毫的波澜，我便放心地放下电话。

我决定回一次老家，就在去军机关报到前这几天的空当。

依据福贵大哥的寄信地址，坐火车到市里，又换乘长途汽车到县里，又辗转着换车来到乡里，又反复打听，坐上了一辆好心老乡的拖拉机，来到了福贵大哥的村庄。经过这一趟辗转奔波，我想起若干年前，福贵大哥一次次出现在我家时的情景，福贵大哥每一次出行，都是经过这么辗转奔波的。福贵大哥的家在村东头的山脚下，所处的村庄三面环山，一面邻河，取名靠山屯。在乡人的指点下，远远地，我看见了福贵大哥家的那三间土坯房。此时，正是每家每户的做饭时间，家家户户的房顶上都飘起了袅袅炊烟。唯不见福贵大哥家有任何生火的迹象。走进院门时，见一个农村打扮的小伙子，从面相上依稀能看到福贵大哥的影子，我吃不准是大伟还是小伟。我的突然出现，让小伙子睁大眼睛，他惊呼一声：小叔?！他拍拍屁股上的土，打开院门，不知是激动还是别的原因，他脸上瞬间掠过一抹红色。我点了点头。他说：我是大伟呀！在大伟的引领下，我走进了福贵大哥的家。一开门，外面站着一位中年妇女，鬓边也已经有了缕缕白发。她正红肿着眼睛盯着冰冷的炕台发呆。大伟先进的门，小声地说：妈，我小叔来了。嫂子像看到了救星，眼睛里掠过了一缕亮光。她带着哭声道：你大哥怕是不行了。话还没出口，眼泪就流了下来。

我忙推开屋门，福贵大哥头朝外脚朝里地躺在炕上，头上还敷了一条毛巾，眼睛紧闭着，面色灰土一般。我站在福贵大哥的头前一时不知说什么好。

大伟先是凑近叫了一声：爹，我小叔来了。

福贵大哥仍没什么反应，样子似乎已经死去了。

我上前，先是抓过福贵大哥一只手，他的手粗糙冰冷，我摇晃一下他的手臂道：大哥，我是老三，来看你了。

这一声叫，似乎才把福贵大哥从死亡线上拽回来。他慢慢睁开眼睛，先是眯成了一条缝，后再又慢慢睁大，确信是我之后，眼里先是流下一串泪水，然后从胸膛里发出一声沉闷的叹息。他死死抓过我的手，再也没有放开，嘴里一遍遍地念叨着：老三，你咋来了？这是真的，不是做梦？福贵大哥的泪再一次汹涌着流出眼眶。

福贵大哥的死而复生，让大嫂和大伟都喜出望外。他们在外间的灶膛升起了火，开始忙碌着做饭。

福贵大哥几欲要从炕上坐起来，我把他按下道：大哥，你身子虚，躺着吧。

福贵大哥把一双眼睛定在我的脸上，虚弱地问：咱爹可好？

我点头。

他又说：娘呢？

我又点头。

他再说：爹和娘还吵架吗？

我摇头，泪水却在眼眶里打转了。

那天，大哥破天荒地喝了大半碗粥，之后还倚着墙坐了起来，因为胃里有了食物，身体里有了热量，大哥的脸渐渐有了血色。

那天晚上我和大哥睡在一铺炕上，这是我有生以来第一次睡炕。我俩并排躺着，他一直拉着我的手，大哥的手仍粗糙，却不那么冰冷了。

他和我聊起了小凤、彩礼、韩助理。我更理解了大哥的心思。他希望小凤能嫁给有权有势的人家，借此改变一家人的状态。大伟、小伟高中毕业，一个种地，一个在砖瓦厂上班，都是最底层的苦力活，大哥希望能和韩助理这些吃公家饭的人攀上亲，以此来改变大伟、小伟的状态。可惜小凤不听话，护校一毕业，家都没照面，便消失不见了。后来才有大哥的绝望。

我想起了之前给大哥写的那些信，和现实比起来是那么不痛不痒，大道理谁都会说，可现实的苦日子又有多少人愿意挨。大哥把全家的希望寄托在小凤的婚姻上，没料到的是，却被小凤放了鸽子。

福贵大哥聊完自己，又聊到了我们的父亲。福贵大哥一说到父亲便又哭了起来。他知道自己的出现让父亲和母亲吵架，他也知道我们一家并不欢迎他。他说父亲这么多年一直帮衬着他，除了那次父亲把半年工资预支出来，去救福贵大哥的母亲之外，其实父亲每月都在给他寄钱，三十五十元，一直到父亲退休。说到这儿，福贵大哥把手抽了回去，狠狠地扇了自己一巴掌道：老三，大哥没能耐呀，不是人，都这么大岁数了还连累爹，我又没给爹做过啥……

后来，福贵大哥翻过身子，把后背弓起来，双手捂住脸哀哀地哭泣起来。

父亲这么多年一直给福贵大哥寄钱，不知母亲知不知道。我又想起父亲的沉默寡言，经常望着窗口发呆的样子。福贵大哥一家让父亲多了心事，变得沉重。

因为我的到来，福贵大哥的身体似乎好了起来，他开始进食，说话。目光中又充满了希望。

我那次在福贵大哥家住了三天，见到了大嫂，还有大伟、小伟。我面对着一家人殷切、客气又期盼的目光，我觉得应该为福贵大哥一家做点什么，但嘴上却没说，因为我不知道到底能做什么。

分别时，福贵大哥在大伟和小伟的搀扶下，执意要把我送到村口，后面跟着嫂子。嫂子是个不善言辞的女人，但望着我的目光执着亲切。

到了村口，我停下脚步，回望着福贵大哥一家。福贵大哥望着我，泪水又一次流了下来。他哽着声音说：老三，你是第一个来家里的亲人，以后方便就再来看看大哥。

我含泪点头道：大哥，一定把身体养好。

福贵大哥用力点了点头。

我背过身去，没再回头，怕福贵大哥一家看到我眼里的泪水。

六

我调到军机关之后，一想起福贵大哥一家心里就沉甸甸的。

我写信给大哥、二哥还有二姐，把福贵大哥一家的情况说了，希望他们也通过各自的力量帮福贵大哥家一把。不久，二哥就回信说，他有个战友在福贵大哥老家县里工作，他正在联系那个战友。大哥和二姐回信说，他们已给福贵大哥寄了些钱。我的心稍安了一些，写信告诉了福贵大哥，我希望他尽早看到希望。但隐隐地仍担心小凤，一个女孩子，别做出傻事。

不久，我又一次休假回家，发现父亲和以前不一样了，他的目光和我接触后，很快就把目光移到别处，要么去看客厅里那棵发财树，要么把目光移向窗外。以前父亲从来不这样，他甚至经常忽略我的目光，任凭自己我行我素的样子。

母亲的老年舞蹈队又一次去外地演出。母亲走后不久，父亲找到我，目光望着自己的衣襟说：三儿呀，你今晚上订家酒店，把你大哥、二哥、二姐都叫来，咱们聚一回吧。父亲的话似乎在命令又似乎是在商量。在我的记忆里，每次家庭聚会，都由母亲操持，在厨房里忙上大半天。父亲张罗聚会还是第一次。

晚上，我带着父亲先期抵达了订好的那家酒店。未几，大哥、二哥和二姐他们便都来了。他们也觉得父亲张罗这样的聚会有些新鲜，不时地用目光去偷瞟父亲。父亲谁也不看，把酒杯倒满了酒，让我们所有人都拿起一杯。二姐看到酒杯有些犹豫。父亲就说：拿过去，你可以不喝。今天的聚会只差大姐一人，她去南方为自己的服装店进货去了。

父亲端起酒杯，自己率先喝了一大口。我们只能紧随其后，深深浅浅地把酒喝下去。酒是父亲执意带的，是珍存多年的茅台酒，还带来了两瓶。父亲仍不说话，又连续喝了几次之后，把第二瓶茅台酒打开时，父亲才张开嘴道：我感谢你们。说到这停住了，把目光依次从我们脸上扫过。我们扬起红扑扑的脸望着父亲，诧异父亲为什么要说这种话。

父亲接着说：你们有个福贵大哥。

父亲说到这儿站了起来，我们也纷纷地站起来。父亲挥下手，让我们坐下，自己独自站在那里，端起酒杯道：我敬你们。说完把杯里的酒一饮而尽，然后才坐下道：福贵给你们添麻烦了。

见父亲如此这般，我们一时不知说什么好，面面相觑了一会儿又把目光齐齐地投向了父亲。

父亲的面孔已经由红转白了，依据以往的经验，我知道父亲快喝多了，试图把他面前的酒杯拿开。父亲把一只手死死按在自己的酒杯上，又说：福贵的事，是我给你们找的麻烦。然后抬起目光，又依次在我们脸上扫过，这次轮到我们回避父亲的目光了。

关于福贵大哥我们谁也没有抱怨过父亲什么，我们没权力指责父亲。

父亲沉了沉还说：本来福贵是我一个人的事，我老了，帮不动他了，只能靠你们了。说到这，又把杯中的酒喝了下去。父亲大着舌头又说：不管怎么说，福贵是你们同父异母的大哥。

父亲说完这话就醉了，趴在桌子上，突然大哭起来。

我第一次见父亲哭泣，我想哥哥姐姐肯定也是第一次。我们张皇地望着父亲，又面面相觑，最后我们把父亲架回了家。

我安顿好父亲欲离开，父亲突然抓过我的手道：三儿，我知道你去过老家了，谢谢你。父亲用力地捏了一下我的手。

关于回老家的事，我没告诉过父亲，一定是福贵大哥写信告诉了父亲。

那一夜，我听着父亲的鼾声，不时醒来，每次醒来都会想起福贵大哥那张脸，然后想起父亲。因为福贵大哥，父亲被绑在了十字架上，通过父亲的大哭，我理解了压抑在父亲心里的块垒。也许父亲责怪自己对福贵大哥没有尽到一个父亲的义务，生下他，却把他抛到了荒郊野地里。我又想到父亲对我们的点点滴滴。记得我们小时候，父亲经常出差，每次都会给我们带来糖果。父亲一进家门，我们就知道有好吃的，便蜂拥上去围住父亲。父亲顾不得掸掉灰尘，从提包里拿出好吃的分给我们。有几次，父亲去上海和南京开会，给大姐、二姐带回来裙子，还有小皮鞋，给我们带回来了玩具枪。那会儿我们都盼着父亲出差，父亲刚走，我们就盼着他早点回来……可福贵大哥呢？福贵大哥找到家里前，在父亲的感情生活中，他压根儿不相信福贵大哥还活着。如果福贵大哥真的死在了逃难的路上，或许父亲后半生是心安的。父亲想帮助福贵大哥一家，但碍于母亲，他总是缩手缩脚。这么多年来，母亲为福贵大哥和他吵过架，闹过分居。父亲还是每月偷偷地给福贵一家寄钱。我不知道父亲是通过什么办法瞒过母亲的。我突然想起，父亲在十几年前突然把抽了半辈子的烟戒了。记得我还很小的时候，母亲也逼父亲戒过烟，父亲也试着去戒了许多次，但一次也没有成功。我想父亲一定是为福贵大哥戒的烟，把每月省下的钱寄给福贵大哥。想到这儿，突然我流泪了。福贵大哥永远是父亲心里的痛。自此，我理解了父亲，为了减轻父亲心里的不安，我发誓，一定尽自己所能帮助福贵大哥一家。帮助福贵大哥就是帮父亲。

那次我结束休假不久，接到了福贵大哥的来信。他告诉我，大伟和小伟被县里一家公司招走了。我知道这是二哥的功劳。他有个战友在老家县里开了一家装修公司。在这之前，二哥打电话把这情况告诉了我。我替福贵大哥感到高兴。

又过了不久，我又接到了小凤的来信。她在信中说：小叔，我已在广州一家医院找到了工作。在小凤这封信中我才了解到，那次小凤并没有真正离家出走，而是躲到了镇上一个同学家。她说得知父亲要死要活的消息，她都快坚持不住了。为了父亲，她几乎要回家向父亲妥协，接受那门她不愿意的婚事。就在这时，我出现在了福贵大哥面前，大哥从此振作起来，小凤这才远走高飞。读罢小凤的信，我一面庆幸小凤逃过了这一劫，同时也为这个丫头的心计暗自叹服。我没有见过小凤，只在父亲钱夹里看过福贵大哥一家的全家福。拍摄照片那会儿小凤还小，她站在父母身边，睁着一双眼睛冲着镜头在傻笑。

面对福贵大哥家一连串的好消息，我想起了父亲，通过军线接通了家里的电话。我把福贵大哥家的好消息告诉了父亲，父亲在电话那头很平静，最后只说了一句：谢谢你了，三儿。父亲又一次用这种方式和我说话，让我心里涌出一阵酸楚。

又是个不久，福贵大哥来到军机关看我。再次见到福贵大哥，他似乎变得年轻了，还穿了件时髦的中山装，以前脚下的布鞋也换成了皮鞋，远远看上去，就像乡村来的干部。他见我上下打量他，他也瞄一眼自己的穿戴说：衣服是大伟从县城里带回来的，皮鞋是小凤那丫头从广州寄回来的。大哥脸上洋溢着儿女给他带来的自豪。

那次福贵大哥来，我没让他住招待所，就住在我的单身宿舍里。这次我离福贵大哥如此之近。福贵大哥的话很多。他说得最多的还是父亲。他说很想念父亲，可又担心母亲和父亲闹矛盾，所以他一直不敢再去看父亲。关于这个话题，我没接福贵大哥的话茬。我知道，母亲自从嫁给父亲一直在包容着他，从生活方式到为人处世，母亲一直在妥协父亲。父亲是个行武军人，母亲是个知识分子。他们的生活经常为这些发生矛盾，往往都是母亲在妥协，但唯有福贵大哥这件事，是母亲心里永远过不去的坎。是因为父亲和母亲结合时，父亲隐瞒了前一段婚史，还是因为福贵大哥一家成了家里的累赘，也许二者兼而有之。

我安慰福贵大哥道：以后想出来转转就到我这里来。

福贵大哥眼里亮了一下，接着又黯淡下去，半晌才说：老三，你现在一个人还好说，怕是以后结婚了，我就不敢打扰了。

我拍着胸脯说：大哥，不会的。

福贵大哥笑一笑，岔开话题道：老三，能不能给大哥弄套军装？

我惊诧地看着他。

他说：咱爹是因为参军才离开老家的，大弟和二弟，还有你也是因为参军才出息的。原本以为让大伟和小伟也走你们的路子，到部队上出息个人。福贵大哥说到这儿，声音小了下去。

我望着福贵大哥低垂下的眼睛，心里不是个味儿，为了没能帮成大伟或小伟参军。

福贵大哥突然抬起头说：我老早就想跟爹张口了，一直没张开口，今天我冲你开口了。

我冲大哥点点头道：不就是件军装嘛，一定帮你办成。

后勤部的服装助理就住在我隔壁的单身宿舍里，找他为大哥买一套军装是轻而易举的事。但我惊叹大哥还有这种情结。

那次，我不仅为福贵大哥买了套合体的军装，还给嫂子在商场挑了件衣服。福贵大哥走时，我送他去车站，把东西递给他道：下次出门带上嫂子。

福贵大哥怔了一下，才说：她一个外人就算了，再说，她离不开她养的那些鸡鸭。

我惊讶福贵大哥在和我们的关系上把大嫂当成了外人，他又何尝不是把自己当成了外人呢？在我们面前，他总是低人一等，说话办事总是小心翼翼的。我为福贵大哥感到难过。

后来的日子里，不断地接到福贵大哥的好消息。他又一次来信告诉我，大伟和小伟订婚了，小凤自己在广州也处了个对象。福贵大哥在信中一副幸福又放松的口吻。

七

突然有一天，母亲的眼睛看不见了，急忙回到家里，又吃药又冷敷，折腾到第二天，仍然看不清东西，看什么都是几幅影子叠在一起。母亲毕竟是医生，她给自己确诊为视网膜脱落。被送到医院的母亲，果然被医生确诊为视网膜脱落，这是二哥在电话里和我叙说的情形。

当我请假从部队赶到医院时，母亲经历过了一次眼角膜修复手术，因为母亲的眼角膜碎裂而宣告失败。我走进病房时，母亲的眼睛上还缠着厚厚的纱布，她坐在病床上，冲着父亲还有我们几个孩子说：我从此就要失明了。我们伤心欲绝地望着母亲，因为眼睛上缠满了绷带，我们看不清母亲的表情，但还是被母亲的话吓到了。见我们没有人应和，她又更大声音地说：失明就是看不见了。我们看见母亲脸上的肌肉在不停地抽动。

父亲背着手在病床前踱步，他突然停下脚步，郑重地说：我去找医生，让他们全力救治。父亲转身走出病房，我们默默地跟在父亲身后，无论我们如何向医生信誓旦旦地表白医治母亲的心情，医生只告诉我们一种可医治母亲的方法：眼角膜移植。

关于眼角膜供体来源只能等待。

在等待眼角膜的日子里，母亲的性情大变，她经常摔东西，抱怨自己的命不好。以前那个风风火火、阳光快乐的母亲不见了，换之而来的是又矫情又脆弱的母亲。以往，每天都去舞蹈团跳舞唱歌的母亲，此时只能盘踞在家里。母亲的舞友们陆陆续续地来看望她，站在母亲面前说些雨过地皮湿的安慰话，他们一走，母亲的情绪就更加坏了。她离开了那个欢乐的集体，只剩下她孤家寡人在屋里彷徨。她情绪上来时，手里有什么就往地上摔什么。

父亲就站在一旁，他不劝也不多说别的什么，就那么平静地看着母亲。后来还是二姐把家里能摔的东西都收拾走了，留下一个空荡突兀的家。母亲没东西可摔了，无处发泄便冲父亲喊，喊着喊着，就变成了如泣如诉了。她诉说自己当初心不甘情不愿地嫁给父亲，又如何含辛茹苦地拉扯我们这些孩子，自己从年轻到中年就没过上一天舒心日子，把一切都献给了这个家，最后，刚刚在老年舞蹈队找到生活的乐趣，命运却和她又开了一次玩笑，以后她的日子只能在漆黑的世界里摸索前行了。我们听着母亲的叙述，心里都跟着一起湿答答的，想象着母亲为这个家的种种不易。

父亲一直低着头，自从母亲得病后，他立马变了，变得少言少语，脸上也开始变得严肃起来，就像一个指挥员面临着一场即将打响的战役。父亲开始不停地跑医院，父亲每次去医院我都陪在他身边，先是找医生，又找科主任，一遍遍询问眼角膜供体的情况。他每次得到的答案都是：首长，供体暂时没有，一旦有了立马通知阿姨过来手术。父亲每次去医院就像碰了个软钉子，急不得又恼不得。父亲挺胸抬头地走进医院，每次又都耷拉着脑袋从医院里走出来。

有一次，我和父亲回到家的楼下。父亲抬头看了眼家的窗子，小声地说：三儿，陪我走走吧。我随在父亲身后陪他在院子里走，他走路的样子目不斜视，眼前的花草树木似乎根本不存在。突然父亲放慢脚步，叹了口气说：你妈跟我结婚快四十年了，生了你们几个孩子，又把你们拉扯大，你妈不容易。你妈比我年轻十岁呢，现在让她什么也看不见了，我于心不忍呢。他突然立住脚，认真地看着我说：我要给你妈捐献眼角膜。父亲的话让我怔在那里，望着父亲一句话也说不出来。父亲缓和了下口气说：供体一直等不来，这样下去我怕你妈垮了。我问过医生了，只要有一只眼睛的眼角膜就行。我有一只眼睛就够了。父亲似乎已经深思熟虑了。

我把这个消息通知了大哥、大姐，还有二哥、二姐，他们又一次齐齐地来到了家里。我把目光投到大哥和大姐身上，他们是家里的老大。我希望他们先出面做父亲的工作。

大哥在裁军时是副团职转业，此时在一家机关里当处长。果然大哥先说话了。他清清嗓子，说：爸，你这决定我们不同意，为了救母亲，要捐也得我们捐。

我们也齐声附和，想象着失去一只眼睛的光明后的样子。

父亲严肃地看着我们，目光依次在我们脸上扫过。突然，他拍了下吃饭桌：胡闹，你们还年轻，还有那么多事情要做，我老了，多一只眼睛少一只眼睛地耽误不了啥，你们趁早都死了这份心吧。

面对父亲的训斥，我们只能哑然。

母亲这时从里屋摸索着出来。二姐过去扶过母亲。母亲不远不近地面冲着我们这里，她一字一顿地说：谁的眼角膜我都不要，我只等供体，要是没有供体，我就这样子。说到这儿，母亲从失明的眼里流出两行泪。

从那天开始，母亲似乎变得平静下来，她不再乱摔东西，也不发火了，大多时候只是一个人安静地坐在客厅的沙发上，脸朝着窗外，不知她看到了阴晴雨雪还是风和日丽。

很快，我的假期就要结束了，担心父亲一个人照顾母亲吃不消，我提出请个保姆，被父亲否决了。父亲坚定地说：你们忙你们的，我能照顾好你们的母亲。父亲的话不容置疑，好在哥哥姐姐都在一个城市里，走前我又分别给他们打电话，让他们多回几趟家，便回到了部队。

有一天，我突然接到二哥打来的电话，先是跟我有一句没一句地说了几句别的，突然话锋一转道：福贵大哥前两天来家里了。我冲着电话"啊"了一声。二哥说：妈生病的事，不是你告诉他的吧？我说：我没有。我回部队后，接到过福贵大哥一封信，他说他和大嫂要开始养猪了，乡里也支持，划出了一块地让他做猪舍，买猪仔的钱都是三个孩子帮忙凑的，等春暖花开时，他就可以去集市上买猪仔了。我还没来得及给福贵大哥回信。二哥在电话里沉吟半晌道：你没给福贵大哥去信，那一定是爸爸告诉他的。我忙在电话里冲二哥说：你招待他一下，爸这样子忙不过来。二哥说：我去家里了，他昨天就走了。走了?！我疑惑地在电话里冲二哥说。二哥道：这次福贵大哥和以前来不一样。顿了顿又说：走了也好，爸又要照顾母亲，也没精力招待他。我"嗯"了一声。

两天后，突然又接到二哥的电话，他喜气洋洋地冲我说：老三，妈眼角膜的供体找到了，医院已经通知妈去住院了。我喜出望外，提高声调道：真的？二哥说：真的，妈做手术你回不回来？

我当然得回去。

在母亲手术的前一天，我回到了家里。父亲正在家里收拾母亲的换洗衣服。我问父亲：爸，供体从哪儿找到的？父亲抬起头，摇摇头说：医生不肯说，说这是医院的纪律。既然医院有纪律，我也不想多问了，沉浸在母亲即将迎来光明的兴奋之中。晚上睡不着，仍想着母亲的供体，是年轻的，还是老年的，是男还是女？毕竟母亲即将要植入别人的眼角膜，紧张、陌生、期待……许多复杂的情绪让我一夜也没睡好。

第二天一大早，父亲还有我们这些兄弟姐妹齐聚在手术室门外。他们和我一样，对母亲的手术充满了焦虑的期待。在等待母亲手术过程中，我走到父亲身边，他坐在手术室门口的排椅上，两只手放在膝盖上，挺直腰板望着窗外，看似镇定的父亲其实比我们更加紧张和充满期待。

我倚在他的身边，目光也望向窗外，小声地问：前几天福贵大哥来了？父亲“嗯”了一声，还是刚才那个坐姿。为什么这么快就走了？我又问。他看了你母亲的样子，很难过，说老家还有事就走了。父亲说完看了我一眼。我点点头没再说什么，又重新走到兄弟姐妹的阵营中去，等待母亲从手术室里被推出来。

大约两个小时后，先是医生走出来，他一边摘着手术时戴的手套，一边冲我们说：你们母亲的手术很成功，再观察一会儿就可以到病房休息了。我们相互打量着，内心是一片轻松一片欢呼。父亲显然也听到了医生的话，他绷紧的肩膀松弛了下来。

母亲到病房后需要休息，我们依次看了眼满脸缠着绷带的母亲，就告辞了。医院里只留下父亲一个人陪伴母亲。

第二天，父亲一早就出门了，他从早市买回了菜，然后张罗着要为母亲做吃的。忙活到了快中午，父亲终于把这顿饭做好了。自从母亲失明后，父亲就开始学习做饭，现在虽然笨拙，但已经能把饭菜做出模样了。母亲没病时，父亲连厨房都很少踏进去。

我给母亲送饭，照顾母亲把饭吃完。母亲自从失明之后，情绪从来没有这么好过。她对手术成功充满了信心。医生说过，一周后，拆掉绷带，母亲就可以重见光明了。母亲吃完，我去到洗手间洗刷碗筷，路过一间病房时，总觉得有一双眼睛在盯着我。等我从洗手间又一次回来时，故意放慢脚步，那间病房的门虚掩着，我望过去，却看见了福贵大哥。他的一只眼睛也缠着绷带，另一只眼睛从门缝里望出来。在那一瞬间，我什么都明白了！我推门走进去，福贵大哥一只眼睛望着我，脸上充满了笑意。我站在他面前，叫了声：大哥，你干吗要这样？他伸出一只手，仍然那么粗粝坚硬，他平静地说：三弟，能为咱娘做点事我高兴。

福贵大哥说了捐献眼角膜的经过。当他来家里得知母亲失明后，他陪父亲来医院又再询问供体的事，他便记住了医院和医生。他谎称自己回家，却跑到了医院，指名道姓要为母亲捐献眼角膜，但给医生提出了唯一的请求就是保密。

我蹲在福贵大哥的床前，不知不觉泪水便流了出来。福贵大哥摇晃一下我的手说：三弟，能为咱娘做点事，大哥高兴。我说：那你以后就失去了一只眼睛。福贵大哥平静地说：哎呀，大哥有一只眼睛就够了，不耽误养猪。那么大个猪大哥看得清。后来福贵大哥想起什么似的说：三弟，咱娘拆线前别告诉她。我含着泪点了点头。

母亲和福贵大哥是同一天拆的线，母亲如愿以偿地又重新见到了光明，福贵大哥的一只眼睛再也看不见了。

在这期间，福贵大哥为母亲捐献眼角膜的事我告诉了父亲。父亲久久没有说话。他背着手在家里的客厅中踱步，踱了好久。他立在窗前向外张望着，又是半晌之后，他呜咽着声音道：我对不住你福贵大哥。

母亲重见光明后，回到家里，父亲才把福贵大哥捐献眼角膜的事告诉了母亲。母亲先是震惊，然后从胸膛里像打个嗝似的舒出一口长气，她似呻似唤地说：福贵在哪里？

在这之前，我把福贵大哥接出了医院，安排在一家宾馆里。

那天傍晚，我把福贵大哥接到了家里。母亲颤抖着站了起来，迎向福贵，她拖长声音叫了一声：福贵——这是母亲第一次这么称呼大哥。

大哥受宠若惊地跪在母亲面前，热热地叫了一声：娘——

从那以后，母亲主动提出每月给福贵大哥寄钱，自从父亲退休，给福贵大哥一家寄钱的事便中止了。

后来福贵大哥给父亲来信。他在信中说：爹，娘，我的猪已经开始养了，等到年底，杀了猪我给二老送去……

自从福贵大哥为母亲捐献眼角膜之后，我们家所有的人，无论从感情上还是血缘上，一下子觉得我们离福贵大哥很近很近。

八

母亲的视力失而复得，她总是笑对一切。我们再看母亲时，从她眼里总是能读出福贵大哥的影子。

父亲的性格似乎也变得开朗起来，父母之间的关系也从此变得融洽了。母亲去参加老年舞蹈队的活动时，只要晚回来一会儿，父亲就把饭菜做好了。有时母亲去外地参加演出，在约算出母亲快回来的时间，父亲总是跑到小区门口，一边徘徊一边等待着母亲，见母亲乘坐的出租车远远地驶来，父亲紧走几步迎上去，为母亲拉开车门，并提上行李，似乎他们是一对分别许久的夫妻又一次重逢。

这一切的变化都源于母亲。自从福贵大哥为她捐献了眼角膜之后，她开始主动关心起福贵大哥一家的生活了。那次福贵大哥回去不久，母亲听说他要养猪，便主动找到父亲，拿出一张存折说：福贵要养猪肯定需要钱，我寻思着给他寄十万元钱帮帮他发家致富。

父亲吃惊地望着母亲，从她的脸上又落到那张存折上，最后又和母亲四目相对，父亲既陌生又惊讶地望着母亲。

母亲就说：咱俩用不着这些钱，孩子们都有收入，人心都是肉长的，咱们帮福贵就是帮咱们自己。

母亲这么说时，父亲感动得把泪水含在喉咙口，含糊地说：这个家一直是你说了算，你定！

母亲挥下存折道：那就这么定了。当下母亲跑到银行，为福贵寄出了十万元钱。

福贵大哥收到了钱，把电话打到了家里，接电话的是母亲，福贵大哥听出了母亲的声音，热热地叫了一声：娘。母亲应了声，在这之前，福贵叫过无数次娘，母亲从来没有应过。福贵就哽着喉头说：娘，你汇的钱收到了，你和爹放心，我们一家一定养好猪。

福贵大哥养猪开始之后，第一个春节，他带着大伟又一次进了城，为父亲扛来杀好的半头猪。我正休假在家里，希望留福贵大哥和侄子大伟在家过年，可他们住了一晚上便走了。母亲让我送福贵大哥他们去车站。在车站的月台上，我和福贵大哥正欲分手，他突然拉住我的衣角说：三弟，咱爹老了。

他这么一说，我吃了一惊，怔怔地去望他。他揉了一下那只已经看不见的眼睛又说：以前，我没注意，这次我看见咱爹的头发都白了。

我的心一沉，我虽然工作在外地，一年怎么也能见上父亲几次，有时休假，有时出差路过，父亲已经七十多岁的人了，不老是不可能的。但经常见面的人，并不能发现他有什么变化，然而这种老是细微的。送走大哥，我回到家时，又细看了几眼父亲：福贵大哥说得没错，父亲不仅白了头发，他的腰板也不像以前那么挺直了。父亲真的老了。

从那以后，每当过年过节时，大哥还是要给家里送猪肉，这次来的不是他了，而是换成了大伟。大伟见到我们就说：我爹年岁大了，跑不动了。我见到大伟，就想起福贵大哥第一次来我家时的样子。大伟告诉我，他现在和父亲一起养猪，小伟自己开了一家装饰公司。他还说：小凤结婚了，妹夫是名医生。一个月前，我收到过小凤的来信，告诉了我她要结婚的消息。

我为福贵大哥一家感到欣慰。

又是个半年后，母亲存折里多出十万元钱。母亲收到这十万元钱，万分惊恐地找到父亲，一遍遍地说：见鬼了，谁这么好心给我汇了十万元钱，是不是汇错了？

父亲不说话，他在打电话，电话拨通了，那端接电话的正是福贵大哥。福贵大哥搞上养猪场之后家里就装上了电话。福贵听出了父亲的声音，还没等父亲说话，他就说：给娘汇的十万元钱收到了吧？

母亲在一旁抢过父亲的电话，冲电话里喊着：福贵，说好那十万元钱是给你的，你怎么又还回来了？

福贵大哥就在电话里大声地说：娘，养猪挣钱了，我再干几年，我给你和爹养老。

母亲怔了好久，才把电话放下。从那以后，我们不管谁只要提起老家，提起福贵大哥，母亲都会感叹：唉，福贵这孩子。

母亲在这唉叹声中也一点点老去，以前还花杂的头发，也已白了大半。舞跳不动了，但每天还会去老干部活动中心，坐在一旁，看那些比她年轻的人跳舞。

父亲是突然间不行的，母亲后来说，父亲早晨还去院里散了半小时步，回来吃完早点他说心脏有点不舒服，就躺在沙发上要歇一会儿。父亲这一躺下，便再也没有起来。救护车赶到时，父亲已经离开了这个世界。

我接到二哥电话时，正在外地出差，急急忙忙请了假，坐最早一班飞机飞了回来。在登机前，我又想到了福贵大哥，我拨通了福贵大哥的电话。他一接电话便哭了，告诉我，他正在收拾东西，准备马上出发。原来二哥在我之前，已经给福贵大哥打了电话。

父亲的告别仪式是在殡仪馆举行的。依据父亲生前遗愿，我们为父亲换上了军装，这是他穿了大半辈子的衣服，早几年他就给母亲留下了遗愿。

整个告别仪式，都是干休所工作人员置办的，父亲是有组织的人，他把自己死后也交给了组织。当工作人员在父亲身上披上党旗，又铺上了军旗之后，哀乐便响了起来。

前来向父亲告别的有：父亲的生前好友、下级，还有远道而来的战友……他们已经不再年轻，在工作人员和家人的搀扶下，来送父亲最后一程。

我们家属站在一侧，依次是母亲、大哥、大姐、二哥、二姐，还有我，接受着前来为父亲送行的人的安慰。

此刻，我想起了福贵大哥。他本该站在母亲身边，可不知为什么，都这会儿了，他还没有出现。就在父亲告别活动接近尾声时，告别大厅突然闯进来一伙人，所有人都披麻戴孝，领头的竟然是福贵大哥，还有我嫂子，他们的身后跟着大伟、小伟、小凤还有他们的家人。父亲生前，他们从来也没有这么齐整地出现在父亲面前，只有福贵大哥和大伟来过家里。记得几年前，福贵大哥曾对我说过，他要把全家人召集起来，为父亲过一次生日，可不知为什么一直没有成行。

此时，他们齐聚在父亲面前，先是福贵大哥和大嫂跪下，后面呼呼啦啦地跪倒一大片。福贵大哥哽着声音喊了一声：爹，我们来晚了。

身后的侄辈们就一起喊：爷呀，我们来看你了。

在场所有人都怔住了，之前还没有流泪的人们，所有人的眼泪都下来了，不只为父亲还有为福贵大哥一家。

福贵大哥跪行几步，半边身子伏在父亲的身边，粗粝地喊了一声：爹呀，福贵来看你了。

我终于忍不住眼泪，任泪水在脸上横流，我在心里叫了一声：大哥——

后来福贵大哥告诉我，他们之所以来晚了，他是在等从广州回来的小凤一家。

父亲的葬礼结束之后，母亲提议要照一张全家福。十多口子人挤在一起，拍下了这张全家福，却唯独少了父亲。

那张全家福照片洗出来后，就压在书房的玻璃板底下。那是父亲生前经常光顾的地方。他在这里看报纸，练书法，偶尔偷偷在这里吸上几口烟。戒了十几年烟的父亲，不知为什么在他晚年又捡了起来。

父亲不在了，母亲会经常光顾书房。在父亲生前坐过的椅子上坐一坐，然后把目光落在写字台那张全家福上。她辨认着福贵大哥家的每一个人，似乎要把他们牢牢记住的样子。

九

我坐飞机先是来到了老家省城，然后打上出租车直奔福贵大哥家。这是我第二次来看福贵大哥，也就是说，第二次踏上老家的土地。关于老家这个概念，也是因为福贵大哥的出现之后才听到的。这不是我的出生地，我更没在这里生活过一天，就是因为福贵大哥的出现，让我们和老家有了千丝万缕的联系。

出租车快进村时，我给大伟打了个电话，告诉他我马上就要进村了。

当出租车驶到村头时，我又看到了既陌生又熟悉的景象，大伟带着小伟、小凤三家人，队伍里多了几个十几岁、五六岁的孩子，他们一律披麻戴孝，见我从车上下来，他们又齐齐地跪下。大伟叫了声：小叔。把身子伏下去，又抬起头来道：我替我爹谢谢小叔。后面那些孩子，也把头磕在地上，齐齐地叫了一声：小爷爷……

我把大伟从地上扶起来，他们看着我，又把目光投向了村外的路，我知道，他们在盼望着，我告诉大伟：家人都在路上，他们马上就到了。

我看见大伟、小伟和小凤又一次跪下，冲着村外的路，他们在用老家的习俗迎接着自己的亲人。

二哥是军人

一

二哥在北部边陲当了八年半的士兵和排长后，在一天黄昏，灰头土脸地又一次回到了家里。

二哥在部队出了大事。在二哥还没回来前，父亲已经知道了二哥所犯下的错误，在带领全排执行巡逻任务时，三班长丁伟消失了。

一个战士在巡逻时失踪，无论如何都是一件大事，是政治事件，弄不好还是个外交事件。当了一辈子军人的父亲，也是头一次遇到这样的事件，父亲做梦也想不到，这件事竟和二哥有牵连。

失踪的战士丁伟是二哥排里的战士，排长作为兵头将尾的一级军官，是负责带兵打仗的，排里的士兵出了事故，二哥的责任自然首当其冲。二哥被处分了，按战士复员了。他的档案里还有一个记大过处分。

父亲在得知二哥的结果后，已经两天没有睡好觉了，无论白天还是黑夜，父亲都披件军大衣，站在书房墙上的一幅地图前。那是一幅中华人民共和国的军用地图，地图上纵横交错地标注着地名。父亲的目光一直停留在二哥哨所的位置上，那个地名叫大风口。大风口所在的位置只是一个小点，不经意的人，很难看见小米粒一般大小的三个字。自从二哥出事的消息传到父亲的耳朵里之后，父亲的目光就没离开过地图最上方那个鸡头一样的地方。

二哥八年半前参的军，高中还差一年没毕业就被父亲送到了部队。二哥如愿以偿，终于参军了。他换上真正的军服的那一天，把自己的假军服和假军帽郑重地递给了我。二哥在欢天喜地的鼓乐声中，登上了去火车站的卡车。二哥站在车厢的最后边，他手扶着车厢，咧着嘴冲送行的人们笑着。他看到了送行人群中站着的王晓鸽。王晓鸽手里拿着一条花手绢，冲车上的二哥挥舞着，脚都跳起来了。二哥还学真军人的样子，冲王晓鸽敬了一个不标准的军礼。

二哥的身影随着运送新兵的卡车渐渐模糊，我看到人群中的王晓鸽还在用手绢擦眼泪。王晓鸽的手绢上印着两只鸳鸯。二哥前两天在商店里买了两条这样的手绢。当时我还问二哥：买一条得了呗，买两条干啥？我的意思是让二哥省下钱来给我买两只“二踢脚”。二哥之前把他用过的火药枪送给我了，有枪没火药等于是摆设。当年我们自做的火药枪，弹药的来源就是“二踢脚”。“二踢脚”膛大，里面装了许多黑火药，两只“二踢脚”里的火药，够火药枪打好几次的。

二哥没给我买“二踢脚”，而是买了两条绣着鸳鸯的花手绢。王晓鸽手里的花手绢一定是二哥送的，我坚定地认为。

王晓鸽是二哥的同学，她的笑声和她的名字有异曲同工之处。她笑起来也如同鸽子一样“咕咕”的，圆脸、圆眼睛，也如同鸽子蛋一样。二哥和王晓鸽好上我早就知道。有几次在上学或放学的路上，二哥的自行车后座上就坐着王晓鸽。她的笑声如同鸽子的叫声一样，一路“咕咕”地响下去。

二哥和王晓鸽好上，他不怕我知道，但怕我们的父亲知道，所以，二哥总是背着我。他带着王晓鸽在路上飞驰，见到我，忙掉转方向消失在胡同中。有一次，我们班的朱革子磕磕巴巴地冲我说：你、你、你、

二、二哥，和、和王晓鸽好了。我给他个白眼道：这还用你说。我说完转身走掉，留下朱革子失望的一张脸。

我虽然知道二哥和王晓鸽好，但这事我从没和父亲打小报告。我还知道二哥的好朋友林晓彬和杜鹃好了，他们都是同学，我觉得他们的爱情是兔子尾巴长不了，所以就没放在心上。但二哥担心我会给父亲打小报告，经常用小恩小惠笼络我。我们这帮军区大院的孩子，经常和地方的育红学校那帮人打架，我们是部队子弟，他们是工农子弟，相互谁也看不上谁，经常在上学或放学的路上发生冲突。我们一打架，二哥就出面，不仅他出面，我们院里那帮大孩子都出面。二哥是林晓彬的好朋友，两人经常在一起。我们一有事，二哥就和林晓彬一起出现，两人各自骑着“飞鸽”牌自行车，风驰电掣地来到我们面前，把育红学校那帮人吓走。自从二哥和王晓鸽好上后，二哥觍着脸经常问我：老三，有人欺负你吗？我不耐烦地冲他摆摆手，脸上露出不屑的表情。二哥就把他的火药枪从书包里掏出来，递到我面前道：借给你三天。我欣喜地把二哥的火药枪牢牢地抓在手中时，二哥又不放心地交代道：千万别弄坏了呀。我拿着火药枪早跑得没影了。

二哥的火药枪和一般火药枪可不一样，他是花了五块钱求人在机床上车出来的，浑身上下都是铁家伙，两个火药装置，也就是说，一次可以装两发子弹，一次可以打两枪。因为是铁铸的，握在手里硬硬的，跟真家伙差不多。二哥因拥有这把火药枪而变得威风凛凛，我也没少沾二哥的光。

我一直认为他和王晓鸽的爱情是兔子尾巴长不了。王晓鸽也是我们大院的孩子，她爸是我们军需部的一个副部长，脸上长了许多坑，我们私下里称他为麻子部长。后来我们得知，王部长参加过抗美援朝战争，脸上的坑是被炮弹炸的。王部长说话公鸭嗓，我们经常听见他训斥自己的几个孩子，当然也包括王晓鸽。

二哥走后，王晓鸽变得形单影只起来。她总是一个人走在上学放学的路上，像怀着心事。她经常用温柔的目光望向我，也许是因为她和二哥有一腿的缘故。后来王晓鸽毕业了，听说她去了通信团当话务员。后来就很少见到她了。

二哥当满三年兵回来探了一次亲，那次我又一次见到了王晓鸽。王晓鸽已经是当满两年兵的军人了，她穿着军装，脸红扑扑的，她似乎一下子变漂亮了。二哥探亲在家里待了十几天。他有事没事总往通信团跑。通信团和军区大院不在一起，而在郊区的山里。部队有班车，也有公共汽车通往山里，二哥早出晚归地总往山里的通信团跑，不知父亲知不知道二哥的伎俩，反正没见父亲发火。

二哥再次回来，是他当满五年兵后，他超期服役终于有了结果，他提干了，当上了边防排长。他回来时，已经是穿上四个兜军装的干部了。此时，王晓鸽已经从通信团复员，到市话务局当上了一名话务员。

提干后的二哥，那次休假回来之后，他还大大方方地把王晓鸽领到家里过一次，母亲还欢天喜地地给他们包了一次饺子。在我的感觉里，父母已经承认了王晓鸽未来的身份。从那次之后，二哥和王晓鸽来往已经变得正大光明、理直气壮了。

每次王晓鸽来家里，两人就躲到二楼二哥的房间里，许久都不出来。就是吃饭，母亲让我上楼去敲二哥的房门，敲过许久，才见二哥和王晓鸽两人脸红扑扑地从屋里出来。在二哥和王晓鸽两人离开家之后，我冲母亲说：二哥一定是和王晓鸽睡觉了。母亲听了，“啪”地打了我一巴掌。半晌才说：你二哥都二十三了。我心里不解，二十三就可以和姑娘睡觉了吗？什么逻辑？我心里这么想，但没说出来。

二哥出事前，说春节要回家过年，另外还有一个重要任务要完成，他要和王晓鸽结婚。在二哥回来之前，母亲就开始收拾二哥的房间了，二哥的房间变成了新郎官的新房了，墙找人刷过了。原来那张单人床，换成了双人床，还置办了一桌一椅，床单被罩都是大红色的，就连窗帘也换成了红绒布的。王部长夫妇还到我们家吃过两次饭，和父亲推杯换盏地亲家长亲家短地叫过了。

谁也没有想到，二哥出事了，在巡逻途中，路经大风口时，遇到了“烟炮”。烟炮是北方人的叫法，是遇到了大风夹着雪，刮得遮天蔽日的那种风裹雪。结果三班长在大风口的烟炮中消失了。活不见人，死不见尸。二哥是直接当事领导，他自然难逃处分，于是二哥变成战士，被处理复员了。在没出事前，二哥即将提拔任命边防连的副连长了。命令还没宣布，就出了这件事。

那天，二哥背着行李，灰头土脸地站在家里的客厅时，父亲站在窗前一直没有说话。二哥也没有说话，把肩上的行李放下来。二哥挪了一下脚，做休息状。突然，父亲回过身大吼一声：你还有脸回来！二哥低下头，面色铁青。父亲又吼：你是个逃兵，不明不白的逃兵，我当了一辈子军人，我最看不起的就是逃兵！二哥的身体哆嗦了一下，他的头更低了。父亲拍了一下茶几，茶几上的东西抖了几下，发出“哗哗”的声音，父亲抬高声音道：你滚，滚出这个家门，我石光荣没你这个不争气的儿子！

二哥这次身子没抖，他又把行李背上，提起装着衣服的提包，默默地打开门，离开了这个家。

我以为父亲这是一时气头上，过几天父亲消气了，二哥自然还会回来。没想到，二哥这一走，一直没再回过这个家。

二

二哥走了，离开这个家，便再也没回头。

起初，我以为二哥去了同学家。二哥有几位要好的同学，除了和他一样去云南当兵的林晓彬，还有翟天虎、刘大头等人。最不济，他的女朋友王晓鸽也会接济他。

二哥的同学都是真朋友，记得二哥上初中时，就发生过一次失踪事件。失踪的不仅有二哥，还有他的死党翟天虎、林晓彬、刘大头几个同学。大院里几个孩子同时失踪的消息传出来后，军区大院动用了特务连和警卫连的士兵分头寻找。特务连又名侦察连，这些士兵都是经过专门训练的，翻墙越脊，专门在战争时抓敌人的“舌头”。军区机关大院的人各种招数都使尽了，仍没能找到二哥他们的身影。

一周后，二哥他们几个人被一群民兵押解回来了，他们被送到了军区大院警卫室里。二哥他们头发长了，人也瘦了，只有他们的牙齿是白的。原来，他们去了辽西的调兵山，说是去打游击。

那次二哥回来，遭到父亲一顿胖揍，把二哥绑在门口的树上，父亲用皮带抽，抽一下问一声：还打不打游击，嗯，你打谁的游击……二哥一声不吭，成绺的头发耷拉下来，我想起许多英雄人物。那一次，二哥就像一个英雄一样，在我心里高大起来。

这事还没完。二哥上高一下学期时，他又一次失踪了。失踪的还是他们那几个同伙，这次没有发动机关里的兵，因为有人看见二哥他们扒上了一列开往南方的运煤的火车。十天后，先是昆明守备区的人把翟天虎和刘大头押了回来。他们到了昆明就被抓住了。事情的真相是，他们组团要去越南，要去拯救水深火热的越南军民，要去参加抗美援越的保卫战。二哥和林晓彬却跑了。我听到这消息，暗自为二哥松了口气，我知道，倘若二哥被抓回来，又少不了一顿胖揍。但事与愿违，又一周后，二哥和林晓彬也被押了回来。这次是云南省军区的人。两人要在红河越境时，被侦察连的战士按在了地上。

这次回来的二哥，更黑更瘦了，头发更长了，裤子还磨出两个大洞，露出黑黢黢的皮肤。出人意料地，这次父亲没再揍二哥，而是把他叫到自己跟前，望着二哥说：你真想当兵？二哥用力地点着头。父亲站起来，用力拍了一下二哥的肩膀。当年年底，二哥被父亲送到了部队，去了北部边陲的一个哨所。第二年，林晓彬也参军了，他去了云南。此时的林晓彬已成为云南省军区的一名排长了。

暂不说林晓彬，先说二哥复员。

几日后，也许十天，也许二十天，我突然听说二哥去了暖瓶厂上班了。在这之前，我知道二哥的同学好朋友刘大头就在暖瓶厂上班，刘大头是顶了他母亲的名额去的暖瓶厂。之前刘大头的父亲也是军区里的一名干部，早些年转业去了暖瓶厂当上了厂长。我想二哥一定是走了刘大头的门路，才去的暖瓶厂。

我把这一消息告诉了父母，父亲没说话，把黑着的脸扭向窗外。母亲却悄悄把我拉进了二哥的新房，我只看见了满眼的红色。母亲说：老三，你抽空去看看你二哥，看看他咋样了。我望着满眼红色问：二哥不回来结婚了吗？母亲的眼里涌出一层泪花。

几天后，我去了一趟暖瓶厂，在暖瓶厂职工宿舍看到了二哥。那是一天的傍晚，二哥坐在桌子上，桌子上放了个铝制的饭盒，饭盒里有没吃完的半个玉米饼子。二哥坐在桌上吹笛子，断断续续的。二哥的头发长了起来。他刚回来时，头发是短的。二哥看见我，并没说什么，只是把笛子从嘴角移开，定定地看着我。我又想起了满眼的红色道：二哥，你不结婚了？我看见二哥的脸扭向了别处。我不知二哥这是怎么了，又说：妈让我来看看你。二哥这才又把脸转过来道：老三，你回去吧，我挺好的。他又开始吹笛子了，身子坐在桌子上，脚踩在一张椅子上。我看见了二哥的床，那张床上铺着他从部队带回来的白床单，被子叠得整整齐齐，像特务连士兵的被子一样。

几天后，母亲包了饺子，让我给二哥送去。可二哥不在宿舍，门都是锁的，我只能往家走。走出暖瓶厂的大门，在对面的那条街上我看见了刘大头，要不是他的脑袋我几乎认不出他了。此时的刘大头穿着暖瓶厂的工作服，显得人模狗样的。刘大头看见我，亲热地叫了声：老三，你怎么来了？我告诉他我来的理由。刘大头盯着我手里提着的饭盒道：你二哥变了，和以前不一样了。我和他说话他都不爱理我。那王晓鸽来找过他吗？我担心二哥的爱情，家里的新房准备好了，原打算春节二哥休假他们就结婚的。刘大头说：你还不知道？你二哥和王晓鸽吹了。我似乎没听明白刘大头的话，问了一句：什么是吹了？刘大头就说：你二哥回来找了王晓鸽几次，人家门都不出，他们黄了。

我把刘大头的话告诉了母亲，母亲用手背去擦眼睛。几天后，我看见母亲把二哥新房里的东西都收起来了。满眼的红色不见了。

在这之后，我又见过几次二哥。二哥真的和以前不一样了，他常常一个人发呆，望着某一处，我叫他好几声，他才转过头来看我一眼。在我眼里二哥傻了。

三

二哥在暖瓶厂并没有干多久，他因为打人，被暖瓶厂开除了。

后来我听刘大头说过二哥打人的经过。他打的是一个同车间姓白的职工。这个姓白的三十多岁了，前一阵子刚离婚，原因是自己老婆和单位领导搞破鞋，被他抓了个现行。姓白的很快就离了婚，过起了单身生活。

有一天下班，姓白的留在厂里和几个单身汉打扑克，姓白的要赖皮，被二哥抓了个现行，并把他驱逐出玩扑克的行列。他站在二哥身后就问：听说你们那个班长，跑到邻国那边去了。我听收音机说，那边可以娶两个老婆。二哥当即摔了扑克牌，站起身来瞪着姓白的。姓白的又说：你看你混的，干部当不上了，来当工人。要是我，我也跑了，娶两个老婆多好，那可是洋妞哇。姓白的话还没有说完，二哥提起暖瓶砸到了姓白的头上。那暖瓶刚从锅炉里接满了刚开的沸水。这一砸的后果可想而知。姓白的当即被送到了医院。

事情有点大，二哥到暖瓶厂工作，走的是刘大头父亲的关系，此时，二哥半年实习期还没到。出了这档子事，刘大头父亲也保不住二哥了，由书记带头开了一次厂级领导办公会，二哥就被暖瓶厂开除了。

我是又一次去看二哥时得到的这个消息。这件事从发生到结束，家里人不知道，二哥也没回过家里。刘大头苦笑着说：我也不知你二哥去哪儿了，你去问翟天虎吧。

翟天虎也是二哥的好朋友，当初他们一起去调兵山，又一起去云南，翟天虎一直不离二哥左右，可以说，他是二哥的死党。我知道，二哥去参军后，翟天虎读完了最后一年高中，便去下乡了。在二哥走后的一年里，翟天虎成了我们的守护神。当我们这些军区大院的孩子受到育红学校那些高年级学生欺负时，只有翟天虎替我们出头了。他书包里放了块板砖，书包放在自行车的车筐里，随时准备应战的架势。

有一次放学路上，我和朱革子几个大院里的孩子被育红中学的人截住了，他们经常和我们发生冲突的根本原因是我们头上那些或真或假的军帽。他们经常抢我们的军帽。那天，育红中学两个男生拦住了我们的去路，其中一个过来，横冲直撞地摘了我的帽子，也摘了朱革子的帽子。我的帽子是二哥当兵走之前送给我的礼物之一，那顶帽子还带着二哥的汗味。那两个育红中学的男生得手后，骑车就要跑，突然从斜刺里杀出翟天虎。他远远地把自行车扔到地上，拿过了装着板砖的书包，向两名育红中学的男生抡了过去。那两个男生在一阵铿锵的打斗声中败下阵来。翟天虎从他们手里夺回军帽，戴到了我们的头上。我热热地叫了一声：三哥。翟天虎在家排行老三，人称三哥。朱革子结结巴巴地：谢、谢、谢、三、三哥。翟天虎说：你二哥当兵去了，以后有人欺负你就找我。说完转身扶起自行车，一跃而上。我看着翟天虎结实的后背，又想起了二哥。

翟天虎插队完回到了城里，一直没有工作。他插队之后，他两个哥哥先后结了婚，就住在他们军区的房子里，他回来已经没有地方住了。在小河沿的一排平房中，我找到了翟天虎的姥姥姥爷家，打听到了翟天虎从农村回来后就一直住在姥姥家。我找到他时，正看见二哥和翟天虎两人在院子里生炉子，弄得一院子烟。我叫了声：二哥。两人同时回头看我。二哥穿着草绿色军用棉袄，看我的一瞬间，眼神躲闪了下，又马上问：你怎么找到这儿来了？我的眼睛有些发热发潮，用袖口抹了下眼睛道：我听刘大头说你在这儿。我这才把目光投到翟天虎身上，几年没见，天虎哥长高了，也壮了，宽宽的肩膀门板似的立在我的眼前。他走过来，拍拍我肩膀道：这不老三吗？长这么高了。

那天，翟天虎从屋里拿出一个烤地瓜，硬塞到我手里，地瓜是热的，我一路热乎乎地把它拿到了家里。我把见到二哥的情景悄悄告诉了母亲，说到二哥近况时，我的眼泪还流了下来。我看见母亲的眼圈也红了。

晚上，我正在二楼的屋里写作业，突然听到一楼客厅的父亲大声喊：他是逃兵，是耻辱，他就该受苦！我从屋里出来，站在楼梯上往下看。父亲站在窗前，背着身子。又听母亲小声地：别人失踪，他也没办法。父亲回过头大声地：胡说，他是领导，是他的工作没做到位，士兵出事，领导就要负主要责任，我不会原谅他的，除非他能证明自己是被冤枉的。我知道，父母这是在为二哥吵架。其实当时，我们家有许多空房子，完全可以容纳下二哥。早些年，大哥和大姐去了黑龙江和内蒙古的建设兵团。二姐是工农兵大学生，在遥远的上海读书，一年就回来两次。我不知道在二哥的问题上，父亲为什么一直不肯原谅。从那以后，母亲在父亲面前再也没提过二哥。只有在我把只言片语的信息告诉母亲时，母亲才会背过身去擦眼泪。

在那段日子里，二哥让母亲和我为他操碎了心。

翟天虎是下乡里最后一批回城的，那是一九七八年上半年，许多知青都回城了，一时人满为患，找个工作就像古时中状元一样的难。后来我听刘大头说，二哥和翟天虎去了火车站货场，当上了搬运工。这种搬运工都是临时的，干一天结一天的钱。我记得当时的工资是干满十小时两元二角钱。有一次，我去火车站货场去看二哥，远远地看见一群灰头土脸的人，打仗似的往铁皮车箱里装水泥，一旁有人拿着小本在记，我想那人就是工头吧。在这一群人中，我分不清哪一个是翟天虎，哪一个是二哥。一列一列车皮被装满，二哥走到一旁拿起一个罐头瓶子去喝水，我才看见了二哥。二哥已经面目不清，脸上全是水泥，汗水冲得一道一道的。我哽着声音叫了一声：二哥。二哥突然生气地冲我说：回去，谁让你来这了。我没料到二哥见到我会这么生硬。翟天虎露出一口白牙冲我笑了笑道：老三，我们干这个比上班挣得还多，主要是自由。我看见天虎哥拿瓶子的手在哆嗦。许多年之后我才明白，那是精疲力竭之后才会有的表现。二哥继续生硬地冲我喊道：回去，谁也不要说。说完背过身去瘫坐在地上。

那天，我不知怎么离开的，回去时还走错了路，来到了客车的月台上。让人意外的是，我竟在人流里看到了王晓鸽，此时她穿着一条瘦腿裤子，半截短大衣，高跟鞋，正含情脉脉地和一位海军军官说话。那位海军军官也穿着皮鞋，恋恋不舍地和王晓鸽说着什么。直到开车的铃声响起，那个海军军官伸手在王晓鸽脸上拍了两下，一跃登上了即将启动的列车。王晓鸽一直在冲开动的列车招手，她的身子还随着越来越快的列车跑了几步，然后停下来，一直望着列车消失在岔路口的尽头。她幸福地转过身体，咔噔咔噔地向出站口走去。在我眼里王晓鸽很美，比之前见到的王晓鸽还美。我又想到了二哥，想到了满眼大红色的婚房。要是二哥不出那件事，无疑她会成为我的二嫂。

后来我才知道，王晓鸽找的这位海军军官是大连海军基地的。

我再次见到二哥时，没提见到王晓鸽那一幕，也不知他知不知道王晓鸽的近况。反正，我觉得二哥越来越忧郁。他经常骑在翟天虎姥爷家的院墙上吹笛子，声音幽怨，曲调凄凉。以前志得意满的二哥不见了。一直想成为英雄的二哥，此时成了狗熊。

四

时间到了1979年，先是听说林晓彬牺牲在了那场战役中。

这消息我是从父亲那得来的，那场战役开始时，我经常看到父亲在书房的墙上看一张地图，那是一张关于云南的地图，父亲站在地图前久久不语。

我得到这个信息时，找到了在火车站货场的二哥和翟天虎，把这消息告诉了他们。二哥怔了一下，木呆呆地盯着我。翟天虎上前推了我一把道：老三，你说啥呢？晓彬怎么会死？他是副连长了。我说：我看到林晓彬的父亲了，他的样子像是在哭。林晓彬的父亲是我们军区保卫部部长，长得白白净净的一个人，样子总是和颜悦色。

我说完话之后，看见二哥的眼泪流了下来，把他眼皮下的水泥灰都冲干净了。翟天虎一屁股坐在一旁，抱住了头，喉咙里发出哽咽之声。

林晓彬是二哥最好的朋友，他们一起跑到调兵山打过游击，也一起去过云南。他们在一起时，几乎形影不离。两人参军后，书信往来很频繁。二哥从部队回来后，还把林晓彬给他来的信带回来了。他去暖瓶厂后，不放心那些信件，让我帮忙收藏，此时，林晓彬写给二哥的信，厚厚地放在我床下的纸箱里。

大约在一个月后，军区机关在军区礼堂专门为林晓彬召开了一次追悼会。会场布置得很隆重，在主席台正中挂着一幅林晓彬身穿军装手握钢枪的照片。照片下方用苍松翠柏编织起来，台下还摆了许多各式各样的花圈。

追悼会是军区政治部魏主任主持的。追悼大会不仅来了许多军区的干部战士，还有林晓彬的同学，我看到刘大头、翟天虎也来了，唯独没见二哥的身影。

魏主任最后用潮湿的声音说：林晓彬是我们军区培养出来的好儿女，他如今战死沙场，但他的精神会永远在我们生活中流传。此时，我看到站在主席台上的林晓彬一家已哭成了泪人。

追悼会结束后，我意外地竟看到了杜鹃。杜鹃在军区文工团拉小提琴，她穿着军装仍站在林晓彬的遗像前，久久不肯离去。杜鹃和王晓鸽可是二哥他们班级里的班花。王晓鸽和二哥恋爱，最后无疾而终。杜鹃的男朋友牺牲在了南疆。当时我就想，漂亮的女人命都不好。我想起了“红颜薄命”这个词。

我在众多花圈中看见了一个不起眼的小花圈，确切地说是二哥的名字吸引了我。那是用松树枝和白纸叠成的花做成的花圈，做工拙劣，二哥在一条白纸上写了一行小字：晓彬，来生我们还是好哥们。这就是二哥留给好朋友林晓彬的最后话语。

从那天开始，二哥变得更加沉默寡言了。

后来听说，那天林晓彬的追悼会只是个形式，他的尸体没有运回来，再后来听说在南疆牺牲的那些士兵都埋在了云南一个叫麻栗坡的地方。当然，这是后话了。

从那以后，我经常能在军区大院里看到形单影只的杜鹃。那身军装穿在她身上莫名其妙地显得肥大了。有几次，军区文工团在礼堂演出，台上拉小提琴的杜鹃脸色是苍白的。

杜鹃从小就好看，也很冷傲，从来不正眼看我们。因为她好看，为了引起她对我们的注意，有一次，我们躲在树后用弹弓射正坐在自家阳台上拉琴的杜鹃。那会儿我们就听说，她在省里找了一个小提琴老师，放了学就去上课，回家就拉琴。我们那次没射中杜鹃，却射得她身旁的阳台和窗框一阵乱响。我们撒腿就跑，在锅炉房却被林晓彬给追上了。他人高马大地站在我们面前，不由分说把我们手里的弹弓抢走了，黑着脸喝道：谁让你们乱射的？以后不许了。说完把我们的弹弓扔到了很远的地方。林晓彬这么做有些反常，以前他和二哥一群人经常为我们打架的，外校学生欺负我们了，他和二哥最先冲上去。

从那之后，我们才知道，林晓彬和杜鹃好上了，二哥和王晓鸽也差不多在那个时候好上的。我们经常见到，二哥和林晓彬的车座后面驮着王晓鸽和杜鹃，在街道上飞驰而过。有一次大院里演露天电影，我和朱革子等人亲眼见到杜鹃和林晓彬两人躲到树林里，死死地抱在一起。他们高中毕业后，林晓彬去云南当兵，杜鹃去了军区文工团，成为一名文艺兵。

我又去过几次翟天虎的姥姥家看二哥。二哥学会了抽烟、喝酒。他用左手夹着烟，右手端着酒杯和翟天虎坐在小院里喝酒。

许多年后，我才理解二哥那时的心情。他的好朋友林晓彬牺牲成了烈士，而他却成了逃兵。父亲把他从家里赶出来，他没了工作，只能在车站货场当临时工。王晓鸽又离他而去，他的失落和苦闷不是一般人能承受的。二哥在我眼里已经变得陌生了，头发很长地耷拉在眼前，人又黑又瘦，两眼空洞无神。

在第二年的春天，王晓鸽结婚了。这边结婚，另一边就办调动手续，随那个海军军官去了大连。王晓鸽随海军军官离开大院那天，有许多人围观。王晓鸽的父亲找来了辆吉普车，海军军官提着两个箱子，后面跟着穿着簇新的王晓鸽，她不仅穿着高跟鞋，胸前还系了条红纱巾，人看上去更加漂亮了。吉普车鸣了两声喇叭，就向大院外驶去。王晓鸽的父母挥手致意，她妈还不时地叮嘱道：常回来呀……

王晓鸽走那天，我在院外一棵树后发现了二哥。他瘫坐在树下，头发仍旧耷拉着，他在吸烟，样子似刚哭过，眼睛还是红的。我悲哀地站在二哥面前，他都没抬眼看我。我在二哥面前沉默了一会儿说：你和杜鹃一样可怜。林晓彬开追悼会，我看到杜鹃和你一样哭过。二哥听了这话，突然抬起头，不认识似的看着我。半晌，他扔掉烟头，头也不回地走了。

以后，我又去翟天虎姥姥家看二哥，十有八九都会落空，我问天虎哥，天虎哥说：你二哥八成去了杜鹃那里。

杜鹃在军区文工团，她的宿舍在二楼。楼下有一排树，其中一棵树正对着杜鹃的宿舍。我爬上这棵树，躲在树冠里向杜鹃的宿舍里张望。正是夏天，杜鹃宿舍的窗子是打开的，我看见二哥在帮杜鹃拖地。此时的二哥又恢复了军人的打扮，长头发不见了，改成短发，穿着没有领章帽徽的军装。他干得满头是汗，此时杜鹃并不在宿舍，他帮杜鹃拖完了地，又帮杜鹃叠被子。二哥是老兵，杜鹃的被子在他的手下三叠四压就成了豆腐块。二哥满意地看着被子，又拿起抹布在宿舍里擦拭起来，干完这一切，二哥满意地看了看，才转身出门，还轻轻地带上了房门。

我不知二哥和杜鹃是什么关系，他是在替牺牲的林晓彬做这一切，还是因为他和杜鹃同为天涯沦落人而惺惺相惜，这一切我都无从知晓。

五

1980年后，二哥和翟天虎突然决定南下广州了。二哥他们的决定只有我知道。那天我去天虎哥的姥姥家去看二哥，二哥突然穿得整齐起来，头发似乎也刚刚理过，人显得很精神的样子。他把一只手搭在我的肩上说：老三，我和天虎要出去一阵子。我抬起头惊讶地问：你要去哪儿呀？其实我这次来，给二哥带来了一个消息，母亲托人为二哥找到了一份工作，我急忙把母亲带的话告诉了他。

二哥侧过身去，望着西方的天空说：我不去工作了，我不喜欢人多的地方。二哥说完又转过头，凝视着我说：二哥一定要证明自己。

许多年后，我才理解了二哥的心境，他是怕人们那种质疑的眼光。当初父亲不把他赶出来，他自己也会离开的。大风口哨所留给他的是耻辱的记忆。也许在他的生命中，那场大烟炮给他留下了太深的记忆。

二哥和天虎离开了这座城市，我不知道他们去干什么，凭直觉二哥这次是下了决心的。我不担心二哥一去不返，之前他有太多离家出走的记录了。小学毕业去调兵山打游击，高中时又要去越南，虽然没有成功，但他都安全地回来了。每回来一次，我都发现二哥比以前更成熟了。我希望二哥用实际行动救赎自己。

那次之后，我一连半年没有见到过二哥，其间我去了几次天虎姥姥家，都看见天虎姥姥坐在院里的一只破沙发上晒太阳。我问她二哥和天虎的事，她老人家把眼睛睁开道：他们回来几次，又都走了。天虎姥姥八十多岁了，说话有些颠三倒四，但我知道，二哥他们回来过。

在这期间我听说杜鹃从军区文工团转业了，去了市文化馆上班。在大院里我看见过几次杜鹃，她不穿军装了，而是换成了便装。在我眼里，杜鹃穿什么都好看，她的情绪不高，形单影只地一个人独来独往，低着头，风吹起她的头发，在她面前起舞。之后不久的一天，我听到杜鹃的邻居朱革子同学结结巴巴地冲我说：石、石小、小山，你知、知道吗，杜、杜鹃找了个男朋友，是、是文化局、局的干部。我盯着朱革子没好气地道：胡说，杜鹃怎么可能找别人？在我的眼里，杜鹃和林晓彬是天造地设的一对。从小学到高中，二哥和林晓彬就是英雄一样的存在。我又想起当年，他为保护杜鹃蹽开大步，在锅炉房追上我们，把我们手里的弹弓夺下扔到远处的情景。还想起在小树林里，林晓彬牵着杜鹃的手相亲相爱的场面。

朱革子急得什么似的说：不、不信，你、你去问、问我妈，我、我妈看到那、那个男、男的提亲了。

朱革子没说谎，不久的一天，我在大院里看见一个男的用自行车驮着杜鹃出门的情景。那个男人穿一身灰色中山装，胸前的兜里还别了一支钢笔。在我眼里这个男的不是什么好东西，头发挺长，还一甩一甩的，长了一张马脸，比林晓彬差远了。我暗自为杜鹃叹气。

在一个星期天，我在中街上一家商户里看见了二哥和翟天虎。两人正在数钱，十元的钞票有厚厚的一沓，他们吐着唾沫在数钱。他们数完钱从那家商户离开，看到我，二哥从兜里掏出一沓钱塞到我兜里说：想买啥就买啥。大半年没见到二哥了，没想到在这碰到了。我有点儿激动，哽着声音叫了声：二哥。二哥似乎又变了，他的目光更加淡定了，似乎也胖了些。我问二哥：你们在做什么？翟天虎挤挤眼睛，一副得意的样子说：我们现在是倒爷。“倒爷”这个词我听说过，就是把其他地方的东西倒到另外一个地方卖。我又问：倒什么？二哥把我揽过来说：倒服装，我们把广州和石狮的服装倒到中街和五爱市场。

有了钱的二哥在和平广场附近租了两间房子，他和翟天虎就住在租住的房子里。他们的伙食明显好了起来，出门就进饭店，每顿饭都点上好几个菜，还有啤酒。那天二哥请我吃饭。在吃饭时，我把杜鹃的事告诉了二哥。二哥立马就变了脸色，什么也不说，只大口地喝酒，一会儿就醉了。是我和天虎两人架着二哥回到了他们的住处。天虎把二哥扔到床上，摆平之后说：老三，你不该和你二哥说这个。他点了支烟，熟练地夹在两指中间。我说：怎么了？天虎哥说：你二哥答应过晓彬，要照顾杜鹃。我顿时哑言。

林晓彬和二哥通了许多信，二哥的信就放在我床下的纸箱里。二哥是个重情重义的人，他把林晓彬的嘱托当成了合约。结果二哥食言了。

杜鹃是在一个周末的上午，被那个穿中山装的男人接走的。接走的当天，来了一辆挂地方牌照的华沙小轿车，车很老的样子，吐着黑烟，突突地把杜鹃接走了。杜鹃穿着一身红色的衣服，她的表情看不出高兴还是别的什么，总之，她从楼门洞里出来，手就被那个男人牵住了，然后一直牵到华沙轿车里，车头前还挂了两朵红纸扎的花。风吹得那纸花一抖一抖的，然后冒着黑烟消失在我们的视野中。

事后，我知道二哥是想保护杜鹃的，但他当时的身份不允许，按现在的话说是实力不允许。杜鹃不会相信他。

当二哥得知杜鹃结婚的消息后，他的脸涨红了。我清晰地看见他脖子上的血管在跳，一鼓一鼓地。他吸烟，几口就把一支烟吸得烧了指头。最后，他狠狠地把烟屁股扔到地上，用脚踩了踩。他掀开床上的床垫，把一捆捆钱揣在怀里，天虎哥也在揣钱，两人把一摞钱揣完之后，二哥说：出发。两人走出门去，直奔火车站，他们又一次南下了。

我高中毕业后，也参军了。

我参军半年后，朱革子来信说：你二哥在南湖买了一套房子，前后都带院子，花了二十多万，你二哥真牛！院子里的人都说，你二哥成了大款了。朱革子写的信一点也不结巴，文通字顺，我很快就看明白了其中的意思。二哥发财了，买了一个带院子的大房子。

大约又过了半年，朱革子又一次来信，让我的心情跌落到了谷底。朱革子在信中说，二哥把杜鹃的丈夫打了，打得挺狠，二哥被拘留了十五天。朱革子的信没说原因，二哥为什么打杜鹃丈夫，为这件事我提心吊胆了好长时间。后来天虎哥给我写了一封挺长的信，我才弄明白事件的真相。天虎哥说：杜鹃的丈夫对杜鹃不好，经常打骂杜鹃。有一次杜鹃回家看到丈夫和一个女人睡在一起，杜鹃一气之下回了娘家，要和丈夫离婚。丈夫不同意，又打了杜鹃。这事被二哥知道了，跑到了文化局机关，把那个男人打了。天虎哥在信的结尾说：放心老三，你二哥早出来了。杜鹃已经和那个男人离婚了。你二哥负责五爱市场和中街的商户，我负责进货。以后杜鹃没人敢欺负她了。

看了天虎哥的信我松了口气。这信一定是二哥让他写给我的。记得我当兵走时，二哥偷偷地见了我一次，见面又不急着说话，死死地盯着我眼睛，脚在地面搓来搓去。半晌才说：老三，你是咱们家最后的希望了，你一定混出点人样来。我用力点点头，我明白二哥的话指的是什么。父亲当了一辈子军人，现在已经退休了，家里连个接班的人都没有。二哥为我整理了一下新军装，又看着我说：别学我，你一定得活得明明白白的。二哥的眼里已经蓄满了泪水。我看到二哥的样子，用力点了点头。我参军走了，带着全家人的嘱托，虽然二哥几乎没给我来过信，但我知道，二哥一直在默默地关注着我。

后来我又听朱革子说：二哥和天虎哥不倒腾服装了，开始倒腾电子表了，还有计算器什么的。朱革子在信中感慨道：你二哥真牛，咱们市的电子表市场，都是你二哥和天虎哥的天下了……

我不知道二哥拼命挣钱到底要证明什么。我去军校上学的第一个学期，突然收到二哥的来信，信用一张红纸写的，二哥喜气洋洋地说：老三，我和杜鹃结婚了，等你假期回来吃喜糖……我的眼泪落在红色的信纸上。为二哥和林晓彬感到幸福，也为杜鹃。二哥信守了林晓彬的嘱托，我也祝二哥幸福。

六

二哥不再做倒爷了，和翟天虎一起成立了一家房地产公司。

我回家探亲时，去过二哥他们的房地产公司，在和平广场附近的一栋写字楼里。房地产公司名字是：北疆房地产公司。我看到公司名字，又想到了二哥在哨所的岁月。

北疆公司人丁兴旺，男男女女有十几口子人，二哥拿到了南湖地产开发的项目，公司的人都在奔波劳碌着。我在二哥公司见到了二哥战友丁伟的弟弟丁义。丁义个子不高，却很精壮，二十岁出头的样子。二哥似乎很看重丁义，不仅让丁义为自己开车，走到哪儿都带着他，类似于贴身保镖兼秘书的职责。二哥介绍丁义时，并没有过多解释，只说了句：他是丁义。丁义笑着和我握手，他的手也粗短有力，一看便知是个很重情义的人。以前我在二哥的相册里看过丁伟的照片，那是一张全排的合影，二哥站在中间，右边站着的那个人就是丁伟。丁伟生得浓眉大眼，身体很壮实的样子。二哥指了下丁伟后，便不再说话了，仰着头看着天花板，往事如烟，又一言难尽的样子。那一次我深深地记住了丁伟，就是他改变了二哥的命运。当时我就想，若是没有他的失踪，二哥也许都当上连长了。再看二哥时，他的目光已经坚定了起来。

有一次，我单独见到了丁义，小声地问：你哥的事最后怎么样了？丁义突然低下头，用脚尖蹍着地面，慢慢抬起头来，苦笑着说：本来我也想当兵的，为了我哥的事，兵没当上。那个三班长丁伟，在一场烟炮之后，生不见人，死不见尸，彻底消失了。二哥当时从部队回来时，我倒希望丁伟有消息，哪怕他叛逃到了邻国，只要他过得好，我也会跟着长出一口气。那会儿我经常偷听《美国之声》，当时收听这样的节目被视作偷听敌台。我只能偷偷地蒙着被子听。之前，国内有大事小情，都是《美国之声》先播报出来，我们的电台才会广播。丁伟若是叛逃到邻国，一定是个大事，可《美国之声》连提都没提。但丁伟明明消失了，还连累了二哥。关于丁伟的一切在我的心里飘起了一层迷雾。我也问过二哥这种话题，每次他都说：老三，别说了。我一提起丁伟，二哥的心里就不好受。

我看着眼前的丁义，又说道：你哥也再没和家里联系过？丁义听到这话，脸突然涨得通红，盯着我道：老三，你也不相信？他和二哥一样也叫我老三。丁义比我大三岁，他是二哥的朋友，他叫我老三应该的。翟天虎他们也一直叫我老三。

那次之后，丁伟的谜团更重了。起码在我的心里是这样。

那次回家休假我还见到了杜鹃，她现在是我嫂子了。此时的杜鹃比以前成熟了许多。在部队时，她留的是短发，现在她的头发很长了，盘在脑后，又蓬松又利索。多年之后，听了老狼唱的《同桌的你》其中有一句：谁把你的长发盘起，谁给你做的嫁衣……我又一次想到了杜鹃，我的心疼了一下，又疼了一下。

我见到杜鹃时，杜鹃已经怀孕了，肚子微隆，但气色很好，脸红扑扑的。她的气质也不是一般女人那样，她是部队文工团出来的，拉过小提琴，她的样子也像琴中的音符，袅袅婷婷的。她见了我，笑一笑道：老三，还没吃饭吧？和你二哥一起吃吧。在我印象中，她第一次喊我老三，之前她都不正眼看我们这帮小破孩儿。她说完才从提兜里拿出两饭盒的饺子，打开盖，饺子的香气在空气里弥漫开来。以前，都是母亲为二哥送饺子，现在有了杜鹃，母亲不用再操心二哥了。

后来我听翟天虎说：我二哥结婚时，并没有操办。领完证便去南方旅游去了。二哥结婚时，只有母亲出面了，她为二哥做了两床被子，也是大红色的。我又想起母亲为二哥和王晓鸽准备的婚房，满眼红色。二哥结婚，父亲没有出面，他到现在似乎还没有原谅二哥。二哥为此，再也没有回军区大院那个家里。我望着苦尽甘来的二哥，心里有种说不出的滋味。

父亲自从在二十世纪八十年代初退休之后，人似乎一下子变得老了起来。他最爱穿的还是军装，但已经没有领章帽徽了。他的书房里，一面墙上仍挂着那张发黄的全国军事地图。他经常站在地图前，手里拿着一支铅笔，在地图上指指点点。

那次离开家前，我坐在父亲的书桌前，准备和父亲谈一谈。从小到大，我还没和父亲这么谈过。记得当兵时，拿到了录取通知书，换上了新军装，我站在父亲的面前，我又想起了当年二哥参军前的情景，他也是这副打扮。父亲狠狠地看了我一眼，我以为父亲要说点什么，结果没有，他转过身走进了书房。

我离开家时，是母亲把我送出小院，我走到小院门口时，回望了一眼，看见父亲站在窗前向我望，我们目光交织时，他迅速地把目光移开，身影马上就消失了。到了小院门口，我站住，母亲拍了拍我身上的新军装说：你爸就那样，一辈子了，他心里有数，嘴上不说。我望着母亲头顶的白发，叫了声：妈。母亲冲我笑了笑，她的眼里已含了泪，抿着嘴说：你爸不希望你像你二哥一样，那么不明不白。

我用力地点了点头。

那次，我坐在父亲的书桌前，父亲转过身子有些诧异地看了我一眼。我正襟危坐地说：爸，我想和你谈一谈。

父亲怔了怔，没有坐下，而是往前挪了一步，看着我。

二哥现在挺好的，搞了公司，正准备开发南湖呢。我说。

父亲的目光跳了跳。

我又说：二哥的小孩快出生了。

我说的这些话，想必父亲都知道了，但我还是说了。

父亲的目光变得迷离起来，他又转过身子站在地图前，我突然发现，地图的右上角已经被摸得发黄了。我知道那里有大风口哨所。

父亲背对着我说：老三，你记住，既然你选择了参军这条路，你就要活得明明白白的。虽然父亲只有这一句话，但我知道父亲所指的是什么。若干年后，我理解了父亲。父亲戎马一生，经历过若干次战役，立过大小无数次军功。作为军人，他活得敞亮明白。二哥败走大风口事件像磨盘一样，压在父亲的胸口。

我放寒假时，二哥的孩子出生了，是个男孩，取名石小林。

二哥的南湖一期已经完工了，他为自己留了一套房子，那个房子能看到南湖公园的湖水。二哥一家三口就住在能看得见湖水的新房里。我在心里默默祝福二哥。

我从学校毕业后，在某空军机场当了一名排长。又像当年二哥一样了。

在一个夏天的雨季里，我收到了天虎哥的一封信。他在信中说：你二嫂前些日子出了车祸，已经不在了……

我的头“嗡”地一下就大了。杜鹃出车祸人不在了。脑子里翻来覆去的就是这个念头。不久，我回了一趟家，又见到了二哥，二哥家多了个女人。事后我才知道，那个年轻女人是丁义的妻子，杜鹃不在了，丁义把老婆接到城里，专门照顾二哥和石小林。

那次我知道了杜鹃的死因。她去工地上给二哥送饭，南湖一带已经开发到了第三期，二哥天天在工地上盯着，她担心二哥经常在饭店吃饭对身体不好。她自己做了饭给二哥送到工地，就是在去工地的路上，被一辆拉石土的大货车撞倒……

二哥失去了妻子。他的命运又一次遭到了沉重的打击。

七

二哥失去杜鹃后，丁义夫妇帮了二哥的大忙。丁义的妻子承担起照顾石小林的工作；在公司里，丁义照顾着二哥。

再次见到二哥时，他似乎老了几岁，不爱说话了，这是二哥给人的第一印象。我看见他的目光也呆滞了许多。他看到我时，目光落在我的脸上，小声地：老三，你要在部队好好干。自从我参军开始，他已经第三次这么说了。我看到二哥的样子也爱莫能助。

在这期间，许多热心的人都在为二哥张罗女朋友，二哥现在是开发商老板，开发了南湖一带之后，又在开发浑南一带的房子。二哥早已名声在外了。他再找女朋友，以他的条件什么样的也不在话下。热心人介绍的这些女孩子中，有大学生，也有研究生，二哥一个也没见。我理解，他没把心思放在找女朋友上。

听丁义说，杜鹃出事后，母亲找过二哥，要把自己的孙子带走，二哥没同意。我不知二哥为什么要这么做。

那次回家，母亲忧心忡忡地对我说：老三，你做下你二哥工作，让他把小林放在我这吧，孩子没妈了，还有奶奶呢。母亲说这话时已经哽咽了。我理解母亲的心情，她疼孩子。

我见到二哥时，把母亲的想法说了，二哥低下头，半晌又抬起头：老三，我不是信不过妈，我是……把话说到这儿，又一次低下头，最后下决心似的说：我没脸进咱家那个院。

二哥从部队回来后，他背着行李离开家门，到现在他一次也没回过那个院。就是他好朋友林晓彬的追悼会也没回去，只托天虎送了只自做的花篮。

我说：妈说了，你想看孩子，她就把孩子给你送回来。我想了想又补充道：你让别人去接也行。

二哥终于下了决心，带我回到家里，丁义妻子刚把石小林从幼儿园接回来，正陪孩子在客厅里玩。

二哥把坐在地板上的小林抱起来说：跟三叔走，去奶奶家，以后你就住在奶奶家。

小林对奶奶是有印象的，他出生时，母亲就来过，自从小林出生后，母亲隔三岔五地来看小林。

我抱着小林，坐在二哥的车上，车到军区大院门口时，二哥停下了车。我会意地从车上下来，想和二哥打个招呼，二哥没看我，开起车一溜烟地就走了。我只能抱起小林朝家里走，小林摸着我脸说：三叔，奶奶家房子大不大？我说：大。小林又说：家里只有奶奶一个人吗？我说：还有爷爷。小林对爷爷是陌生的，奶声奶气地问：爷爷长什么样子？小林还没问完，我就进了家门。

母亲已经得到了小林要来的消息，她把家里收拾了。以前放在低处的坛坛罐罐都放在了高处，还把桌子的四角用布包上了，家里一副焕然一新的样子。

我把小林放在地上，他有些怯生生地打量着奶奶家，母亲把小林抱在怀里，亲了亲小林的脸，以前她也多次这么亲过小林。小林发出咯咯的笑声。

父亲从楼上下来，站在楼梯口最后一个台阶上，上也不是下也不是的样子。我从母亲怀里接过小林，指着父亲说：小林，这是爷爷。小林小声地叫了声：爷爷。我看见父亲突然老泪纵横，他试探地伸出手。我把小林推向父亲的怀里，父亲抱住他，小林仰起脸道：爷爷，你怎么哭了？还伸出小手去擦父亲的泪。父亲终于号啕起来，他放下小林，蜷在沙发上。小林慌张地又扑进奶奶的怀里。

从那以后，小林去了军区大院幼儿园。这个幼儿园是我和二哥共同去过的地方，在机关门诊部的后院，院外有一片树林，那里落满了鸟。

从那以后，我开始操心起二哥的个人生活来，每次写信或者打电话，我都会说起这个话题。二哥不接我的话茬，每次都打岔地说：老三，你下次啥时回来，我们公司新来一个大学生，我看不错……我说二哥，他却把话引到我的身上。

部队百万大裁军之后，王晓鸽随丈夫又回到了我们居住的城市。她的海军丈夫转业了。那个前海军军官，没有接受组织安排的工作，而是和人合伙做起了生意。不久，因经营不善，拖欠了对方几十万元，被对方告上了法庭，官司打完了，钱还是还不上。对方以诈骗罪又一次起诉到法庭，若这次罪名成立，王晓鸽的丈夫就要被判刑了。

无奈之下的王晓鸽找到了二哥。这是他们分手后，二哥第一次见到王晓鸽。此时的王晓鸽已经是孩子的母亲了，当年姣好的身材不见了，但那双眼睛却没变。她用目光求助地盯着二哥。二哥偏过头去，脸上呈现出一副难过的样子道：差多少钱？王晓鸽低声地：加上滞纳金，一共六十七万元。二哥拉开抽屉，从最里面拿出一个存折道：这是八十万，你先拿去。王晓鸽伸出手，又缩回去，第二次伸出手时，才接过二哥递给她的存折。

二哥救了王晓鸽的丈夫。

这是事后天虎哥给我描绘的场景。

王晓鸽夫妇生意失败，丈夫回到了大连，在一个战友那里做事，这个城市留下了王晓鸽和他们的孩子。他们的孩子比小林大两岁，马上就要上学了。大人能折腾得起，孩子禁不住折腾了。王晓鸽只能带着孩子留在这座城市里。她当初和丈夫结婚时，毅然地辞去了工作，她现在连个工作也没了。

这次，王晓鸽没找二哥，而是和天虎哥说了。他们都是同学，能拉下脸说这样求助的话，显然下了很大的决心。

二哥知道后，对天虎说：让她来上班吧。

王晓鸽刚来二哥的公司上班，便被安排到会计学习班上课去了。半年后，王晓鸽成了二哥公司中的一名财务。

我见到王晓鸽时，她已经是个熟练的财会人员了。有了工作的王晓鸽精神面貌就不一样了。她看到我时，怔了一下，喃喃地：这不是老三吗？我听你哥说，你现在可是连级军官了。我又想到了当初二哥回来，她毅然决然离开二哥，还有她在站台上送别海军军官的神情，母亲把二哥的新房恢复成原样时流下的泪水。我对她没有热情，只是不冷不热地冲她挤了挤嘴角。

后来我冲二哥说：你怎么把她留在这儿了，还帮她？

二哥的目光望向墙上的一幅画，那是朋友送给二哥的，是一幅俄罗斯风格的油画，一片白桦林幽深地在一片山坳里没有尽头的样子。

二哥没回答我的话，喜滋滋地说：今天晚上我有个饭局，你跟我一起去。

二哥自从当上开发商后，他经常有饭局，请各式各样的官员吃饭，经常大醉被丁义扶回家。我对二哥的饭局不感兴趣，他邀请过我，但我一次也没参加。

二哥似乎知道我要拒绝，忙说：今天的饭局不一样，是市长请客。他又交代：晚上穿上军装。

那天晚上，我第一次和二哥参加了那场晚宴，果然是市长请客。二哥的公司被市里评为先进企业，二哥还成为省劳模，同时也成为省里的青年委员和省人大代表。这是市政府为二哥摆的庆功宴。

政府的秘书长一遍遍介绍二哥，二哥把我拉起来，冲众人说：这是我们家老三，现在在部队当连长。

有一个人突然插话道：石总，你要是还在部队，凭你的条件，怎么说也干上团长了。二哥听了这话，脸上的肌肉一下子僵住了。从那句话开始，二哥的情绪一下子低落下来。二哥从部队败走麦城，是二哥心里永远的痛。

从那以后，只要我从部队回来，二哥和各种领导聚会时，都要拉上我，一遍遍地向人介绍我说：这是我们家老三，他现在是连职干部了。二哥为我骄傲，似乎我代表他在完成他没完成的事业一样。每次，我随二哥出席活动，都要穿上军装，一丝不苟地坐在二哥身边和人们谈笑风生，此时的二哥一脸幸福和骄傲。

二哥现在是有地位的人了，交往的人的档次也越来越高。

部队裁军之后，发放了八七式新军装。有一次，二哥不好意思地对我说：能送给我一套新式军装吗？我理解二哥的心思，不久，我在部队军需处为二哥买了一套他穿的型号的新军装。二哥却没有穿，仔细包好，放到了柜子里。

八

边防守备旅派了两名中校找到二哥时，正是那年的夏季。丁义给我描述的情况是这样的。那天，二哥要去一个工地检查工作，车刚开到公司门口，便看见了两名中校军官正往里走，车都驶过去了，二哥说：停一下。丁义靠边停车，二哥下车，冲那两个军官问：同志，你们找谁？其中一个军官说：我们找石林。二哥迎过去，伸出手道：我就是。那两个军官立马立正，向二哥敬了个礼。二哥颤抖着声音问了句：你们是为丁伟的事而来吧？其中一个中校突然抱住二哥，大声地：老排长，你不认识我了，我是王德才呀，二班的副班长。二哥说：小德子。二哥这才抱住中校军官，发出狼嚎一样的哭声。二哥带着两人走进公司办公楼，进入到了办公室。

十几分钟之后，公司所有的人都听到了二哥的哭声。哭声从二哥办公室传出来，那么撕心裂肺，又肝肠寸断。

事后，人们才知道，失踪多年的丁伟找到了。

前两个月，边防部队和邻国边防士兵，接到了各自上级重新勘察边境线的通知。他们在勘察大风口边境线时，在一处山崖下，发现了一个天然的石洞，就在洞口发现了一具尸骨，从遗物中分辨来看，这就是失踪多年的丁伟。一只上海牌手表，武装带扣环上刻着的五角星……发现丁伟遗骸时，他的枪还在怀里抱着，虽然枪身已经腐烂，枪上的刺刀和钢制的零件还是完好的。

部队派出两名军官在找二哥，他们希望二哥能再一次去边防，去那个他做梦都能梦到的大风口哨所走一趟。

二哥出发前给我打了一个电话，他的声音轻松又坚定地说：老三，丁伟找到了，他被当年的大烟炮吹到了边境线那边，他牺牲在了一个山洞里……二哥说到这儿，他突然说不下去了。

我怔了一会儿，才晃过神来说：二哥，祝贺你。我也说不下去了，我知道二哥为了丁伟的事，这些年的忍辱负重。二哥太压抑了，此时，终于释放了。我终于说：二哥，你回家看看爸吧。自从二哥从部队灰头土脸地回来，被父亲赶出家门，这么多年，他一次也没有见过父亲。

二哥从大风口哨所回来之后，军区为丁伟在礼堂开了一次追悼会。我特意回来，见证这一悲壮的时刻。礼堂舞台上正中央挂了一幅丁伟放大的照片，年轻的丁伟有些调皮地望着远方。照片周围用红布缠住了，再看丁伟时就有些百感交集。追悼会是军区一位副参谋长主持，边防旅的政委先上台发言，他简短地介绍了丁伟的生平、失踪又被发现的经过。之后旅政委就说：下面请丁伟的老排长，石林同志讲话。

二哥上台了，他穿着我为他买的那身新军装，军装虽然合体，但没有肩章和领花，还是显得有些突兀。突兀的二哥站到台前，他向到场的人敬个礼，然后说：丁伟同志是我的战友……二哥刚开了个头就讲不下去了。

开完丁伟的追悼会，我陪二哥回家。二哥走在我身后，我不停地回头看他，他不时地整理自己的衣服，左顾右盼地打量着自己。他站在院门前时，看见了父亲，父亲的头发已花白大片了，父亲站在门廊的台阶上，定定地看着二哥。二哥在我身旁迟疑一下，突然上前，立定，向父亲敬了个礼。放下手道：爸，我回来了。

父亲的目光从二哥身上抬起来，望向远处，我看见父亲的眼里突然流下两串泪。从小到大，我第一次看见父亲哭。

二哥猛然上前，一把抱住父亲，歇斯底里地大喊一声：爸。

二哥终于回家了。

父亲和二哥坐到沙发上，二哥抹把脸上的泪说：爸，我没给你丢脸。

父亲鼻囊着声音说：我知道，我儿子不会是个逃兵。

那件事之后，二哥重新到预备役部队做了登记。二十世纪八十年代开始，从部队的复转军人，都要进行预备役登记。虽然退伍了，但军人的职责并没有结束，一旦战争爆发，需要预备役上战场时，他们还会拿起武器重返战场。因为当年二哥的身份，他连预备役都没有登记，他已经被排出了关于军人的一切之外。

早几年，各省成立了预备役指挥部，各市成立了预备役师。这些预备役部队成为军队的后备力量。

开完追悼会不久，二哥找到翟天虎谈了一次。二哥要把公司的股份转给天虎哥。天虎哥惊讶地张大了嘴道：咋地了，石林？现在房地产市场这么好，为什么不干了？

二哥说：我对挣钱没兴趣。

在所有人不解的目光中，二哥退出了正兴隆的公司。他为了市里的预备役部队，在市南郊买了一块地，做了预备役部队的训练场。

训练场建好后，二哥带我去过一次，这块地有山有水，也有平原。训练场建了炮兵和步兵的靶场，还有障碍跑道。这是一个标准的军队训练场配置，训练场中央，还有两个高矗的旗杆，旗杆上飘扬着一面国旗，还有一面八一军旗。

半年后，二哥被预备役特招入伍，被授予上校军衔。

我想象着二哥站在预备役的队列前，看着那些整装列队的士兵，他该作何感想。

后来，我听说王晓鸽为二哥介绍了一个女朋友，是王晓鸽的表妹，在中学里当化学老师。

九

八一建军节，二哥组织了他们当年的同学翟天虎、刘大头、马晓飞等十几个人，去了一趟云南。他们在一个叫马栗坡的地方，找到了林晓彬的墓。

他们回来之后，我看见他们拍摄的照片。他们站在林晓彬墓前鞠躬，他们在林晓彬墓前倒酒，他们散坐在林晓彬墓碑周围，目光望着远方……二哥他们已近中年，不再年轻了，但他们坐在林晓彬周围，似乎一下子年轻了，又回到了意气风发的少年时代。

墓地中，林晓彬的墓碑上，那张半身军装照片还是那么年轻，一双朝气的眼睛望着他眼前这些从小到大的朋友……

这么多年，二哥第一次来到好朋友林晓彬的墓前，之前他觉得不配，在别人眼里他是逃兵。

二哥归来了，他坐在林晓彬墓前，眺望着远方，目光是那么坚定，神色又是那么刚毅。此时的二哥，才像一名真正的军人。

石小山的大院往事

暑　假

那年暑假，我们军区大院里发生了两件大事。

第一件，二哥一帮同学和育红中学的一群男生打了一场大仗。

第二件，我们班同学孙大来的姐姐孙百灵和郑小丹的哥哥郑援朝失踪了。

两件事虽然没有联系，但闹得军区大院动静很大，许多人至今仍然记得那两件事。

先说二哥打仗这件事。

我叫石小山，事件起因是因为我。在放暑假的前几天，我、林小兵、孙大来我们好几个男生走在放学的路上。我们从书包里掏出弹弓，不停地显摆着。小三子最嘚瑟，他的弹弓把上系了一块红绸子，像电影里我军指挥员手里的枪一样，冲锋的时候，一挥手，大喊一声：冲啊……系在枪柄上的红绸子迎风飘舞，英勇又潇洒。小三子学着电影里部队指挥员那样，也在自己的弹弓把上系了块红绸子，小三子挥舞弹弓的样子就神气得很。

我们在放学路上，不停地弯下腰在马路上寻找石子，放到弹弓皮兜里，然后把小石子射到天上去，至于石子落在哪里，只有天知道了。

我们一路上疯疯闹闹地向军区大院方向走去，并相约着去大院树林里打鸟。就在这时，胡同里斜刺走出几个歪戴帽子、书包挂在脖子上、手插在裤兜里的高年级学生。我们打眼一看，这不是我们八一中学的学生，八一中学是我们部队大院的子弟学校，大部分学生我们都眼熟。这几个学生不仅没见过，仅从穿着打扮上看就不是我们学校的学生。我们八一中学大部分都是军人子弟，我们和社会上孩子的区别是，我们几乎人人都会戴一顶正品军帽，即便不戴军帽，也会穿一件军衣或军裤。军衣军裤是父母或家里有当兵的哥哥姐姐淘汰下来的，母亲用缝纫机或者手工改一下，给我们穿，先是哥哥姐姐们穿，他们穿小了，再补一补，缝一缝，就穿到了我们身上。不论长短肥瘦，这都是正品军装演变而来的衣服，我们穿在身上还是很骄傲的，这足以证明我们军人子弟的身份。

迎面过来的几个高年级男生，虽然也戴草绿色帽子，但一看就是仿制的，帽檐软塌塌的，帽子戴在他们头上，要型没型，要样没样。我们不把这些人放在眼里，目不斜视，梗着膀子向前走去。

那几个高年级男生走到我们近前时，其中一个高我半头的小子用膀子撞了我一下，我还没回过神来，他抓起我头上的军帽就跑。这顶军帽是二哥送给我的，二哥用一本《七侠五义》和一个警卫排的战士换了一顶新军帽，他把戴旧的军帽就给我了。二哥的帽子我戴在头上有些大，咣里咣当的，但这并不影响我戴军帽骄傲的感觉。这是我的第一顶军帽，我拥有了军帽，激动得好几天没睡好觉，梦里醒来都要把放在枕边的军帽拿在手里，放到眼前看看。军帽虽然洗了，洗时还打了肥皂，但上面还有二哥的汗味。二哥的汗味很特别，有股说不出的怪味。后来我知道那是青春期男孩特有的味道。几年之后，我上了高中，迎来了自己的青春期，浑身上下也有了二哥那种味道。

那人撞了我一膀子之后，我头上的帽子就被人抢走了。同时被抢的还有孙大来的军帽。我和孙大来白了脸怔了一下，就嗷嗷叫着朝那几个高年级男生追去。林小兵等人也在后面帮我们去追，一边追还一边喊：抢军帽了，抢军帽了……

我们几个呼哧带喘地顺着马路去追赶那几个抢军帽的男生，他们比我们高几年级，力气比我们大，腿比我们长，我们跑不过他们，眼见着他们就要消失在我们视线的尽头。正在这时，二哥出现了。二哥骑着自行车，书包吊在胸前，他单手扶着车把，另一只手夹了支香烟，骑几步就吸口烟，样子潇洒得很。

二哥看见了几个抢军帽的男生，又看见我们在后面急赤白脸呼哧带喘地追，他似乎明白了。他扔掉手里的烟，扶着车把一转身，自行车就横了过来，其中一个抢军帽的男生撞在二哥的前车轮上，一个马趴摔在地上。二哥此时已经扔下自行车，又一个飞腿踹过去，另一个人也趴下了。二哥紧追几步，人就站到了他们面前。

二哥伸出手威严地说：拿出来。

抢军帽的两个人，见到二哥，把抢到的军帽塞到了裤兜里。他们不甘心把军帽还给二哥，就四五个人向二哥围了过去。二哥倒退着向一根电线杆靠过去，背对着电线杆，摘下了胸前的书包，提在手里，斜着眼睛望着围上来的四五个男生。

二哥又说了句：把军帽拿出来，咱们井水不犯河水。

二哥说这话时，我们已经跑到了近前，喘息着，不知如何是好地望着孤军奋战的二哥。这时林小兵大叫一声：我找我哥去。他喊完撒腿就跑。

林小兵的哥叫林大兵，是二哥的同学。林小兵想搬救兵支援二哥，可已经来不及了，那几个小子向二哥围过去，其中一个挥起拳头冲二哥打去。二哥一闪身躲开了拳头，抡起书包一下子砸在那小子头上，不知二哥用了什么法力，那小子踉跄几步，一头跌倒了。另外几个人一起朝二哥扑来，二哥的书包就像风车一样飞了起来，接二连三地打在那几个人的身上和头上，发出沉闷的响声。

很短的时间，那几个小子，有的脸上流出了血，有的用手捂着头蹲在地上。他们已经失去了战斗力。

孙大来一见马上奔过去，在一个倒地小子的裤兜里掏出被抢的军帽，顺便还踹了一脚那小子的肚子。我也学着孙大来的样子奔过去把军帽从那小子手里夺回来，想去踢那人一脚，没踢上，却踢在马路上露出的一块石头上，钻心地疼，我咧着嘴，装作没事人似的站在一边去看二哥。

那几个小子，已经从地上爬起来了，有的捂着脑袋，血从他们指缝里渗出来，糊了一张脸；有的捂着膀子，十分难受的样子。

二哥扶起自行车冲那几个小子叫了一声：滚！那几个小子一边走一边回头看二哥。走了几步一个头上被开了瓢的小子回过头，满脸是血地冲二哥说：我记住你了，你等着。

二哥斜着眼睛望着他，说了声：好！

那几个小子转身就跑，再也没回头。

我们围住了二哥，像英雄一样簇拥着他。二哥已经跨在了自行车上，双脚拖在地上，看看我，又看看孙大来，说了一句：把你们的帽子戴好，怎么还能让人抢去，完蛋个玩意儿。

二哥说完，双脚离地，自行车就冲了出去。我们望着二哥潇洒地离开我们。过完这个暑假二哥就是高二学生了。二哥比我们大几岁，从来不和我们玩，他压根儿没把我们放在眼里，但他却是我们的保护神。只要我们被人欺负了，他一定会替我们出头。像抢军帽这事，对二哥来说，拔刀相助，只是小事一桩。

后来我们知道抢我们军帽的那几个人是育红中学的初中生。

那件事没几天之后，我们就放假了。

二哥打仗那件事，事先我们并不知道，仗都开打了，我们才赶过去。

二哥和人打仗的地点，在郊区一个废弃的化工厂里。二哥和林大兵等一帮同学，还有其他高年级和低年级的同学也来了，黑压压的一片，对方育红中学也来了一群，两拨人站在化工厂荒草凄凄的院子里，有的野草已经长到半人高了。二哥他们仿佛站在芦苇荡里，二哥这帮人，每个人手臂上都扎了一块红布。两拨人对望着，双方的喘息声都能听得到。

不知谁先呐喊了一声，两拨人就冲到了一起。二哥从脖子上摘下书包，抡圆了冲到对方的人群中。几十个人扭扯在一起，嘴里发出低沉的吼叫。

我们几个年龄小的，趴在院墙上，浑身打摆子一样哆嗦着。小三子拿出了系着红绸子的弹弓，弹弓皮兜里装上弹珠，他冲着撕打在一起的人瞄来瞄去。我们受到了小三子的启发，纷纷掏出弹弓，却没法把石子射出去，原因是两拨人纠缠在了一起，怕伤到自己的人。

二哥他们和育红中学那拨人的战斗，没有持续太久，育红中学那拨人胆子比二哥他们小，先是有人抱着脑袋跑，当了逃兵，队伍松动，士气就泄了。他们瞬间就瓦解了，育红中学的人纷纷撤出了战斗。

二哥他们也并没有去追，他们站在蒿草丛生的化工厂院内，二哥吹了一声口哨。他们像一群凯旋英雄，向院外走去。西斜的太阳拉长了他们的身影。

我们也学着二哥的样子，挺胸抬头地往回走去，孙大来还唱起了《游击队之歌》——“我们都是神枪手，每一颗子弹消灭一个敌人，我们都是飞行军，哪怕山高水又深……”

在回去的路上，我们还看到了杜鹃和王菊等一群高年级女生也来了，她们手扶自行车，迎着二哥他们。二哥他们吹一声口哨，潇洒地在女生面前消失了。

从那以后，二哥他们在我们心里，就是不折不扣的英雄了。

那年暑假，发生的第二件大事就是孙百灵和郑援朝失踪了。

孙百灵是孙大来的姐姐，郑援朝是郑小丹的哥哥，孙大来和郑小丹都是我们同学。

郑援朝和孙百灵那年暑假已经高中毕业了。那天中午，还有人看见两个人在大院操场出现过，当天晚上两人都没回家。孙大来和郑小丹二人打着手电，在那晚上大呼小叫地喊着自己哥哥和姐姐的名字。我们也一起帮着呼喊，他们的哥哥姐姐却并没有出现。

第二天，郑援朝和孙百灵仍然没出现，这件事惊动了军区警卫连的人，许多战士在院内院外一起寻找，他们的父母黑着脸，鼻子不是鼻子、脸不是脸地也在院里院外到处寻找。我们也加入到了寻找郑援朝和孙百灵的队伍。可这两个人就像人间蒸发了一样，一连找了三天，能想到他们去的地方都找遍了，一直没见两个人的影子。

最后他们的家人只能到派出所报了案。那些日子，长途汽车站火车站都贴满了寻人启示，启示上有郑援朝和孙百灵的照片。照片上的两个人正无忧无虑地望着眼前过往的人群，仿佛这件事和他们一点关系也没有。

那些日子，大院里的人对两个人的失踪议论纷纷。有人猜测，两个人去了南方，甚至有人怀疑两人偷渡去了香港；也有人猜测，两个人为了逃避下乡，跑到深山老林里去了；还有人说，他们去了苏联，因为往北走就是中苏边境了……各种说法漫天飞舞，无论哪种说法都不会得到验证，从那以后，郑援朝和孙百灵再也没出现过。

开学以后，我们上了四年级。渐渐地，郑援朝和孙百灵失踪的事被我们淡忘了。孙大来和郑小丹两个人却经常在一起嘀嘀咕咕，上小学四年级的我们，男孩子和女孩子是很少说话的。就是同坐一张课桌，也要画出界线，一副水火不相容的样子。但因为孙大来和郑小丹的哥哥姐姐失踪了，我们原谅了孙大来和郑小丹两人的做法。在我们心里，同病相怜的两个人，在一起说什么都不过分，谁让他们的哥哥姐姐失踪了呢。

不仅是两个孩子在一起越走越近，两家人也经常坐在一起，他们说的什么，我们就不得而知了。总之，他们的样子很愁苦，没再看见他们笑过。

祸起少年

开学后，我们的日子又恢复到了从前。

每天放学回来，我们都要聚在大院西侧的树林里疯玩上一阵子。我们的游戏就是用弹弓射林中的鸟。

每天放学，正是夕阳西下的时间，许多叫不出名的鸟都回到了林子里，聚在枝头和树叶后叽叽喳喳地开会。我们不让它们开会，便用弹弓皮兜里装着的小石子，不停地射它们。这些受了惊的鸟，飞走盘旋然后又落下来，惊惧地叫着，有些命运不好的鸟被我们射落下来，血淋淋地掉在地上扑腾着。我们欢呼着奔过去，提着受伤的鸟，一副凯旋的样子。

小三子在那一段时间里是我们的领袖，因为他有一把漂亮的弹弓。上学期他在弹弓把上系了一块红绸子，这个学期他拎了一把被镀得锃亮耀眼的弹弓，我们的弹弓是用八号铁条弯曲制作而成，小三子的弹弓也不例外，唯一不同的是他的弹弓已被镀过。小三子有个姑父在一家工厂里当车间主任，把他的弹弓用不锈钢漆“镀”了一遭，弹弓把通体发亮，银灿灿地亮着，晃得我们眼红心热。他的子弹也和我们不一样，他用的是轴承里的钢珠，钢珠一粒粒大小均匀，颗粒饱满。我们用的只是在地面捡到的不规则的小石子。

小三子因为装备精良，又高我们一个年级，在那一段时间里，他就成了我们弹弓少年的领袖。

每天下午放学，小三子都会领着我们在大院西侧的树林里疯狂上一阵子。我们的目标就是树林里叽叽喳喳飞来躲去的一群鸟。我们每天都有收获。我们提着血淋淋的鸟，有的鸟伤势不重，还在我们手里扑腾着。

走出树林，时间尚早，太阳还没躲到楼后，仍在西天挂着，我们游荡在家属院里。军区有两栋办公楼，我们的父母每天的大部分时间都在那两栋楼的某个房间里办公，楼门前有士兵站岗，他们胸前抱着冲锋枪，威严不可侵犯的样子。我们对办公楼充满着好奇，曾经试图接近它们，每次走到办公楼前，站岗的士兵就用威严的目光盯视着我们，我们大起胆子再接近一些，士兵就高喝一声：站住，一边玩去。我们立住脚，挑衅地看着士兵，磕磕巴巴的朱革子仰起头，鼻子下的鼻涕泡一明一灭地：那、那、那我们不听呢？

这时，楼里就跑出两个士兵，老鹰捉小鸡似的把朱革子的手倒剪起来，一扔就扔下了台阶，他们又要抓我们，我们就鸟一样地散了。渐渐地我们知道，办公大楼不是我们小孩能去的地方，虽然神秘，充满了神奇，我们还是不敢越雷池半步。既然办公大楼不能去，我们只能绕过它在家属院里活动。

还没到下班时间，家属院是孩子们的天下，尤其是我们这一拨还没上初中的小学生。上中学的哥哥姐姐们也已经陆续回来了，但这些哥哥姐姐们从来不和我们同流合污，他们有他们的世界。

几乎每天，高中二年级的杜鹃都要在自家二楼阳台上拉琴。琴是小提琴，夹在杜鹃的脖子下面，曲调听起来不知是喜还是悲，许多年后，我们才知道杜鹃经常拉的曲调叫《梁祝》，一首表达爱情的经典曲目。

杜鹃的母亲是军区文工团的团长，以前是个歌唱家，我们听过她母亲唱歌，声音洪亮高亢，一个人唱，整个家属院都能听到。杜鹃受了母亲的遗传，从小就喜欢文艺，从蹦蹦跳跳到唱歌，现在又学习拉琴了，从小到大都是很文艺的样子。

此时的杜鹃，穿了一件碎花衣服，裤子是改过的军裤，穿在她身上凹凸有致。杜鹃拉琴时很专注，目光盯着琴，头还左右摇晃，样子好看，又了不起。我们经常站在楼下，仰起头看会儿杜鹃拉琴，但她从来不看我们。这让我们心里有些失落。

小三子挥了挥手上那只锃亮的弹弓，杜鹃没有抬头，琴声如诉如泣地响着，像流水弥漫在我们周围。小三子又叫了一声：嘿，叫你哪！

杜鹃为了不受我们的干扰，侧过身去，把身子转向了西面，太阳的余晖洒在她的身上和脸上，杜鹃整个人像镀了层闪光的膜。小三子受到了挫折，脸上有些挂不住，嘀咕句：牛什么呀！小三子说完带领我们向前走去。走了几步他又停下来，从兜里摸出一个轴承滚珠，放到弹弓的皮兜里，小三子又冲我们命令道：子弹上膛。

我们兴奋起来，纷纷从口袋里摸出早就准备好的小石子，小三子把弹弓瞄向了仍拉琴的杜鹃，我们也齐齐地瞄向她。小三子喊了一声：开火。

我们的弹弓皮筋乱响，一发发“子弹”射向了杜鹃。杜鹃大叫一声，扔下琴，蹲在了阳台上。我们听到对面楼上不知谁骂了一声，接着就是关窗子的声音。我们管不了那么多了，恶作剧之后，我们撒腿就跑。跑到锅炉旁门前时，林大兵追上了我们。林大兵和二哥是同学，已经是高二的学生了，穿了件海魂衫、军裤、白色回力牌球鞋，他跑得很快，还一颠一颠的，他几步追上我们，劈手从小三子手里夺过弹弓，狠狠地摔在地上，然后抓过小三子衣领子道：谁让你们打杜鹃?！嗯?

我们打杜鹃杀出来个林大兵，这让我们意想不到，领口勒着小三子脖子，他红头涨脸的样子。终于小三子缓过一口气来，急赤白脸地说：我们打她，关你什么事？小三子说的话也正是我们想说的，我们都怔怔地望着林大兵。平时林大兵和二哥一样是我们的保护神，只要我们受了欺负，他总会站在我们这一边，上次和育红中学那帮小子打群架，林大兵打得非常英勇，腿上还挂了彩。这次林大兵不知怎么了，他听了小三子这么说，抓小三子领口的手又用了些力气，还挥起了拳头。林小兵见哥哥要打小三子，冲了过去，掰开林大兵的手道：哥，你不能打我同学。

林大兵见弟弟林小兵来劝架，放开了小三子，同时狠狠瞪了我们一眼：不学好，以后你们再欺负杜鹃，我对你们不客气。说完林大兵转身就走了。

我们望着林大兵的背影，小三子弯腰从地上捡起弹弓，用袖子擦了擦，重新放回到兜里。他冲林小兵说：你哥真烦人，碍他什么事了？

林小兵非常不好意思的样子，仿佛刚才是他轻待了小三子。林小兵讨好地拉过小三子的胳膊道：三子，别和我哥一般见识。我哥就是狗拿耗子。小三子甩开了林小兵的手。

那天受到林大兵的干扰，我们只能不欢而散了。

第二天我们上学时，看到杜鹃的下巴被半块膏药贴上了，额头还可以看到一块乌青。杜鹃依旧不理我们，仿佛她的眼里压根就没有我们。我们觉得太不被重视了，心里失落得很。王然的姐姐王菊，她也和杜鹃是同学，经过我们时狠狠地瞪了我们一眼。见到弟弟王然和我们走在一起，马上过来从人堆里把王然拉走，一边走一边说：王然，你以后不要和这帮人在一起，学不了好。

王然像小狗似的被姐姐拎走，我们心里那个气呀！我们都恨恨地盯着王菊的背影，这一看我们发现了新大陆，王菊虽然讨厌，但她的屁股却很好看，紧绷在裤子里，还翘翘的。因为屁股凸出，王菊的腰就显得很细，走起路来一扭一扭的，我们的这一发现，让气消了一半。

小三子咽了口唾液，冲我们坏笑一下道：王然那么丑，他姐倒是很好看。

朱革子就说：是，是她屁、屁股好看，脸、脸不如杜鹃。

我们听了朱革子的总结都笑了。

从那天开始，王然的姐姐王菊走进了我们的生活。

一天放学，小三子一脸坏笑，老道地问我们：你们说王菊的屁股好看还是眼睛好看？他这么问，我们眼前就浮现出王菊的形象，圆脸、大眼睛，我们一时不知如何回答。小三子就把王然的耳朵拎在手里，王然比我们低一年级，长得瘦小枯干，经常吹出鼻涕泡。小三子一脸坏笑地问：王然，你说。王然踮着脚尖，斜着眼睛冲小三子龇牙咧嘴地：你说哪好就哪好。小三子放开王然，我们都笑了。王然冲我们道：你们太坏了。说完就跑了。

小三子打一声口哨，挥了一下手里的弹弓，我们又雄赳赳地钻进了树林，举起弹弓和一群鸟较上了劲。

王菊和杜鹃一样已经是高中生了。高中生在我们眼里都很骄傲的样子。二哥和林大兵等人，从来不理我们，他们像一只只小公鸡，昂着头走路，风一样地从我们身边刮过去。王菊和杜鹃等女生，更是骄傲到天上去了，她们的屁股圆润，胸脯鼓胀，一副目不斜视的样子。我们一看见高中女生，心里就有一种莫名的感觉，兴奋得想叫想跳。在我们心里杜鹃比王菊还要漂亮一些，杜鹃身上有股说不出的劲儿，不是简单地用高傲就可以概括的。因为林大兵，我们对杜鹃只能敬而远之。我们对姑娘的向往只能发泄在王菊身上。

一天放学路上，王菊突然出现在我们面前。她拉起人群中的王然快步向家走去。小三子吹声口哨，我们就一起哄笑，王然不停地回过头来看我们。小三子从书包里掏出弹弓，冲王然挥了挥，王然把头扭过去，躲到了姐姐王菊的身前，王菊在我们眼里就一览无余了。小三子盯着王菊的屁股冲我们说：你们说，王菊的屁股好看还是眼睛好看？在我们心里，王菊的眼睛水汪汪的，又黑又亮，的确很好看。她的屁股，紧紧绷在裤子里，一扭一扭的，像一张会说话的脸。我们不知如何作答，只能干干地笑着。小三子咽了口口水，他也没给出答案。

回到大院，我们就又奔向了树林，拿出弹弓，冲鸟们展示自己的身手。

我们这么疯闹疯玩，郑小丹和孙大来却躲在远处，两个人像一家人似的，他们安静地坐在一边，一会儿看看手里的书本，一会儿有一句没一句地说上几句话。看到他们这样，我们就会想起他们的哥哥和姐姐。郑援朝和孙百灵消失很久了，活不见人死不见尸。派出所贴在车站的寻人启示风吹日晒地已失去了痕迹，他们的家人似乎已经接受了这样的现实。有几次我们看到孙大来和郑小丹的父母站在大院门口，向远处张望着。在我们眼里，他们的父母又老了几岁。看到这样的情景，我们心里也不太好过。

在我们疯玩时，孙大来和郑小丹虽不掺和，但也不远离。在我们不远不近的地方，他们不是写作业就是说话，有时还朝我们这里望一望。

见到孙大来这样，我看不下去了，朝孙大来走过去，朱革子跟在我身后。我来到孙大来面前，郑小丹把头扭过去，像没看见我一样。孙大来坐在草地上，我踢了一下他的脚，我说：孙大来你姐失踪了，你又没失踪，你装什么装？朱革子见我这么说，磕磕巴巴地帮着腔道：再、再装、装就削你。说完还举起右手，张成巴掌状。

孙大来姐姐没失踪前，他不是这个样子的，每天没心没肺地总和我们一起玩，平时他还特别爱吹牛。有一年暑假，他爸领着她姐孙百灵和他去山东的泰山，他们在泰山顶上过了一夜去看日出。回来后他就跟我们吹天是硬的。他的理论当时把我们都唬住了。我们没上过泰山，不知道天离我们有多远，我们就问他：天怎么个硬法？他说：梆梆硬，像咱们家的锅。很长时间里，我们依据孙大来的理论，把天想象成自家炒菜的锅，唯一不同的是，天这口锅是蓝的。只有到了夜晚，才变成黑的。后来我们在一本讲述自然科学的书里，了解了宇宙，知道了地球就是宇宙中数亿万颗星球中的一小颗。我们拿着书找到孙大来，孙大来还嘴硬，咬定泰山的天就是硬的，梆梆硬。当时气得我拧着孙大来的耳朵骂他是个吹牛大王。他一副脸不红心不跳的样子，捂着耳朵，龇着牙道：石小山，你不信，就去一趟泰山。没人领我去泰山，也不可能去验证他的谎话，只能气愤地踹一脚孙大来的肚子。他又去捂肚子，一脸的无辜。从那以后，我们再也不相信孙大来的话了。但他从不甘于寂寞，为了引起我们对他的重视，经常散播一些言论。有一次他说，周日时，他和他爸去打猎了，坐着吉普车去郊区的山里，他爸拿了一支半自动步枪，去打野鸡和野鹿，鹿没打着，跑了，打回来两只野鸡。他还说，自己也打了三枪，冲着一棵树打的。他瞪着眼睛说：那枪声老响了，杠杠的。震得耳朵都聋了。我们对孙大来的话半信半疑。大院的吉普车我们经常见得到，我们也坐过。老家来人或者我们生病去医院，父母就会打电话向车队要车，车会一直开到我们家楼下，司机按着喇叭召唤我们下楼。

孙大来的父亲是军务部部长，管兵也管枪，孙大来的爹开车打猎我们信，孙大来说打枪我们不信。他在我们面前吹嘘，像放个屁一样。孙大来在我们面前一点威信也没有，平日里在我们面前他一副很挫败的样子，但牛还得照吹，不然，他更没价值了。

自从他姐姐和郑援朝失踪后，他不仅不吹牛了，整个人变得像一堆屎一样，软软地瘫在地上。

那天，我提着他的耳朵，把他从地上拎起来，冲着他耳朵说：孙大来，你像一摊狗屎了。他把我的手从他耳朵上拉下来，倔强地望着我。

这在以前从来没有过，他居然不满，还学会了反抗。我再次拎住了他的耳朵。他伸手把我的手抓住，还用了力气，眼神也是犟犟的，他还一字一句地说：石小山，你要是再碰我，我可不客气了。

身后的朱革子，挽了袖子，脸红脖子粗地说：嘿，你、你还、还反了，石小山、山，咱、咱们削他。

小三子等人见我们这样，也一起围了过来。郑小丹这时从地上站了起来，把书本塞到书包里，拉下孙大来，气哼哼地说：大来，咱们回家。她拽得孙大来摇晃了一下。孙大来瞪着我们，眼里似乎要着火一样。

人群中，众人也是一副摩拳擦掌的样子，有人喊叫：反了你了孙大来，削他。

小三子毕竟比我们大一岁，又高一年级，他上前拍了拍孙大来的肩膀，孙大来把肩膀拱起来，七个不服八个不忿的样子。小三子没发火，冲我们说：算了，谁让他姐失踪了呢。听了小三子这话，我们望一眼孙大来，又望一眼郑小丹，心里就多了许多同情。

郑小丹顺势把孙大来拉走了，小声地说：你以后别和他们玩了。

孙大来低着头，一副不置可否的样子。

我冲孙大来的背影喊了一声：孙大来，以后你别吹牛了，你就是一摊狗屎。

孙大来听了我的话，身子抖了一下，他停下脚，半晌回过头来，我们看到孙大来眼里流下了两滴泪。

郑小丹又拉了他一下，他还是走了。我们望着孙大来远去的背影，“哄”的一声都笑了。孙大来的背影在我们眼里一耸一耸的。

走了孙大来，又来了王然。鸟被我们打得都飞到天上去了，它们一飞走，我们就没办法了。

王然夹着双腿，像尿了裤子一样，溜着边来到了我们眼前。他用袖子抹了一下鼻子，羡慕地望着小三子手里锃亮的弹弓，抿抿嘴唇小声地央求道：三子哥，能让俺玩下不？我们这些人中，只有王然没有弹弓，做弹弓是门手艺，也得有力气，八号铁条不是说弯就能弯的。他没有哥，只有姐姐，王菊肯定不会做弹弓，王然的爹是个不会笑的黑脸男人，头很大，个子不高，说话瓮声瓮气的，在机关后勤部门工作，天天一副苦大仇深的样子。我们都有些怕这个黑脸男人。他爹肯定不会为王然制作弹弓。王然想玩弹弓只能来找我们。他觍着脸要玩小三子的弹弓。小三子见王然这样，把弹弓在王然面前比画了一下，一脸坏笑地说：你把你姐叫出来，我就让你玩弹弓。

王然看了眼弹弓，咽了口口水，认真地点点头道：行。

小三子又追了句：真的？

王然已经忍不住了，伸出手，有口无心地说：我玩完，就回去叫我姐。

小三子就把弹弓递给王然，王然接过弹弓，猫下腰满世界找小石子，找到一颗，他拉开架势把小石子射到天上去。每射一下，他就发出猫一样的叫声，兴奋得满脸通红。我们就笑。王然不笑，认真地满世界找小石子。

小三子从王然手里抢过弹弓，抓着王然脖领子道：行了，找你姐去。

我们在一旁也起着哄。

王然看一眼小三子，又看一眼我们，就往树林外走。我们跟在王然身后。王然走得很犹豫，还不时地回头冲我们讨好地笑。我就冲王然说：不许骗人，骗我们有你好看。

王然又用衣袖抹一把鼻涕冲我说：不会的石小山，我骗谁也不能骗你们。

我们跟着王然热情高涨地来到了王然家楼下，王然突然活了过来，他像兔子一样几步跑进了他家楼门，转过身，还冲我们做了个鬼脸。

那次，我们都被王然给耍了，他姐连个人影也没有，我们抬头向他家窗户望去，窗子也关得紧紧的。我们只能扫兴而归，天渐渐地晚了，妈妈们已经喊我们回家吃饭了，我们只能散了，各回各家。

特　务

孙大来自从他姐姐孙百灵失踪后，人就变成了一摊屎。平时那么爱吹牛的他，一下子沉默了，他只和郑小丹在一起嘀嘀咕咕，两个同病相怜的人凑在一起互相安慰取暖。我们非常能够理解，要是换成别的男生女生在一起这样，我们早就收拾他们了。谁让他们的哥哥姐姐失踪了呢。他把自己当成了屎，我们就很少理他了。我们把孙大来开除了集体。他就一副讪讪的样子。

一天中午，孙大来突然一个人找到我们。我们刚从各自家出来，聚在操场前准备结队去学校，孙大来手捂着裤裆，躬着身子，跑到我们面前，气喘着说：石小山，我有事找你们。

说完转身就往院里走。我们不明白孙大来要干什么，站在原地没动。孙大来回过头，身子仍那么躬着，变音变调地：走哇，走哇……他的样子似乎急得马上就要哭出来。林小兵和朱革子等人望着我，都是一副不信任孙大来的神情。

我望着孙大来的样子，想起了他失踪的姐姐，心想，看在他姐姐的分上，再骗我们一次也没什么，就挥了下手冲林小兵和朱革子说：走就走，看他要什么花样。我率先跟上孙大来，林小兵和朱革子等人也相继跟上了。孙大来如释重负地在前面急煎煎地走，最后把我们领到了防空洞的入口。我们站在防空洞入口犹豫着。以前我们经常趁那些守洞口的军人不注意，到这里玩抓特务的游戏。现在防空洞没有专门的军人站岗了，只有流动哨兵不时在这里走过。不知孙大来大中午的把我们带到这里干什么，我们可没心思陪他玩这种游戏。孙大来见我们犹豫，就又回过身子变音变调地：来呀，来了你们就知道了。说完从裤裆里摸出一支手电，带着我们向里面走去。

我说：孙大来，你要干什么，别骗我们。

孙大来的呼吸明显变粗了，一边往前走一边冲我说：石小山，我马上让你大吃一惊。

见孙大来这么说，我和林小兵、朱革子等人只好跟上孙大来，在手电光的指引下向防空洞深处摸去。

拐了几道弯，又走了一段，来到我们平时玩抓特务的地方，孙大来停了下来，把手电放在我手里，仍气喘着说：石小山帮我拿一下。我接过孙大来递过来的手电，发现手电筒已经被孙大来的手汗汗湿了，我用手电照着孙大来，想看清楚他要耍什么花样。孙大来躬下身子又从裤裆里掏出一把手枪。我们看到枪，眼睛都直了，瞪大眼睛望着那把手枪。

这时孙大来已经挺直了腰杆，双手握枪，依次让我们在手枪上摸了一把，硬硬凉凉的，孙大来这才抬起头说：是真家伙吧。

我们望着孙大来，孙大来又进一步向我们证实，他把弹夹退了出来。弹夹上还夹了五颗黄澄澄的子弹，他放在手里一颗颗地数过了，又熟练地装到弹夹里，最后“咔”的一声，把弹夹装在了枪上。我们开始呼吸急促起来，凭着孙大来操枪的动作，我们相信这家伙平时没少玩枪。

二十世纪六七十年代，部队经常演习，防美苏两霸，军区大院团以上干部都配了枪，还允许把枪带回家里，这叫枪不离人，随时应战。孙大来的爸是军务部部长，职务是正师级，自然也有一把枪，我们的父母也有枪，平时也带在身上，只要一回家就把枪放到抽屉里，还上了锁，仿佛那不是枪，而是瘟神。我们不知道孙大来是如何把枪偷出来的，我们一看到枪，立马来了精神，央求孙大来说：你枪里有五发子弹，我们正好五个人，咱们一人一枪。

孙大来并没有急于让我们打枪，他把枪提在手里，在手电光影里，他很高大的样子。他冲我们严肃地说：知道我姐和小丹的哥为什么失踪吗？

我们望着孙大来，他们的哥哥姐姐失踪了，惊动了军区保卫部和公安局，他们都没查出来，我们怎么知道他们为什么会失踪。孙大来这么问，我们只好摇头。

孙大来把腰板又挺了挺道：我和小丹分析，他们一定被特务组织绑架了。

我一惊，马上问：特务绑架他们干什么？

孙大来斜眼看我们一圈：这还不明白，他们是想发展他们一起当特务。

孙大来的话让我们都紧张起来，身上的汗毛在那一瞬间都竖了起来。那会儿，学校的老师经常教育我们要提高警惕，还经常给我们宣读通报，通报是安全局下发的，都是关于特务的内容，说了长相特征、活动范围，让我们一发现情况及时向学校老师汇报。那会儿，我们在夜里玩，还经常在不明的天空发现信号弹，我们怀疑，那些莫名升空的信号弹是特务的联络暗号。我们玩得最多的游戏也是抓特务。我们相信有特务存在，但无论如何也不会想到，孙大来和郑小丹的哥哥和姐姐会被特务绑架。孙大来信誓旦旦地这么说，虽然我们没有依据，但还是愿意再相信孙大来一次。孙大来见我们信任他了，他才说：咱们都要学会打枪，以后遇到特务，你们一定要帮我去抓特务，只有抓到特务，才能找到我姐的下落。

听了孙大来的话，正义感从我们心头升起，我们攥紧拳头，认真地冲孙大来点点头。孙大来松了口气，开始教我们打枪，如何叉开腿，如何拿枪，又如何上子弹，瞄准，等等，我们四个人和孙大来学了一遍又一遍，孙大来终于认为我们可以实战射击了。他把枪塞到我手里，郑重地说：石小山，你打第一枪。我双手握枪，孙大来打着手电照着前方，我顺着手电光线瞄去，心里想着，可恨的特务就在光线尽头的暗影里躲藏着，于是用力扣动扳机，枪响了。枪在手里震了一下，差点掉在地上，突然而至的枪声让我们的耳朵嗡嗡作响。

孙大来见我射击成功，把枪接过去，又把林小兵叫了过去，把枪如此这般地又放到林小兵手里。

朱革子已经摩拳擦掌了，他激动地冲我说：石、石小、小山，打、打枪好玩不……

我白了眼朱革子：打枪不是为了玩，是为了抓特务。

朱革子听了我的话，也郑重起来，咬着嘴唇冲我用力地点点头。

又一声枪响，林小兵把子弹也射向了“特务”。

为了这五枪，我们在防空洞里折腾了一个下午加一个晚上，当我们偷偷从防空洞爬出来时，发现大院和以前不一样了。以前有士兵站岗的地方，加了双岗，士兵们还戴上了钢盔，有游动哨兵走过，他们胸前抱着冲锋枪，咔咔地在我们眼前一队队地走过去。来到自家楼下时，看见一列手持钢枪的士兵走过来，我上前问：叔叔，这是演习吗？

带队的军官瞄了我一眼，就像没听见我说话一样，带着一队士兵威严地走过去。我赶紧溜进家门。

回到家里，姐姐一把抓住我，急赤白脸地说：小山，你怎么才回来？我翻着白眼冲姐姐：怎么了？姐姐说：大院里来了特务，把孙部长的枪偷走了。现在全军区的人都在抓特务呢。听了姐姐的话，我脑袋“嗡”地一下。原来大院里看到的这一切不是演习，是为了找孙部长丢掉的枪。那他们要抓的“特务”不就是孙大来吗？孙大来已经成了“特务”，全院的官兵都在抓他，可孙大来也是为抓特务才让我们练的枪呀。我站在窗前朝孙大来住的那栋楼望去，那里很安静，并没有什么不一样。我蔫头耷脑地上床睡下了，却睡不着，心里一直想着特务。如果孙大来是特务，那我们不就是孙大来的同谋吗？越想越可怕。姐姐进门，摸黑站在我床前，还给我掖了掖被角说：小山子，别害怕，外面那么多士兵站岗，特务不会再来了。我在黑暗中冲姐姐点点头，内心却爬满了恐惧和紧张。不知何时，疲倦终于战胜了恐惧，眼皮发沉，意识不听指挥，迷迷糊糊睡去了。

不知过了多久，我被窗外狼嚎一样的声音惊醒了。我猛地坐起来，跳到地上，发现二哥已经站在窗前了，我凑过去，便看见孙大来家楼下聚了很多人，有军人也有家属。孙大来被绑到一棵树上，孙大来光着上身，下身只穿了条短裤。他爸爸，孙部长正用皮带抽他，每抽他一下，孙大来就发出狼一样的嚎声。

孙大来的妈妈挓挲着手，披头散发地站在一旁，带着哭腔喊：别打了，百灵还没找到，把大来打死，咱就没孩子了。

孙部长一定在气头上，他不听劝阻，劈头盖脸地挥着皮带朝孙大来抽去。孙大来妈一下子扑在孙大来的身上，张开双手护住孙大来，凄凉地喊了一句：要打就打我吧。孙大来妈这一举动，让我想起了电影中的共产党员，想起了刘胡兰这样的女英雄，那一刻我对孙大来妈刮目相看。

孙部长举起皮带，没有抽下去，后来他被两个军人抱住劝走了。孙大来妈解开孙大来，抱住孙大来小声地哭泣着。孙大来似乎没哭，梗着脖子任由妈妈抱着。后来人们就散去了。

我浑身哆嗦着，二哥把窗子关上回过头冲我说：孙大来这小子尿性，以后能成点事。

我望着二哥不置可否。

二哥说：我也想有一把枪。

我听了打个激灵，在黑暗中睁大眼睛望着二哥。

二哥拍了我一下肩头说：要偷就偷敌人的枪，那才叫本事。

我放下心来。

二哥说了声：睡吧。他翻身上了上铺，床颤了颤。

我躺在下床，想着刚才看到的一幕，为孙大来担心。

两天后，我们在学校里又看到了孙大来，他的额头和下巴上涂着紫药水，看见我们，龇着牙冲我们笑了笑。那一瞬间，以前撒谎成性的孙大来一下子在我们心里变了一个样，此刻，他成了我们眼里的英雄。我们围过去，冲孙大来嘘寒问暖，孙大来摇摇头道：小事，都过去了。

然后他又认真地看着我们说：以后帮不帮我抓特务？

我们一起用力点了头。

孙大来又冲我们笑了一次。

那件事之后，我们听说孙大来的父亲被军区给了一个处分。

弹弓之祸

丢枪事件之后，我们对孙大来多了层理解，以前那个爱吹牛的孙大来渐渐离我们远去了，一个崭新的孙大来向我们走来。他又回到了我们这个集体，上学放学的路上，我们和他一样都提高警惕，观察街上的每个行人。有时碰到问路的外地人，我们都要跟踪很长时间，确信并不是特务，我们才放下心来。我们一起寻找着特务，我们坚信，只要找到特务，就能找到孙大来和郑小丹的姐姐和哥哥。

茫茫人海，可到底谁是特务呢，我们恨自己不是火眼金睛的孙悟空，我们每天都在失落着遗憾着。

除了警惕地寻找特务，我们的游戏仍照常进行。有一天，我们手里提着几只血淋淋的鸟，挥舞着手里的弹弓，唱着战士们经常唱的《打靶归来》走出树林。我们看到了院外放学回来的王菊，王菊穿着黑裤子、白衬衫。王菊出现在我们面前，一下子比以前干练丰满了许多，我们大摇大摆嘻嘻哈哈地走着，王菊的出现，一下子让我们噤了声，我们的魂似乎瞬间就被王菊吸走了。王菊的后背圆润饱满，丰满的屁股陷在裤子里，随着她走路，似乎变成一张生动的脸，在冲我们笑。

小三子突然喊了一嗓子：王菊。

王菊回了一下头，我们突然就笑了。王菊的一张脸是愠怒的，她看到随在我们身后的王然，我们冲王菊笑，王然一定觉得那不是什么好事，他悄悄溜出人群，样子似乎要哭出来，鼻涕泡在鼻翼旁酝酿着。王菊发现了弟弟王然，几步过来，拉起王然就走，一边走还一边数落王然：放学干吗不回家，和那帮野孩子混什么，看你不学好。

说到这儿，王菊还拍了一下王然的后背，王然委屈地回头看我们一眼，被王菊提溜着再也不回头，颠颠地向家走去。

小三子很挫败的样子，一直望着王菊的身影消失在家属院方向。

林小兵冲小三子说：她说咱们是野孩子，不学好。

朱革子喘着气：三、三子哥，不、不行，咱、咱削她。

小三子白了眼朱革子，挥了下手里的弹弓道：革命自有后来人。

小三子比我们高一年级，正读五年级，他嘴里经常冒出一些我们听不懂的话，都一句一句的，像口号，比如：路线是个纲，纲举目张。还有：石油工人一声吼，地球也要抖三抖，等等。说这话时，小三子在我们眼里，既熟悉又陌生。

小三子拥有制作精良的弹弓，又比我们高一年级，在玩弹弓这群少年里，我们都听他的。他挥舞了弹弓之后，泄气地说：回家吧。我们望一眼西斜的太阳，太阳的余晖在楼缝之间挣扎着，我们知道，快到了妈妈喊我们回家吃饭的时间了，我们只能意犹未尽地散了。

晚饭后，我们象征性地划拉几笔作业，揣起弹弓，又跑到操场上去集合了。操场是我们的集散地，晚饭后到大院里吹响熄灯号还有挺长一段时间，这段时间，是我们弹弓少年最美好的时光。

夜幕包裹了我们，我们手握弹弓，觉得个个都是神枪手，都是了不起的英雄。

小三子像个指挥员似的已经站在操场上等我们了，我们围在小三子周围，孙大来一直有话要说的样子，我们都用目光征求小三子今天晚上玩的项目。小三子想了想，又想了想，突然说：找王然去。

小三子这么说，我们都不解地望着小三子。

孙大来拉了拉小三子衣角，央求道：三子哥，去院外玩抓特务吧。

小三子甩开孙大来的手，挥了下手道：野火烧不尽，春风吹又生。出发。

没人理会孙大来的建议，我们都听小三子的，大步朝王然家楼下走去。我们非常理解孙大来的心情，他恨不得一下子抓住特务，捣毁特务老剿，把他姐姐营救出来。但没有小三子命令，我们只能跟着小三子来到王然家楼下。

小三子就说：喊王然。

我们不明白为什么要喊王然，那个拖着鼻涕泡的小崽子，就是个跟屁虫，在我们这些玩伴里，他可以忽略不计。

朱革子向前一步，自告奋勇地喊开了：王、王、王然……

他的磕巴影响了喊话的效果。小三子把他拉回来，把林小兵推到前面去。林小兵把手在嘴前扩成喇叭状，干脆利落地喊：王然，下楼。王然，出来玩。

在林小兵的感染下，我们一起朝楼上喊着。果然，我们的喊声收到了效果，楼上窗子开了，开窗子的不是王然，而是王菊，王菊探出头冲楼下：一边去，小破孩儿。

说完“砰”的一声把窗子又关上了。

我们终于明白小三子为什么让我们喊王然了，我们都兴奋起来，更卖力地朝楼上喊：王然，王然，你下来。

窗子突然又开了，这回仍是王菊，王菊没有说话，而是把一茶缸子水倒了下来，湿淋淋地泼在我们身上、脸上。楼上的窗子“砰”的一声又关上了。这回王菊还在里面拉上了窗帘。我们受了刺激，更加疯狂地喊了起来，喊了一气又一气，窗子突然又被推开了，这次不是王菊，而是王菊她爹，那个机关后勤部的黑脸男人。我们不怕王菊，却怕她爹，她爹推开窗子吼了一声：一边去。我们撒开腿就颠，作鸟兽散了。

第二天放学，在路上，我们看到了小心跟在我们身后的王然，小三子回过身，把王然逮了过来，拎着他的耳朵，王然踮起脚道：干啥，干啥，我又没招你们。

小三子就说：为啥不出来和我们玩。

王然龇牙咧嘴地说：放手，是我姐不让，怕跟你们学坏了。

小三子手上用了些力气，王然努力地踮起脚，嘴里乱叫着。

小三子就一脸坏笑地说：你说你姐屁股大不大？

王然一定知道这不是好话，涨红了脸不说话，手乱抓挠着。

小三子又用了些力气，王然的脚都差不多快离开地面了。王然只好口是心非地说：大大大还不行吗？

我们看着王然的样子哈哈大笑，小三子放下王然。王然双脚站在地面上，恢复了底气，他撒腿就跑，跑了几步才停下来，回过头冲我们喊：你们妈屁股才大呢。

见王然骂我们，我们一起冲王然追去，王然这小子跑得比兔子还快，书包打在他屁股上，我们一直追到大院门口，看见了哨兵，才停了下来。王然得意地回过头，冲我们弯下一个手指头，转身向家跑去。气得我们真想把他抓住揍一顿。

那天晚上我们又聚在王然家楼下，这回不用小三子动员，我们齐声喊：王然王八蛋，王八蛋你出来。

我们喊得既紧张又兴奋，突然窗子开了，王菊又把一茶缸子水泼出来，这次泼的不是凉水，是开水，有几滴落在小三子脸上，他嗷地叫了一声。

朱革子就说：她、她、弄、弄开水了，要、要烫死我们。

小三子抹了一下脸，掏出弹弓，又喊了句口号：东风吹战鼓擂，抄家伙。

在小三子的命令下，我们纷纷掏出了弹弓。小三子又命令道：上子弹。小三子把轴承滚珠放到皮兜里，我们把小石子也放进去。小三子又说：目标，王然家窗户，瞄准，发射。

我们一齐把“子弹”射向王然家的窗户上，玻璃和窗框上一阵乱响。

王菊又一次推开窗子，冲我们大喊：滚，有人养没人教的野孩子。

王菊骂完又关上窗子，我们显然受了刺激，这回不用小三子动员了，我们纷纷把子弹上膛，一起向王菊家窗子射过去。石子打在玻璃和墙上，叮当有声。

王菊又一次推开窗户，我们又一拨“射击”，我们只听王菊大叫一声，用手捂住了脸，身子慢慢蹲下去。

我们听见屋内王然爹大喊一声：谁给你打伤了？然后就听见一阵脚步声冲出来，然后是开门的声音。

我们早就魂飞魄散地消失在了黑暗中。

第二天在学校，我们没看见王菊，也没看见王然。放学一回到大院，我们才得到一个惊人的消息，王菊的眼睛受伤了，住进了军区总院。

那天晚上，我们遭到了各自父亲的一顿暴揍，鬼哭狼嚎的声音从各家各户里传出来，听上去特别凄惨。

也就是在那天晚上，我们的弹弓——心爱的玩具被我们的父母收走了。

这件事情并没有完，三天后，我们又听到一个更加让人震惊的消息：王菊的一只眼球被摘除了。也就是说，王菊的一只眼睛消失了。

我们听到这个消息，始料未及。

军区保卫部的一个干事挨家挨户把我们心爱的弹弓都收走了，还问了我们许多话，比如，谁先射的弹弓，是谁打中的王菊之类。我们只能实话实说，不过我们也不知道到底是谁的子弹射中了王菊。保卫干事走后，我们不知道结果会怎么样，那些日子，在学校里见不到王菊，就连王然也好像一下子失踪了。我们这群玩弹弓的少年，一下子失去了往日的欢乐，蔫头耷脑的，放学后，也不在小树林里欢聚了，各自躲在家里，偶尔在家属院里见到，递个眼色，招下手，就像电影里特务接头一样。

王菊瞎了只眼睛，二哥的情绪似乎也受了影响。二哥和王菊在一个班里。

有天晚上，我都睡着了，二哥把我摇醒。醒来后，发现二哥侧身坐在我的床头上，我冲二哥迷瞪着。

二哥说：打瞎王菊的是不是小三子？

我迷迷糊糊地摇摇头。

二哥抓住我的胳膊，我发现二哥的手心是湿的。二哥低声说：你跟我说实话。

我摇下头说：哥，我真不知道。那一轮射击我们是一起发射的，搞不清是谁射中的。

二哥放开我胳膊，叹口气。

我在黑暗中盯着二哥道：哥，王菊跟你没关系，你替她操什么心。

二哥没再说什么，翻身上床了。他久久没有睡去，在上铺不停地翻身。

从那以后，二哥开始失眠了。有时我都睡醒一觉，去洗手间小便，回来，看到上铺的二哥仍睁着眼睛。我不明白二哥这是怎么了。人大了心事就多了，我只能这么总结二哥了。

王菊被打瞎之后过了好久，有一次，我在二哥的床铺下发现了一个日记本。日记本里有一封写给王菊的信，信的大意是说，二哥很喜欢王菊，喜欢她的笑，喜欢她黑葡萄一样的眼睛，等等。二哥用了许多形容词，有许多字我不认识，但知道都是说王菊的好话。

可惜二哥这封信王菊并没有看到，我就想，要是王菊眼睛不瞎，二哥会不会把这封信给王菊？我得不到答案。在二哥脸上也得不到答案。

那会儿的二哥神出鬼没，把自己装成个大人，神秘得很。

直到一个月后，王菊左眼蒙着纱布被她母亲接回了家里，我们才知道，王菊的左眼被摘除换成了义眼。那时，我们第一次听说“义眼”这个词，后来小三子告诉我们说，义眼就是假眼睛。

那件事处理的结果是，因为没找到真正射伤王菊的人，我们的父母，每家拿出五百元，作为给王菊治病和补偿的费用。

王菊受伤事件之后，表面上告一段落了。

王菊高中还没毕业，她还要上学，她那双美丽的眼睛消失了一只，看起来总觉得怪怪的。我们不敢靠近王菊，一见到她的身影，我们就躲得远远的。

我们躲得开王菊，却躲不开王然，他前一段时间一直陪着他姐姐，也没有上学。姐姐病好了，他也回到了学校。王然见到小三子，他像一头狼一样，嗷叫着把小三子扑倒了，按着小三子又撕又咬，又踹又踢，英勇异常，和平日里那个流着鼻涕泡的王然判若两人。小三子也一反常态，打不还手，骂不还口，躺在地上任由王然踢打。

王然一边踢打一边痛哭着诉说：我姐眼睛瞎了，你们知道我姐为了治眼睛受了多大罪吗？我姐眼睛瞎了，她这辈子毁了……

王然哭诉着，我们心里也都潮湿起来，希望王然也暴打我们一顿。

王然没打我们，我们就觉得欠着王然什么。

王菊毕业后，就下乡插队去了。她本应该去参军的。大院的孩子们，高中毕业，首选都是参军，就因为她瞎了的那只眼睛，她只能下乡了。

王菊下乡出发那天，大院的家委会，在大院门口插了彩旗，还有几个人敲锣打鼓地送王菊光荣下乡。王菊背着行李，提着脸盆什么的，走到大院门口，深情地回望了一眼大院，我们不知道，她一只眼睛的世界究竟看到了什么。她最后还是留恋地走了。

我们躲在远处的小树林里，望着这一切。王菊的身影消失了。小三子突然抱住一棵树号啕大哭起来。他越哭越伤心，像死了爹娘一样。我们都没有劝小三子，低着头站在一旁。在小三子内心，他觉得是自己害了王菊，他是罪魁祸首。我们也这么认为，只是嘴上不说。

后来，小三子上初中、高中，和我们渐渐地少了许多交往。

他高中毕业那一年，也去了王菊插队的那个知青点，他前脚去，王菊后脚就从农村回到了城里。王菊被安排到一家工厂工作，又是一年后，我们听说王菊结婚了，男人是和她一个工厂里烧锅炉的工人，据说当过兵，老家在乡下，他一个人在城里。

王菊结婚那天早晨显得异常冷清，那个锅炉工，穿了一身旧军装，用一辆自行车把王菊接走了。他的父母连楼都没下，只是扒着窗子在楼上看了看，王然袖着手站在门口，神情冷漠地目送着姐姐被接走。

我们躲在小树林里，目睹了这一幕，心里阴晴雨雪的不是个滋味。直到王菊消失了，我们准备散了，才发现身后站着的小三子。小三子的大名叫李卫国。他一身尘土，胶鞋上和裤脚上还黏着泥点子。我们见到李卫国都围过去，李卫国就像没看见我们似的，抖着嘴唇，嘴里一遍遍地说：怎么会这样，怎么了？

我们不明白小三子李卫国他这是怎么了，反正觉得自从王菊失去一只眼睛后，他整个人也变了模样，以前的小三子没有了，只剩下眼前的李卫国。

不久，李卫国也从乡下回来了，点名道姓地去了王菊工作的那家工厂。其实他有许多单位可以选择，他的父母为了他，找了许多关系，可以为他安排更好的工作，可他鬼使神差的，哪也不去，只去王菊工作的那家工厂。

王菊结婚后，似乎过得并不好。我们从王然嘴里知道，他的姐夫，那个锅炉工经常喝酒喝大了打他姐姐，说看不惯他姐一只眼睛，半夜睡觉都能吓醒。为了这事，在王然的带领下，我们找到那个锅炉工，把他揍了一顿，算是为王菊出了回气。过了一阵子，王然告诉我们，他姐还是离了婚。

又时隔没多久，一个消息震惊了我们，李卫国和王菊结婚了。两个大院的孩子结婚，李卫国父母为儿子操办了一下，就在大院小礼堂里为李卫国举行了婚礼。我们都去了。李卫国和王菊站在台上，我们站在台下，场面说不上热闹，李卫国的父母一脸的不高兴，一副无奈的样子。

后来我们听说，李卫国的父母是不同意这桩婚事的，可李卫国非王菊不娶，在家里闹腾了许久，父母无奈，只好顺了儿子的意。

婚礼那天，李卫国站在台上兴高采烈的样子，王菊也依旧年轻，身材也如当年一样的好，她的屁股也一如过去健壮饱满，唯一遗憾的就是她那只眼睛，好眼睛看人时，那只义眼似乎在望着别处，两只眼睛总不能齐心协力。

李卫国拉着王菊的手真诚地冲我们说：我媳妇漂亮不？

我们一齐喊：漂亮！

那天，我们都喝多了。为了李卫国和王菊。

李卫国和王菊的生活很幸福，后来生了个女儿，就像当年王菊一样漂亮。直到现在，李卫国和王菊仍恩爱地生活着。

那天，我们走出大院小礼堂时，天空是晴的，正如我们的心情。我们真心地为李卫国和王菊感到高兴。

二哥那会儿已经从部队复员，刚刚谈恋爱。

我未来的嫂子，梳两条长辫子，像李铁梅一样，坐在二哥自行车的后座上，在大院里出来进去。

我又想到了二哥写给王菊的那封信。那会儿我就想，要是王菊不瞎，又会怎样呢？

内参电影

林小兵有一天神秘兮兮地拉住我的袖子说：石小山，你想不想看内参电影？

“内参片”这个词我以前听说过，姐姐被母亲带去小礼堂看过一次。姐姐一回来就兴奋地冲我说：小山，内参电影老好看了。

姐姐很兴奋的样子，后来被母亲用严厉的目光制止了。姐姐脸上的神采奕奕就慢慢消退了。从那以后，姐姐再也没提过内参片。

林小兵又提起内参电影，我就想到了军区的小礼堂，放内参片时，每次都在小礼堂。

军区有两个礼堂，一个大礼堂，一个小礼堂。大礼堂平时用于军人集会、军民联欢什么的，每周还要放两次电影，虽然都是老掉牙的片子，但放映时，却是我们这些孩子重大的节日，看不看电影已经不重要了。我们奔跑在台上台下，捉迷藏或者抓特务，弄得值勤的士兵不停地轰我们。我们和执警战士的你追我赶也成了游戏。

小礼堂很少用，偶尔会放个内参电影，有权利看内参电影的都是一些首长，过年过节的会有文工团慰问演出，首长先在小礼堂审查节目，节目合格了，才会在大礼堂演出。有时上级领导到军区视察工作，也会在小礼堂开个会什么的，总之，小礼堂对我们来说很神秘。

朱革子听说内参电影，一下子兴奋起来，冲林小兵磕磕巴巴地说：小、小、小兵，你咋、咋知道内、内参电影？

林小兵白了朱革子一眼，骄傲地说：上周我哥带我看了一回。内参电影就是不一样，老好看了。

林小兵这么说，我马上想到姐姐看完内参电影时的表情，也来了兴致，拉着林小兵躲开朱革子、孙大来等人悄悄地问：内参片怎么不一样？

林小兵两眼放光，面色潮红，对着我咬耳朵说：内参片有男人女人在一起亲嘴，女人的奶子都露出来了，可大了，是外国女人……

我听了林小兵的话，被他感染得呼吸也急促起来，浑身上下仿佛钻进了一群蚂蚁，乱七八糟地在身体里乱窜。我对着他咬耳朵气喘着说：我想看。

林小兵认真地点了点头，冲我说：下次我带你去看。

后来我才知道，林小兵看的内参片，是他哥哥林大兵带他去看的。林大兵和二哥他们发现小礼堂舞台有扇窗子是坏的，关不严，电影放映前，他们顺着那扇窗子偷偷钻进去，藏在舞台后面，电影放映时，他们爬出来，躲在侧幕条里偷偷看了内参片。

林大兵能带林小兵去看内参片，而二哥回到家提都没提，看来我这二哥的确对我不咋地。那天回到家，我故意不和二哥说话，不停地拿眼睛白他。二哥怪异地看我一眼，吃完饭后，他随我回到了我们俩的房间。我和二哥的房间，有一张上下铺，我睡下铺，他睡上铺，二哥的脚很臭，他又喜欢穿回力球鞋，就更臭了，熏得我头疼。我向二哥提出过抗议，我抗议一次他就刷一次鞋，过几天又臭，我再抗议。好在他经常早出晚归的，常常见不到他人影，有时我都睡着了，他才回来爬上床，每天早晨醒来，他已经起床了。其实我见二哥的次数并不很多。

二哥的上唇已经生出一层绒毛了，经常晃着膀子，像一只没长大的小公鸡一样在我面前走来走去。

那天进门后，二哥伸出手扒拉下我的脑袋说：你小子怎么了，干吗拿眼睛翻我？

我说：你不够意思，人家林大兵带他弟弟去看内参电影，你咋不带我去？

二哥听我这么说，又拍了拍我的脑袋道：内参电影不好看，况且，也不适合你们小孩看。

我梗着脖子：那林小兵为啥说好看？

二哥看了我一眼道：你和林小兵不一样，他早熟。

二哥说完这话，就要出门了，走到门口又冲我说了句：你不要和林小兵学。

二哥说完就走了。上了高二的二哥，经常神出鬼没的。

二哥虽然这么说，但我并没拿二哥的话当回事。一周后，那天晚上我们吃完晚饭正准备玩抓特务的游戏，林小兵把我拉到一旁神秘地说：今晚七点半，小礼堂放内参片。我带你去。我一听就来了精神，狠狠地拍了林小兵肩膀一下，拍得他直吸气，他说：石小山，你轻点儿。

我和林小兵偷偷地准备溜走，孙大来和朱革子寸步不离地跟着我们，甩也甩不掉，轰也轰不走。我想给他俩来点厉害的，掏出火药枪瞄着他俩的头道：回去，不听话我就开枪了。

朱革子说：别、别、别开枪，我、我知道你们要干啥。

孙大来一副无辜的样子道：我可让你们打过真枪，你们有好事，不能扔下我。

林小兵上前就说：算了，要不一起去吧。

我想到孙大来失踪的姐姐，还有他让我打过真枪，心软了下来，收起火药枪，冲他们挥了下手道：一切行动听指挥。

孙大来舔舔嘴唇道：那是一定！

我们四个人向小礼堂摸过去。

林小兵把我们领到小礼堂一扇窗子前，那窗子有些高，举起手也摸不到窗子，我们都去看林小兵。林小兵压低声音道：得搭人梯，我哥带我来看电影，都是他在下面，我在上面。我看眼孙大来和林小兵，示意两人蹲下去。我踩着两人的肩膀，朱革子站在一旁，做出一副保护的动作，果然那扇窗子是活的，没费多大劲就推开了。我先钻进去，回过身子分别把他们拉了进去。我们进入小礼堂的后台，像鬼子进村一样，偷偷地钻到舞台的侧幕里，有的蹲下，有的趴在地上，我们向台下窥望着。

小礼堂果然和大礼堂不一样，灯都是水晶的，很繁华地亮着。座位都是沙发，前面两排沙发前还摆放着茶几，茶杯整齐地摆放着。放映员在调试放映机，强光打在舞台中央的银幕上，雪亮雪亮的，看得我们直眼晕。

不一会儿，一个梳着两条辫子的女兵，提着水瓶往茶杯里倒水，水声汩汩，很欢快的样子。灯暗了下来，几个首长走进来，有的还带着家属，让我们吃惊的是，杜鹃也在其中。她搀着一位首长，首长很喜欢她的样子。她搀着老首长坐到了前排，而她就坐在老首长身边，首长堆起一脸褶皱冲杜鹃笑，杜鹃则回以甜美的一笑。杜鹃懂事似的把茶杯往首长面前移了移，首长点点头，一副很满意的样子。这个首长不是杜鹃的父亲，杜鹃的父亲我们见过，一个瘦高男人，戴着眼镜，是文工团拉二胡的演员。显然，这个首长和杜鹃没什么关系。我想到了林大兵，碰碰身边的林小兵说：杜鹃怎么和这个首长搞到一起去了？林小兵眨巴下眼睛道：我听我哥说，杜鹃高中毕业要去文工团，她一定是走关系呢。

杜鹃的事来不及多想，灯就黑了，电影开始放映了。

我们或趴或蹲在侧幕条里，扬起头望着银幕，我们看到的电影是一部外国黑白片。演的是大鼻子、卷头发的外国人的故事。他们的话虽然翻译成了中文，但我们还是听不懂，他们在银幕里走来走去，银幕离我们太近，晃得我们头晕。我们觉得这内参电影一点也不好玩，还不如国产打仗的电影。在少年的记忆里，只有打仗的电影，我们才爱看。林小兵吹嘘说，他上次看电影时，看到了男女亲嘴的镜头。我们看内参电影，一大部分原因就是冲着亲嘴镜头来的。外国男女在电影里喋喋不休地说来说去，就是不亲嘴。有几次，一男一女离得很近了，手都放在对方身上了，我们以为要亲了，可到最后又走开了。我用脚踹了一下身边的林小兵道：你骗人，怎么还不亲？林小兵压低声音说：急什么，上次我哥带我看，也是老半天才亲上。

我们只能耐心地等，朱革子抓着耳朵，很烦躁的样子，他打着哈欠，眼睛蒙眬着似乎要睡着了。

正在这时，电影里的一对大鼻子男女果然亲嘴了，在没亲嘴前我一直怀疑他们的大鼻子会碍事，结果一点也不碍事，他们头一歪就亲上了。林小兵踹了一脚要睡着的朱革子，朱革子抬起头，看到满银幕的两个脑袋咬来咬去，显然，他没有心理准备，被吓着了，他大叫起来，他叫起来一点也不结巴，他顺畅又响亮地大叫着：啊啊啊……

这会小礼堂异常安静，首长们正全身心地看着电影，他这一叫可惹出了大麻烦，电影立马停放了。灯亮了。几个值勤战士把我们从侧幕里揪出来，提着我们的衣领子把我们带出小礼堂，又从台阶上推了下去。

逃离了小礼堂，我们放松下来。我们一致认为内参电影一点也不好看，可林小兵不赞成我们的观点。他很鄙视地对我们说：你们不懂，人家那叫爱情片。爱情这两个字在林小兵嘴里说出来，我们觉得太肉麻了，浑身直起鸡皮疙瘩。我们一起冲林小兵坏坏地笑。林小兵不明所以地：笑什么，本来就是嘛，你们不懂。

朱革子舔了舔嘴唇道：一、一点也不好、好看，不、不就是亲嘴吗？有什、什么好看的。朱革子又磕巴上了。

朱革子虽然磕磕巴巴阐明了观点，但这一点也不影响观点的正确。林小兵急赤白脸地和我们辩白。我们懒得和他理论，该干啥就干啥去了。

不过，林小兵真的像他所说的那样，对内参电影情有独钟。从那以后，他很少和我们一起看那些老掉牙的战争片了。有时林大兵带他去看内参电影，有时林大兵不带他，他就自己偷偷去，那么高的窗户也不知他怎么爬上去的，每次看完就给我们讲内参电影的情节，我们懒得听，对外国男女的爱情也不感兴趣。

我们给林小兵起了个外号——爱情。我们一见林小兵就说：爱情来了。然后我们就笑。坏坏的那种。林小兵就爱搭不理，不屑地说：你们是土老帽，啥也不懂。说完还一脸同情地望着我们。林小兵显然和我们不一样了。

后来，小礼堂的窗子被钉死了，林大兵和林小兵都看不成内参电影了。林小兵不知从哪搞来一些外国小说，整天放在书包里，背来背去。他一有空就看那些发了黄的外国小说。我们只看打仗抓特务的小人书。

林小兵不知是不是外国书读多了，总是一副多愁善感的样子，经常冲着一棵树或者一株草发呆，我们叫他，他也不理我们。我们不知道他是不是又想他的“爱情”了。反正，我们不喜欢这样的林小兵了，好像他和我们生活在两个世界里。从那以后，我们很少在一起玩了。

有一段时间，他经常往文工团跑，我们知道。那里有许多漂亮女兵，不是拉琴的就是跳舞的，也有唱歌的。我们承认，那些搞文艺的女兵长得很漂亮，可她们和我们一点关系也没有，我们不感兴趣。可林小兵感兴趣，一有时间就往文工团跑，不知他是去听人家唱歌还是看人家跳舞，总之，林小兵和我们不一样。

突然有一阵子，在我们班里不见了林小兵，一连几天他都没来上学。这在我们印象里从来没有过。

一连过了两个星期，孙大来才悄悄告诉我，林小兵出事了。他偷看文工团女演员上厕所被派出所的人抓了起来。为这事还在派出所待了一晚上。从派出所回来，他的父母帮他转学了。

我听到这个消息时，脑子“嗡”地一下，不明白林小兵对女人为什么那么感兴趣。我不知道他是内参电影看多了，还是外国小说看多了的结果，也不知道偷看女演员上厕所和爱情是不是有关系。

总之，从那以后，林小兵淡出了我们的视野。因为他转学了，到另外一个学校上学去了。偶尔我们在院子里会看到林小兵孤独的身影，只要他一发现我们，一闪身就不见了。他在有意躲着我们。

毕竟偷看女演员上厕所，在什么年代都不是件光彩的事情，既然林小兵不愿意见我们，我们也不好主动去见他了。

朱革子一说起林小兵的话题，他总会说：林、林小、小兵，白、白瞎了。我不明白朱革子指的白瞎了是什么意思。

孙大来就说：林小兵还有哥呢。

孙大来这么说时，我们就想到了孙大来失踪的姐姐。一想起孙大来失踪的姐姐，我们心里就难过起来，总觉得孙百灵和郑援朝的失踪是个谜，这么久了，怎么还活不见人死不见尸呢？

林小兵在我们上学这段时间，彻底淡出了我们的生活。直到我们高中毕业，参加了工作几年后，林小兵突然出现了。

有一天，我突然接到林小兵电话，他在电话那头热情又急迫地道：石小山，我是林小兵呀……听到林小兵的名字，我的心里一颤，往事如烟如雾地扑面而来。林小兵消失在我们生活中，真的是好多年了，他的突然出现给我们带来许多遐想。

林小兵的晚宴安排在一个著名的酒店内，当我出现在指定包间内，孙大来、朱革子等人已经到了。一个人背对着我，正口若悬河地说着什么。顺着众人的目光，林小兵转过身，惊奇地看着我。我看着如今早已长大成人的林小兵，格子衬衫，老板裤，亮得晃人眼的老人头皮鞋。他大叫一声：石小山。一把把我拉近，“咣当”一声把胸撞过来，我们紧紧拥抱在一起。

那天晚上，我们围坐在一起，听林小兵叙说自己的经历。当年他离开我们八一学校，转到了育英学校。高中毕业后，他没当兵也没考大学，一下子去了广东，捣腾电子表、计算器让他挣到了人生的第一桶金。现在他已经不弄电子产品了，改做服装生意，在市里有好几家实体店。既卖石狮人做的衣服，也卖国外假名牌，顺手把箱包生意也做了。

我们为林小兵感到高兴，他现在已经是本省有名的企业家了。我们喝了许多酒，说到内参电影，说到林小兵读外国小说的样子，唯独没有说厕所事件。林小兵一直热情地举杯，鼓励我们把一杯杯酒倒进肚子里。最后直喝得我们脸红脖子粗。

从酒店出来，林小兵意犹未尽的样子，他热情邀约换个地方。我们这群少年的伙伴，走向社会后，有的也好久没见了，有许多话想说。林小兵邀约，我们也没推辞。

林小兵带我们来到了一家金碧辉煌的歌厅。他一来到这里，完全是熟门熟路的样子，从前台到妈咪，甚至酒保都一路笑脸相迎，林哥长林哥短地叫着。

在一个豪华的大包间里，音乐响着，“皇家礼炮”被服务生打开了，林小兵一挥手叫来一群美女，不管我们愿意不愿意，在我们身边放了两个美女照顾我们。

林小兵豪放地一手抱过一个美女，美女为了讨好林小兵，热络地在他脸上啵啵有声地亲着。林小兵在美女的簇拥下，拿起了麦克风，他唱

《伏尔加河上的纤夫》《三套车》，也唱《老船长》……林小兵唱这些歌时，他整个人就安静下来，推开身边的美女们，站在电视屏幕前，他的神态是肃静的，目光多了许多内容。这时的林小兵，已让我们想起了当年带我们看内参电影的林小兵，读外国书的林小兵……

林小兵放下话筒，转身坐在美女中间时，他人一下子又变了回来。左搂一个右抱一个，胡乱地把头埋在美女胸前，左亲一下，右亲一下。一个小姐就娇嗔地叫：林老板你太坏了，都咬痛我了……林小兵便哈哈大笑，我们望着复杂的林小兵。

在歌厅里我们又喝，林小兵喝高了。他抱住我们，一直在哭。他边哭边说：我转过学，那事耻辱哇，但现在算个屁呀，是不是？虽然他没有说出“那件事”，但我们都知道他指的是什么，看来那件事还一直梗在林小兵的心里。

林小兵此时把一个美女拉入怀中，把一只手伸进对方怀里，非常不尊重女性的样子，使劲地在里面揉搓着。他醉眼蒙眬地冲我们说：这算个屁呀，是不是，算个屁呀，就这点儿事。

那件事在我们心里的确不算个事，因为我们不是林小兵。可林小兵嘴上不说，他心里一直在当个大事。

那天晚上我们走出歌厅，林小兵东倒西歪的样子，我们扶着他，走在不冷不热初春的街上。

一辆车停在我们后面，不停地按着喇叭。我们回过头，看见是接林小兵的车。一个梳披肩发的漂亮女人下了车，看着我们和林小兵。

林小兵冲女人又冲我们道：我老婆，漂亮不？

我们一起小心地冲林小兵老婆讨好地笑着。

林小兵老婆见怪不怪地说：怎么又喝多了，麻烦你们把他放到车里吧。

我们七手八脚地把林小兵塞到车里，看着他漂亮的老婆把林小兵带走。

我们望着远去的车，真希望林小兵把那件事早日当屁一样地放掉。我们希望带我们去看内参电影、看外国文学的林小兵早日回来。

地　震

那年，就是1976年。唐山发生了一次震惊中外的大地震。接着东北有一个叫海城的地方也发生了地震。那一阵子，关于地震的消息漫天飞舞。为防地震，学校停课，军区大院和全市人民一样，家家户户都在院子的空地建起了防震棚。有的干脆支起了帐篷。在防震的日子里，我们有家不能回，都住进了防震棚。

防震的日子里，是我们这群少年最无忧无虑、也最开心快乐的一段美好时光。

二哥和林大兵他们这些高中生，似乎有许多秘密。他们身子跨在自行车上，双脚拖在地上，头凑在一起，神情严峻地密谋着什么。我们一靠近，他们就不说了，斜着眼睛望我们。仿佛我们是他们的敌人。

林大兵和二哥从来就不带我们玩，他们有他们的世界，我们有我们的世界。我们不再关心他们。

我和林小兵、孙大来、朱革子、王然等一群人，隐在防震棚的空隙间，玩捉迷藏和抓特务的游戏。

有一次，我误闯误撞跑进了一家帐篷里，看见小三子正扒着帐篷缝隙向外面张望。小三子已经上初中了，头发比以前长了，身子也壮了一些，他正聚精会神地扒着帐篷的窗缝向外面看。我见是小三子便也凑过去，顺着他的目光望过去，看见了王菊。王菊在不远处正坐在一顶帐篷后面洗衣服，身子一起一伏的，每动一次，就露出一截白白的腰肢。

那会儿的王菊已经装上了“义眼”，王菊已经和以前不一样了，她开始离群索居，也听不见她的笑声了。

我见小三子看得这么专注，拍了一下他的肩膀道：一个瞎子有什么可看的?！小三子一抖身子，见是我，蹲下身子，看着我点点头，又摇摇头。我不明白，他这是什么意思，就说：三子，出去玩吧，咱们抓特务。

小三子摇摇头，把身子更紧地缩在一起，把自己蹲成个球。

我又说：咱们不玩抓特务也行，去玩火药枪，实战的，打靶。

小三子又摇摇头。我只能气馁地告别了小三子，跑出小三子家的帐篷，又到外面疯玩去了。我当时不明白，人为什么一长大，就有了另外一个世界，当时我觉得，大人的世界一点儿也不好玩。

我们在疯跑，孙大来没心没肺地跟在我们身后，我们看到郑小丹坐在自家门前，在一张画本上画着什么。自从她哥哥郑援朝失踪之后，她动不动就哭。说她一句哭，碰她一下也哭。她变成了个玻璃人，我们没人敢招她。渐渐地，我们离她远了。只有她和孙大来经常在一起嘀嘀咕咕。

有一次，我问孙大来：你和郑小丹在一起嘀咕什么呢?

孙大来低下头，小声地说：她说她想她哥哥了。

听孙大来这么说，我就原谅郑小丹的哭咧咧了。

郑小丹画画，我们凑过去，她的画本上画的是一个男人，长头发，一双眼睛很大。

朱革子就上前问：你、你画的这是谁呀?

郑小丹不说话，把画本抱在胸前，身子往后弓了弓。

孙大来上前把我们拉到一边说：郑小丹画她哥呢。

我们诧异，她画的和她哥一点儿也不像。他哥我们还有印象，一双细长眼睛，总是要笑的样子。可她分明画了一个大眼睛男人，还神情严肃。

孙大来就说：她想她哥了，她的事咱们不管了，咱们玩吧。

这时我们就听郑小丹喊：孙大来，你还有心没心了，你姐还没找到，你还有心思玩？

孙大来听了这话，情绪一下子低落下来，眼圈红了，似乎要哭出来的样子。

我们离开郑小丹，跑到树林里玩起了火药枪。看到枪，孙大来立马变了个人，把姐姐抛到了九霄云外。他没心没肺地咧着嘴说：太好玩了，这枪真响……

防震期间，军区机关为了丰富群众文化生活，几乎每天晚上都要放露天电影。电影队的人挖空心思，把放过无数遍的电影拷贝都拿出来播放，为了打发漫漫长夜，有时一晚上能放两三部片子。放映地点就在军区大院的操场上。

这些老片子，大都是我们爱看的战争片，但我们已经看过无数遍了，许多台词我们都能倒背如流。但每天播放，还是能吸引许多大人小孩围在银幕前后，大人们不是为了看电影，而是为了消磨漫漫长夜，孩子们围在银幕前疯跑疯玩，图的就是一个热闹。

二哥和林大兵这些即将毕业的高中生，很少在大院里停留，有时一吃完饭就不见了影，仿佛他们长大了，这个院子就装不下他们了。

有一天晚上，我们看见林大兵骑着自行车在人群外停留了一会儿。他穿着海魂衫、军裤，双脚拖在地上，两绺头发搭在额前，他的目光在人群里搜寻着。似乎没有找到他要找的人，还没等我们靠近他，他就一溜烟似的消失了。他消失的方向就是操场西侧的小树林。

不一会儿，我们又看到了已经穿上军装、被文工团特招入伍的杜鹃。杜鹃从文工团回来，她现在穿上军装，还有半高跟鞋，人似乎一下子就长大了。杜鹃和二哥、林大兵是同学，杜鹃被特招入伍，便提前离开了学校。

一看到杜鹃我们就想起当初我们用弹弓射她的情景，还有林大兵为保护杜鹃凶我们的样子。隐隐地，我们总觉得他和杜鹃有某种联系，是什么样的联系，我们一时吃不准。

那天晚上，我们看见杜鹃也在银幕前停留了一会儿，一闪身也向小树林走去。

朱革子拉着我衣袖道：石、石小、小山，看、看来今晚要有、有事。

说完冲树林那个方向努了努嘴。

王然就瞪大眼睛说：他们是不是约好了，在搞特务活动？

我白了王然一眼。

孙大来拔出腰间的火药枪，在空气中挥舞了一下道：咱们也去。

我向树林方向看了看，又看了眼面前七长八短的小伙伴。老电影真的没什么可看，既然这样，还不如找点新鲜事做。便说：咱们悄悄地进村，打枪的不要。

我们弯下腰，走到树林边时，甚至把鞋脱了下来，拎着鞋向树林包围过去。

果然，我们在小树林里发现了“敌情”。虽然是黑天，但有银幕的光线照射进来，我们没费多大劲就发现了树林中的林大兵和杜鹃。两人站在树前，像一对剪影，杜鹃倚靠在树上，头发散了下来，样子十分的优美。

远处的露天电影仍在放着，不时地从我们身后传来爆炸声和喊杀声。我们听不见林大兵和杜鹃在说什么。我们不敢接近两人，只能伏在草丛里观察着两人的动静。夜晚草地上已经有了露水，潮潮地、凉凉地从我们身下传递过来。

王然小声地说：这有啥好看的，回去吧。

王然的话还没说完，我们突然看到林大兵突然把杜鹃扳到自己身前。起初杜鹃在推拒着林大兵，两人像一对敌人撕扯着，最后杜鹃抵不过林大兵的力气，不再挣扎，把身子伏在林大兵的身前，林大兵的手在杜鹃身后游走着。

再后来，林大兵扳过杜鹃的头，两人的脸贴在一起，我们似乎听到他们牙齿磕撞在一起发出的声音。

看过内参电影的我们，对男女亲嘴已经不稀奇了。我们都屏住呼吸，心怦怦地乱跳。这比看内参电影过瘾多了，电影里都是外国人，这两个人就在我们身边。这场景太有意思了。

两人相互吸吮着，他们呼吸急促。林大兵气喘着，把一只手伸到杜鹃胸前的衣服里，杜鹃似乎轻叫了一声，紧接着她更紧地搂紧了林大兵的后背，两人更紧地贴在一起。他们似乎累了，双双“咕咚”一声倒在树下的草地上。

趴在我身边的王然，突然发出一声凄厉的尖叫：地震了……

这一声让我们从地上一跃而起，不分东南西北地跑出小树林，一口气跑到操场上。电影仍在播放着，我军士兵正英勇地向一个高地冲击。

我们反应过来，刚才地震是假情报。

我捏住王然的耳朵道：你刚才乱叫什么？

王然也十分后悔的样子，结结巴巴地说：刚、刚才看见两人都倒下了，我、我以为地震了。

王然的乱喊乱叫让我们失去了一场好戏。我踹了王然屁股一脚，说了句：以后别跟着我们。

王然一副委屈的样子。我们看在王菊已经装了义眼的分儿上，没再和王然过不去。我们又潜回到小树林里，那里什么都没有了，树林外林大兵的自行车也不见了踪影。此时树林里空空荡荡的，似乎什么也没发生过。

孙大来又拿出火药枪冲着树梢比画着，他突然扣动扳机。火药枪闪了一下，发出一声闷响，惊飞几只树林里的鸟。

好在电影里也正打得热闹，没人注意我们在树林里弄出的动静。

在防震的日子里，我们无数次光顾过小树林，再也没有发现杜鹃和林大兵。

偶尔在周末，我们会看见杜鹃回家，头发有时扎起来，有时就那么散着。她路过我们身边时，从不正眼看我们，我们的目光却一直追随着她，空气里留下一缕甜丝丝的气味，我们知道这气味是属于杜鹃的。

在我们印象里，杜鹃是我们见过的最漂亮的女孩。

杜鹃现在是文工团一名小提琴手了。

她爸是拉二胡的，她妈会弹钢琴。这家人凑在一起，可以开个演奏会了。但我们却从来没看见过一家三口同时登台的场景。为这事我问过我姐，我姐笑着说：他们三个人怎么能同时登台？他们的乐器各管各的事。

当时在我眼里，他们就是一回事。好在我并不关心乐器的事，也听不懂，不再为这事纠缠了。

后来我们听说，杜鹃为了特招到文工团去当兵，认了一个副政委当干爹，就是我们看内参电影时见到的那个满脸皱纹的首长。有了干爹做靠山，杜鹃没毕业就当兵了。这对我们来说也算个奇迹了。

当时我就想，大人的世界太麻烦也太复杂，一颗脑袋想不过来，太累，干脆就不想了。从那会儿开始，我怕自己长大。

后来，我们不用再防震了，各家都搬回到楼房里了。渐渐地，林大兵和杜鹃的故事我们都快忘记了。

杜鹃在我们眼里几乎成了大人，我们只要看到她，她都会穿着军装，半高跟皮鞋，高傲地在我们面前走过，空气里留下一缕雪花膏的气味，甜甜的香香的。杜鹃离我们很遥远，她在遥远的地方美丽着。

直到几年后，林大兵牺牲在了越南，他的骨灰被云南省军区的人送了回来。军区群工部组织军人和家属在军区大礼堂为林大兵开了追悼会。

在追悼会现场我们又看到了杜鹃，她臂戴黑纱，脸色苍白，眼睛哭成桃子一样。看到杜鹃，我们想到了林大兵。防震那年，小树林里的情景又浮现在我们的眼前。

那会儿，我们明白了，林大兵的初恋是杜鹃。两人的初恋，随着林大兵的牺牲没了结果。但在我们心里却像画出的一道彩虹，缤纷美丽。

后来，杜鹃嫁给了文工团一个叫白杨的干事。白杨也是我们大院里的孩子，比二哥和林大兵高一届，和失踪的孙大来的姐姐和郑小丹的哥哥同一届。

我们一见到白杨就会想起林大兵。

在我们眼里，白杨连林大兵的一个脚指头都不如，不知美丽的杜鹃怎么就看上了白杨。

哥哥姐姐

一个周末，我们在院里踢足球。忘记是谁把足球一脚踢入到了防空洞的排气窗里。防空洞的排气窗是用木条做成的隔栅，离地面有一米多高。因年久失修，排气窗已经腐烂了，禁不住球的力量，足球击碎排气窗的隔栅，滚进防空洞里。

记得去防空洞里捡球的人是王然，因为他长得又瘦又小，进出排气窗容易一些。王然进入排气窗没多一会儿，他抱着球连滚带爬地跌落出来，脸色苍白变音变调地说：妈呀，里面有死人。

我们听到王然这么说，一哄而散。

最先来到现场的是军区保卫部的人，他们七手八脚地把通风口拆了，从里面抬出两具尸体——确切地说，是两具无法分离开的尸骨。他们虽然死了，可两具尸骨仍然紧紧搂抱在一起……

后来公安局的人也介入了。不久，事情就水落石出了。这两具尸骨就是失踪的孙大来的姐姐和郑小丹的哥哥。

双方的父母、亲人哭天抢地来到现场，他们只看了一眼，便确信这就是他们失踪的孩子。遗物中有一块上海牌手表和一个粉色塑料发卡。表是郑援朝的，他高中毕业，是母亲送给他的成人礼物。那粉色发卡是孙大来的妈妈出差去上海，特意给女儿挑选的。

父母认出了自己的孩子，哀号一声便晕了过去。在场的人无不动容。谁也没有料到，两个失踪的孩子竟然命丧防空洞。找了那么多地方，没想到他们就在眼皮底下。

他们的父母当即被救护车拉到医院去了。

后来大家分析，两人当时是通过通风口钻进了防空洞。那里安静、宽大，很适合谈恋爱。可能两人在里面待久了，缺氧或沼气中毒，让两个孩子无力走出防空洞。

孙大来姐姐和郑小丹哥哥的爱情故事，从大院流传到学校，又从学校流传到社会上。那时有许多慕名的人都想看一眼葬送两个年轻人性命的防空洞，只因部队大院不允许自由出入，他们只能止步于大院门口。

孙大来和郑小丹两个人，哭过了，绝望了。最初两人的哥哥姐姐失踪时，他们一家，包括我们也一直期待着，两个人会突然回来，像小说和电影里常表现的那样，他们经历了一段浪漫又惊险的奇迹，此时，荣归故里。现实却并非如此。他们悄无声息地死在了防空洞里。要不是那个足球的闯入，他们还不知道要在里面待多久。

之前，孙大来和郑小丹两个人经常望着远处发呆，他们希望从远处某个地方，突然走出他们的哥哥姐姐。那会儿，他们心里还有盼头。

现在水落石出了，奇迹没有发生。他们只能接受现实。

从那以后，两个人一下子变得成熟了。他们沉默寡言，目光中透露出和他们的年龄不相匹配的信息。两人不仅在一起嘀嘀咕咕，而且放学、上学也一同出入，仿佛他们原本就是一家人。

高中毕业后，我们那批同学，有的去参军，有的去上大学。

孙大来和郑小丹去了一个部队当兵，三年后他们复员回到大院。不久，我们听到一个惊人的消息——孙大来和郑小丹结婚了。

我们刚听到这个消息时，有些发蒙。但很快就理解了——他们在延续着他们哥哥姐姐的爱情，他们是爱情的继承者。

许多年过去了，两人平凡地生活着。他们生了个儿子，又领了独生子女证，日子幸福无比。他们孝敬双方的老人，教育孩子，日子通俗又别样。他们的爱情平淡又丰富，因为他们承载着哥哥姐姐的爱情。

二哥和林大兵在高中毕业那一年突然消失了。

二哥和林大兵消失和孙大来、郑小丹的哥哥姐姐失踪不同，他们各自给家里留下了一封信。

二哥和林大兵在上初中时，也出现过一次离家出走的闹剧。

初二那一年，二哥和林大兵偷偷地坐火车又坐汽车，跑到了辽北的调兵山。他们要到山里去打游击。二哥走时，带了几天的干粮，还带走了一双备用的胶鞋。他们揣着一张辽北的地图，一头扎进了调兵山。他们要学习当年的毛主席和朱德总司令，在一个叫井冈山的地方打游击闹革命。二哥和林大兵那会儿已经从课文里学过《朱德的扁担》，课文里的故事讲的就是红军在井冈山上的斗争故事。

二哥和林大兵也要当一回当代的红军。

那次二哥和林大兵打游击闹革命的想法没能成功。一周后，二哥等人就被调兵山的民兵给押送了回来。因为他们吃完了干粮，偷老乡的玉米拿到山上去烧烤，是炊烟引来了警惕的民兵，二哥等人一举被拿下了。

二哥和林大兵等人带去的火药枪、军刺根本没派上用场，被几个“土八路”轻易地拿下了。那次回来的二哥，满眼写满了壮志未酬。

那次二哥被押回来后，我记得被父亲用皮带抽了足足有一个时辰。二哥很坚强，在父亲皮带的暴抽下，他咬牙坚持着，一边滚动一边高呼口号：打倒反动派，革命无罪。

父亲气得舞动皮带上下翻飞，一边抽一边质问二哥：你这个小兔崽子，你这是要打倒谁，去打谁的游击，你要造共产党的反吗？嗯?!

父亲一边骂一边狠命地抽二哥。

二哥不哭不叫了，仇视地盯着父亲道：石光荣你记着，我早晚要做一件大事，让你看看。

父亲被二哥当时的样子骇住了，他举起皮带看着二哥。父亲没再去抽二哥，把皮带扔到二哥身边，点了点头，冲二哥说：那我就等着那一天。

父亲石光荣背着手走了。

二哥从地上爬起来，他一滴眼泪也没掉。从那以后，二哥在我眼里似乎一下子长大了，他很少说话，把帽子歪戴在头上，上唇长出了绒毛，横着膀子骑自行车，斜着眼睛看这个世界。

二哥在我眼里就是个牛人。他不仅能帮我们打架，保护我们。他的沉默就是一种力量。他的一双臭脚我不去计较。我一直相信，二哥能做出一件惊天动地的大事。

二哥失踪前是有征兆的。

二哥毕业前，就开始很少回家了。他住在我上铺，有时半夜才回来，有时一宿都不着家。他和林大兵等人经常躲在一起密谋着什么。我们有几次凑过去偷听，二哥一见我们，他们就不说话了，瞪着眼睛让我们滚开。我们不滚开，二哥就急了，抽出军刺在我们眼前晃。我们知道，二哥他们不会用军刺捅我们，但我们还是害怕，就散了。我们一散，他们又开始密谋，像地下党接头一样。

前几天，他回来得早些，把一顶他平时戴的军帽戴在我头上，二哥的头比我的大，我戴他的帽子有些大，咣里咣当的。二哥说：过两年就不大了，别再让人抢去。我点点头道：不怕，有你呢。二哥把手放在我头上，用力按了下，想说什么又没说。帽子不论大小，我都很高兴，一遍遍地问：你是把这帽子给我？二哥点点头。想了想又把军衣脱下来，也披在我身上说：这衣服也给你了。

我吃惊地望着二哥说：你这些都给我了，你穿什么？

二哥神秘地一笑道：到时候有人发给我军装。

我又问：哥，你要参军，爸知道吗？

二哥严肃起来，冲我说：这是秘密，你别乱说。

我点点头。

二哥把手搭在我肩上道：你呀，以后少惹事，我走了没人保护你了。要是真有人惹你，你也别怕，给他来点狠的，让他一辈子都怕你。

我点点头，哽咽着问：二哥，你真的要走了？去干啥呀？

二哥又拍了一下我的肩膀：哥要去干一件大事。

我了解二哥，他不说问也没用，我不知道二哥要干什么大事，只能等待着。

结果二哥真的消失了。和二哥一同消失的还有林大兵以及他们另外两个同学。

二哥他们的失踪惊动了整个大院。

不仅家长去找，保卫部、公安局的人都在找。这次过去好多天了，也没有民兵把二哥他们押送回来。我意识到，二哥他们真的干大事去了。

父亲在二哥的床铺下，发现了那封留给他的信。二哥在信中说：爸，妈，我走了。我都十六岁了，高中也毕业了，我要出门干一件大事。你们平时看不上我，我要用鲜血和青春证明自己，我是一名国际主义战士，我要在抗美援越的战场上点燃自己的青春。如果有一天我没能回来，请不要找我，我是烈士，也是你们的光荣……

父亲看到这封信时，没有暴跳如雷，他把信交给了母亲。他自己则走到客厅里，来到墙上悬挂着的亚洲地图前。

母亲看完信哭了，她一边哭一边说：石光荣，你把我儿子给我找回来，我不让他当烈士。

父亲烦躁地冲母亲挥了挥手，母亲就不再唠叨了。

父亲望着地图，在云南红河的地方停下了目光，他一脸严峻。父亲又拿过放大镜在那个区域研究着。半晌，父亲离开地图，转身出门了。

父亲走后，我来到地图前，看到了红河字样，越过红河，对面就是越南了。我心里跳了一下，二哥去了越南？

二十世纪七十年代初，报纸广播一直讲一件大事，越南人民正在英勇抗击美帝国主义的侵略。我们国家不仅在人道上支援着越南人民，同时许多战略物资也运送到了越南人民手中。许多热血青年，写血书要当一回抗美援越的志愿军，走出国门，去保家卫国。像当年支援朝鲜一样，痛击美帝国主义。

那几天，父亲石光荣一回到家里，就站在地图前，目光落在“红河”处。父亲发着呆。

母亲立在父亲身边问父亲：孩子真的去了越南？能找回来吗？

军区已经和云南省军区取得了联系，云南部队方面正在全力寻找二哥和林大兵等人。

二哥走了，我虽然拥有了他的一切，军帽、军衣，甚至臭不可闻的回力牌球鞋，可一看到这些东西，我就开始想他。不知道他此时身在何处，有没有地方住，有没有饭吃。也许此时的二哥在南方的丛林里迷路了，外面又下着雨，二哥没吃没喝的……想到这，我悄悄地流下了眼泪。

十几天之后，这十几天对我们家来说，仿佛有几年那么漫长。二哥终于回来了，他是被军区保卫部派出去的干事从昆明接回来的。二哥正在偷越红河时，被云南省军区边防部队发现了。他们同行有十几个人，只有几个人越过了红河，包括林大兵。

回来后的二哥变得又黑又瘦，头发长了，嘴唇上的绒毛脏兮兮的。回来的二哥，一副壮志未酬的样子，眼里写满了绝望和失落。

父亲看着被押送回来的二哥，破天荒地没有暴跳如雷，也没有揍他，只是上前用手捏了捏二哥的肩膀，二哥把头扭到一边。父亲说：你小子想当英雄？

二哥挑着眼角望着石光荣。

父亲从二哥身上抽回手，拍了一下二哥的肩道：你去当兵吧，是好钢还是烂铁，锤巴锤巴才能知道。

两个月后，二哥参军去了。他的部队在北部边陲。

二哥当兵没多久，给家里来了封信，信里还夹了一张照片。照片中的二哥端着枪站在哨位上，身前和身后是皑皑的白雪。二哥挺直腰身，努力地望着远方。

我非常羡慕二哥。他手握钢枪的样子太神气了。

不久，林大兵也有了消息。

他的骨灰被云南省军区的人送了回来。林大兵牺牲在了越南。

林大兵越过红河后，参加了越南的游击队，在潮湿险恶的丛林里和美国大兵展开了一场游击战。美国飞机投下的子母弹击中了林大兵。

军区破例在大礼堂为林大兵召开了一次追悼会，认识不认识林大兵的人都来了。礼堂台上放了一张林大兵的照片，照片前是骨灰盒，周围有松柏环绕。

我在人群中看到了杜鹃，她已经哭成了个泪人，眼睛又红又肿。我想到了在小树林的那一幕，她和林大兵双双倒在了草地中。看来她和林大兵是真心相爱的。我望着林大兵的照片，林大兵一副孩子的模样，张着嘴无忧无虑地笑着。他的目光望到了什么？他会看到此时的杜鹃吗？这么一想，我有些难过，泪水流了下来。

二哥当满三年兵后复员了。他没能成为英雄，但人长大了，成熟了。唇上的绒毛变成了硬硬的胡楂，眼神犀利。

二哥后来谈恋爱了，未来的嫂子并不是我们八一中学的女生。二哥找了位育英中学毕业的女生谈恋爱。

装了“义眼”的王菊已经结婚了。

王菊结婚那天，被一辆自行车载走。我们曾偷偷去看，小三子哭得跟一摊屎一样。王菊被烧锅炉的退伍军人用自行车驮远。我看见了二哥，二哥站在王菊家楼后的拐角处，他穿着退伍后洗得发白的军装。他一脸无奈和忧伤。

后来二哥背过身去，不知何时离开了。

我想起二哥给王菊写过的“情书”——你美丽的眼睛就像夜幕闪耀的星星，照耀在我有梦的夜晚……这句话像首诗，我一直记得。

那会儿我经常问自己，如果王菊的眼睛不被我们射瞎，她会成为我嫂子吗？我一直想用这话去问二哥，每当话到嘴边了，一看到二哥英气的眼神背后隐藏的忧伤，我又改变了主意。

那会儿，二哥已经和育英中学的女生结婚了。

二哥从部队带回一本影集，是他和各种武器还有战友们的合影，身后是大炮、坦克，还有轻重机枪……二哥和战友们骄傲地站在镜头前，仿佛他们已经是英雄了。

我羡慕二哥，因为他有这样的履历。

许多年过去了，人到中年的二哥已经发福了。头发稀疏，肚子也腆了起来。他们这些老军人，每到八一建军节那一天，都要聚一次会。豪放地喝一次酒，然后粗门大嗓地唱几首军歌。

只有在这时，二哥他们目光才又犀利起来，又找回了当年的英气。

我理解二哥他们。

告密者

我上小学五年级下学期时，学校里来了一名教体育的老师，叫马驰。

马驰二十岁出头的样子，有一头长发，总有几绺搭在眼角，他就不时地甩来甩去。他整日里穿着运动服、白球鞋，人就显得干练潇洒。

他经常出现在学校的操场上，在各种器械上做着运动，一条白毛巾搭在不远处的器械上。

我们上了五年级，我们男生对同龄女孩一下子失去了兴趣，对年长的女生却情有独钟。女生们已经开始怀春了，她们只要一看见马驰就大呼小叫，叽叽喳喳，兴奋异常。她们盼着上体育课，因为那会儿可以名正言顺地见到马驰。我们男生却不以为然。

我们男生最爱上美术课，不是我们多么热爱美术，是因为上美术课，我们就会见到桃子老师。

桃子老师也是二十岁出头的样子，她人就跟她名字一样，总是水灵灵的，一双眼睛看人时一副会说话的表情。人总是香香甜甜的，一股水蜜桃气味。上美术课，能见到桃子老师是我们的福利。

朱革子每次上美术课时，总有没完没了的问题。每次桃子老师在黑板上画一幅画，比如一棵树，或一枝花、一朵云什么的，她先讲一下画这些物体的要领，然后就让我们照葫芦画瓢。

朱革子每画几笔就举手叫道：桃、桃子老、老师……

桃子老师就笑吟吟地走过去，站到朱革子身边指点着朱革子这样或那样。

我也想把桃子老师叫过来，闻一闻她那水蜜桃味。可还没等我开口，朱革子又举手了：老、老师、师……

我在后面望着朱革子，发现他的脑袋又扁又长，还有两绺头发支起来，恨不能踹他一脚。

一堂美术课下来，也轮不到我叫一回桃子老师，她几乎被朱革子一个人霸占了。

下课之后，我们去上厕所，在小便池旁，我踢了一脚正在小便的朱革子，弄得他下半身湿了一片。

朱革子不明就里地说：石、石小、小山，你踹、踹我干啥？

我狠狠白了他一眼。

朱革子拍一拍湿淋淋的裤子，夹着腿走出厕所，我看到朱革子狼狈的样子，心里好受了一些。

那一阵子，女生们爱上体育课，男生们爱上美术课，都是因为马驰和桃子。

我们对马驰不以为然，甚至觉得女生叽叽喳喳议论马驰，非常可笑。

马驰家在外地，他住学校集体宿舍。他的身影就总出现在校园当中。我们每天上学，都会看到马驰不是在操场上跑步，就是做各种器械，头发一甩一甩的。好多女生看到马驰就不爱挪步了，大呼小叫着。有的人还故意停下脚步，要么在整理头发，要么蹲下身子系个鞋带什么的。总之，她们想方设法去接近马驰。

马驰在我们男生心里却成了敌人。

我们真想收拾一顿马驰。我想起了二哥和林大兵。二哥参军了，林大兵还在越南战场上。他们都在干大事，没人帮我们了。

因为二哥和林大兵不在了，收拾马驰的想法只好作罢。

女生眼里有马驰老师，男生心里装着桃子老师。本来不搭界的事，被孙大来一条新闻打破了。

周日，孙大来和郑小丹两人相约去商店买作业本，自从孙大来的姐姐和郑小丹的哥哥被从防空洞发现后，孙大来和郑小丹相互走动明显多了起来。就因为他们的哥哥姐姐凄美的爱情故事，我们认为孙大来和郑小丹两人好成一家人都不奇怪。

孙大来说，他和郑小丹路过红星电影院门口时，看到了马驰和桃子老师。两人手拉手有说有笑地进去了，又手拉手走出来的。一直走到马路对面，两人的手才分开，双双向学校方向走去。

孙大来和郑小丹描述得言之凿凿，我们不能不信。

无论对男生和女生，这都不是一个好消息。女生们再看马驰时，心里多了酸酸的东西。男生接近桃子，一下子觉得桃子散发出的又香又甜的味道没有以前那么好闻了。

有一天，我冲孙大来、朱革子、王然等人说：咱们跟踪马驰，不能让这小子过舒服了。

我的提议得到了众人的肯定，大家一下子来了斗志，似乎在平静的日子里，我们又找到了对手。

火药枪和军刺、三节棍什么的，我们随时带在身上。放学后我们并没有离开学校，先从大门走出去，走了一段见人不注意，我们又杀了回来，顺着院墙跳进学校，在角落里隐藏起来。

放学后学校变得异常安静，老师们在各自办公室批改作业，有的在写教案。

太阳再偏西一些，老师们各自走出办公室，有的骑自行车，有的步行，总之，他们行色匆匆地离开了学校。

马驰换了一身运动服，是红色的，他来到操场上先是跑步，之后又踢腿，然后在各种器械上做着动作。

桃子老师差不多是最后一个走出来的，她的样子像个中学生，背着书包一蹦一跳地来到马驰身边，桃子老师在我们眼前从没有这么蹦跳着走过路。

马驰倚在器械上，精神焕发地冲桃子说话。桃子面对夕阳，一双眼睛弯着冲马驰说了什么，然后就一蹦一跳地向学校外走去。马驰目送桃子远去，半晌才向宿舍走去。

依据我们观察，马驰和桃子绝对不一般。他们的眼神和正常人不一样。

发现了这些之后，我们决定先回家吃饭。我们走在路上，朱革子说：石、石小、小山，一会儿还来吗？

我说：当然。

孙大来又把火药枪掏出来挥了挥说：捉贼捉赃，捉奸捉双，不成功我们绝不收兵。

我又说了句：当然。

我们一想到桃子老师和马驰眉来眼去的样子，心里就很不舒服。

回到家，我们匆匆吃了晚饭，又在大院门口集合了，我们直奔学校，仍然翻墙而入。

夜晚的学校安静极了，门口有个传达室，一个勤杂工住在那里，平时上课敲钟，干些收发工作，夜里就住在传达室，为学校看家护院。

教室后侧，有一排小平房，里面放着各年级的教具，还有些杂物。马驰是外地的，校长收拾了一间房子作为马驰的宿舍。我们一踏进学校，就发现马驰的房间灯是亮的。

我们像八路军的侦察员一样，分梯次地潜过去，把马驰的宿舍包围了。

马驰宿舍的窗子上挂了一个窗帘，图案是几枝竹子，但窗帘小了些，遮在窗子上并不严实，有一角露出一截手指大小的缝隙。我们在那截缝隙里看到了马驰坐在床沿上，桃子老师背对着我们。他们身前有一张桌子，桌子上放着两只饭盒。马驰和桃子老师一边吃饭，一边说笑着。

我们看到此情此景，心怦怦地乱跳着，为桃子老师。

两人很快吃完了饭，又坐在那说着话。马驰一副眉飞色舞的样子，桃子老师细语莺声地说着。

再后来，马驰伸出手拉住了桃子的手，桃子起身坐到了马驰的床沿上。两人并排在一起相对着扭过头，他们不再说话了，而是四目相对，他们眼里都有湿湿亮亮的东西在跳动着。

突然马驰一下子把桃子揽在怀里，桃子没挣扎也没推拒，很顺从地倚过去，还闭上了好看的眼睛。接下来，我们看见马驰亲了桃子。

关于亲嘴，我们已经不陌生了，内参电影里见外国人亲过；林大兵和杜鹃在小树林里也这么亲过；现在我们又看到马驰在亲桃子，我们心里难受极了。按理说，这件事和我们没关系，但不知为什么就是难受，一想到马驰把舌头放到桃子嘴里的样子，我们心里就酸得不行。

那晚，不知过了多久，桃子起身离开马驰的房间，出门前还拢了下头发，又扯了扯衣襟。在门口，马驰又把桃子用劲地抱了一下，两人才走了出来。我们没有动，仍潜伏在角落里，我们看到马驰把桃子送到大门口。桃子还和传达室的勤杂工打了招呼。

那天晚上，我们翻墙离开学校，一路上谁也没有说话。一直回到军区大院，我们不得不分手了，朱革子才说：石、石小、小山，咱、咱们怎么办？

我看了眼前几个人，他们一脸土灰色，这口气不吐出去，我们都快憋死了。我说：明天去找校长反映情况，你们敢不敢去？

朱革子举起了手，接着是孙大来，还有王然等人。

我望着森林般的手臂，浑身就有了力量。我相信只要依靠着群众的力量，任何大山都能推倒，何况一个区区的马驰。

第二天一早，我带着昨晚捉奸的几个同学站在了校长办公室门前。

校长姓刘，戴着眼镜，很清瘦的一个男人，可能四十多岁，也许五十多岁。对中年人的年龄我们看不准，只能依据父母的年龄来推断他们的岁数。

我喊了一声：报告！

不知是声音太小的原因，还是校长没在办公室，里面没动静。

朱革子清清嗓门大了声音喊：报、报、报告！

这回门开了，刘校长站在我们面前，一脸诧异地看着我们。

我举起了手：我们是五年三班的，我叫石小山，我们有事向校长报告。

校长一惊，打开门，让开身子，我们鱼贯着走进校长办公室。

校长并没有坐下，他望着我们：同学们，你们有什么情况要反映，发现了坏人，还是捡到了东西？

我望着校长，什么也顾不上了，心里只想着要把马驰告倒。

我上前一步说：学校老师搞“破鞋”你管不管？

在那个年代我们把男女作风不正派的人一律称为搞“破鞋”。当时我没有合适的词汇来形容马驰和桃子老师的关系，只能用“破鞋”来形容。

刘校长的目光在镜片后闪了闪，更诧异地看着我。

孙大来说：昨天，我们看见马驰和桃子老师在宿舍里亲嘴了，他们乱搞男女关系。

王然抹了下鼻涕：是马驰老师主动的，他拉了桃子老师的手，那么一拽就亲上了。

说完右手拉着左胳膊还表演了一下。

刘校长听到这儿，仿佛松了口气道：年轻老师谈恋爱，这很正常。

这回轮到我们诧异地望着校长了。

我说：那乱搞男女关系呢，像“破鞋”那种？

刘校长推推眼镜，样子似乎要笑起来，慢条斯理地说：那样当然不可以，正常恋爱我们还是支持的。

我们从校长办公室里出来，我们的问题没能得到校长重视，我们憋了一肚子火。

那天放学后，朱革子六神无主地找到我说：石、石小山，咱们、咱们下一步、步还怎么整？

我说：继续。

那些日子，我们昼伏夜出，和马驰耗上了。有几次，我们没看见桃子的身影，只看到马驰在宿舍里吹口琴的身影，一直看到马驰上床，关了灯，我们才恋恋不舍地离开学校。

直到有一天，桃子又来找马驰。

桃子吃完饭并没有离开马驰的宿舍，两人坐在床上说话，一直说了许久。后来桃子抬手看了眼表，说了句什么，站到了地上。马驰过来站到桃子面前，两人都不说话了，最后马驰一下子把桃子扑倒在床上。马驰动手去解桃子的外衣，桃子先是推拒，后来她就不动了。我们看到马驰把桃子外衣脱了下来，起身把桃子抱到床上，回过身又关上了灯。

我们呼吸急促，口干舌燥的样子。

王然说：这算不算不正当男女关系？

孙大来在暗夜里看了我一眼，我听到了他心脏乱跳的声音。

朱革子气喘着说：算、算了，这、这不算，还啥、啥算。

大家都看着我。

我冲孙大来和王然说：你们俩去堵正门。

两人绕过房子去了正门。

我弯腰捡起两块砖头，朱革子拿过一个木棍，我挥起砖头，朝马驰宿舍的窗子砸过去……

捉奸的事闹大了。

捉奸后没几天，广播和报纸上说，我们敬爱的周总理与世长辞了。在举国悲哀的日子里，又发生了马驰和桃子老师事件，事情便可想而知。

无论如何我们也没有想到，这件事不仅伤害了马驰老师，还连累了桃子老师。

几天后，学校贴出了一张告示。告示上面说：马驰被开除了。桃子老师推迟转正日期，而且还记了一次过。

从那以后，我们就再也没见过马驰。后来听说马驰参军去了。他参军去了哪里，当的什么兵种，我们已经不再关心了。

桃子老师不再教我们美术课了，她去教一年级新生了。

偶尔在学校里我们还能见到桃子，她总是低着头，夹着美术图册，手里拿着彩色粉笔，匆匆地来，又匆匆地去。她似乎少了神采，变得不如以前那么漂亮了。

那件事之后，我们见到桃子老师心里就多了许多歉意，但一直没机会和桃子老师说。桃子老师不那么水灵了，我们心里也不好受。

几年之后，我们已经上高一了。突然听到了一条关于马驰的消息。他牺牲在了越南。

1979 年，马驰所在的部队参加了对越自卫反击战。

马驰牺牲之后，桃子老师也辞职了，离开了学校。她去了哪里，没人说得清楚。

捉奸的事情没多久，迎来了又一个暑假，假期一过，我们就是初中生了。

我们告别小学，升入了初中。

当年一群浑浑噩噩的少年长大了。

许多年过去了，我仍然会想起马驰还有桃子老师。

一想起他们，就为当年做过的事难过不已。

我经常在想，如果没有当年的捉奸，也许马驰就不会参军，也不会牺牲。也许他和桃子老师早就结婚了。他们当老师，一个教体育，一个教美术。上班下班，过普通人的日子。生活又是另外一种情景了。

我的回忆里经常出现马驰和桃子老师的身影……

马驰身穿运动服，不时地甩动额前的头发，潇洒的马驰老师，青春盎然的马驰……

一双笑眼，一说话眉毛弯弯的桃子老师，甜甜香香散发着水蜜桃味的桃子……

我想说：为当年的无知，我深深地对你们说一声对不起！

如果……世上许多事没有如果。我们只有当下。